路遙知我意

I am in love
with your voice.

三杏子 著

楔子

路遙覺得自己戀愛了——在聽到那個聲音的瞬間。

不像尋常男人低沉渾厚的嗓音，這音色宛轉似蝶舞翩翩，又如流雲翻飛，帶了點男性微啞的磁性，也有著歌女淺斟低吟的嬌媚。聲線可高可低，彷彿一縷風穿過迴廊、彎去亭樓，流暢地拂過世間萬物，而後直上雲霄，甚至能比女人的音調更高。每句近似氣音的收聲處，咬字有些迷離，像是含在唇齒間若隱若現的煙氣，更添勾人味兒，讓人想一再回味，沉溺流連。

一首歌聽完，路遙整個人有一種醺醺然的感覺，這個聲音像是一抹冬日的晨光失足於一罈蘭姆酒當中，暖意醺身，似醉非醉，如痴如醉。

她從沒聽過任何一種聲音，有如此特別的音色。

當歌聲晃進耳裡時，她霎時間便掉淚了。

說不清爲什麼，也許是激動，也許是感慨，總之這是她聽過最美妙的聲音，讓她甘願一頭栽進去，從此萬劫不復。

此曲只應天上有，人間能有幾回聞……大抵就是這樣了吧。

歌曲進行到後半段，那微微壓低的嗓音從耳機裡流瀉而出，路遙渾身一顫，整個人都不好了。

太酥……眞的太酥……

她喜歡的歌手不少，男的女的都好，但眞的沒有任何一個聲音，能讓她有心動的感覺。

然而這個人的聲音，讓她心動了。

剎那間心跳漏了一拍，瞬間墜入情網的那種。明明是輕盈的歌聲，卻重重地敲擊在心上，彷彿有煙花在腦內炸開，覺得自己分分鐘都能嫁給這個聲音。

她摘掉耳機，背往後一靠，仰頭盯著K書中心的天花板，想要撫平內心的躁動。

也不知道過了多久，她才慢吞吞地從桌上拿起手機，視線顫巍巍地移到屏幕上，找到那個歌手的名字。

半日閒。

路遙看著那三個字，許久未將目光移去。半日閒、半日閒、半日……閒。

她在心中默念這個名字，神思有些恍惚，似乎仍沉浸在那微醺的歌聲裡，久久不能自已。

之後當她再次拾起筆與書時，卻再也無法專心。講義上的每個字她都看得懂，組合起來卻完全無法理解，就連最拿手的國文，她都讀不太進去。

她嘆了口氣，心想今天是沒辦法再讀下去了，正好現在也將近晚上九點了，於是便把東西收拾好，準備離開K書中心去搭車。

坐車時，她滿腦子除了那餘音繞梁，不絕於耳的酥人嗓音，就是這個聲音的主人「半日閒」。

那三個字像是被下了咒語，一撞進視線後便死死刻在她腦海裡，不需要刻意記住，它已深刻地烙印在心上，宛如始終存在。

她看著車窗外一閃即逝的夜景，心想：不知道擁有這個聲音的人，會是怎麼樣的一個人呢？

很久以後，她知道了。

似毒似藥，讓她成癮，卻也療癒了她的大半時光。

這個人就像他的聲音一樣，帶著酥人欲醉的溫柔，讓她不止沉醉在他的嗓音裡，甚至對他整個人，都產生無法抽離的上癮性。

第一章　城南初遇

九月多的天，依然熱得讓人心煩意亂。

太陽毒辣，暑氣混著早秋的肅殺，在大氣中胡攪蠻纏。蟬噪依舊，不停聲嘶力竭地吶喊，讓聽聞者不禁蹙起眉頭。

路遙一進到寢室，伴隨著空調的涼意，濃烈的薄荷香撲鼻而來。

她看著在小陽臺搗鼓的身影，放下手中的行李，輕手輕腳地走過去。

「韓女士，請問您這是在折騰什麼呢？」

被叫的那個人肩膀抽了一下，被突然出現的聲音給嚇到了，她轉過身看到來人後，眼睛頓時彎出一縷笑意。

「原來是我們親愛的中文系小美女光榮歸隊了！」韓曉霧浮誇地吹了一聲口哨。

「光榮你妹，我看是慘烈歸隊吧，除非腦抽了，不然誰想開學。」路遙把行李拖到自己的床前，「還有，被醫學系系花稱作小美女，小的實在承受不起。」

「沒事，我承受得起就好。」韓曉霧繼續擺弄著幾個小盆栽。

路遙無語，把行李箱裡的衣服都放進衣櫃後，再次走到她身邊：「妳什麼時候有心思種這些花花草草了？」

「這哪是花花草草？這是薄荷，全都是薄荷。」

「是，有鼻子的都聞得出來是薄荷。」路遙靠著落地窗，懶懶地看著她搗鼓，陽光從屋簷灑落，散在她高高綁起的馬尾上，曳出一絲碎金。

「薄荷可以驅蟲、提神、散熱、幫助睡眠、清新空氣——」韓曉霧一本正經地說。

路遙打斷她：「別廢話，就說原因，妳可不是這種蒔花弄草的賢慧姑娘。」

「路路寶貝……」韓曉霧停下手，捧起路遙的臉，深情款款地看著她，「我們兩個多月沒見了，妳一來就這麼凶，妳捨得嗎……」

路遙嘴角抽搐了一下：「特別捨得。」

韓曉霧毫不留戀地放下手，一臉嚴肅：「我戀愛了。」

路遙要把髮絲撩到耳後的手一頓，不敢置信地看向她：「妳？」

韓曉霧漂亮的臉蛋浮上一層薄紅：「他是我看過最好看的男人，身上有淡淡好聞的薄荷味……」

路遙看著眼前一向外向開朗的女孩突然變了畫風，她有點接受不能。

過了一會兒，路遙微笑：「誰這麼有福氣，被我們系花看上了？」

「等我追到了再讓妳知道。」韓曉霧朝她拋了個媚眼，轉身繼續擺弄那幾盆薄荷。

路遙聞著薄荷清淡略帶涼意的味道，目光投到宿舍外種的一排梧桐樹上，一片繁茂綠意中已有幾片葉子轉黃，綴在綠叢中顯得有些格格不入，卻也添了幾分撞色趣味。

她思緒一晃，不知道想到什麼，靜了一瞬後慢慢把目光收回來。

「大甜甜和貝貝還沒回來？」路遙見韓曉霧終於處理好那幾盆小東西，她開口道。

「嗯。」韓曉霧拿出手機拍下擺得端端正正的五盆小薄荷，一面回道，「大甜甜去斯里蘭卡玩，妳忘了？後天才回國，估計開學前一天才搬回來。貝貝過幾天到，她和男朋友出去玩得可開心了。」

「哦。」路遙見某人的手機轉成了前置鏡頭，屏幕上映出的正好是兩人的臉，她配合地比起剪刀手，韓曉霧笑得燦爛，「咔嚓」一聲結束自拍。

「晚餐吃什麼？」韓曉霧發了兩張照片到社群平臺，抬起頭問道。

「後門的麻辣燙？」路遙點進朋友圈，正好看到韓曉霧發的兩張照片，一張是薄荷五口挨在一起的和諧照片，另一張自然是兩人的自拍。她看到發文時間是兩分鐘前，然而愛心數已經破一百，留言也有幾十條了，她隨手按了個愛心，滑到下一篇。

「這麼熱妳吃得下麻辣燙？」韓曉霧拿了錢包，攬過她的肩，「走，帶妳去吃一家好吃的。」

路遙其實是一個特別規矩的女孩，或許天生就帶著中文系文青的氣質，從小到大乖巧文靜，喜歡捧著一本書靜靜地讀，從不摻合追跑滾打的活動。在長輩和老師的眼裡，是個優秀的孩子，不僅成績拔尖、性格溫和，還知書達禮、進退有度。

然而，當她進入了T大，遇到306號寢室的室友後，整個人的畫風就變得有些清奇。

在外人面前，她仍是氣質溫婉的文靜少女，但在室友們面前，特別是韓曉霧的面前，那是怎麼敗壞畫風怎麼來。

她會在韓曉霧面前罵髒話，會翻白眼，講話不會有顧忌，沒有任何形象包袱。

人家是「懟天懟地只對你好」，韓曉霧對於路遙來說，就是「不懟天不懟地只懟你」的角色。

她和韓曉霧的感情好，兩人第一次見面，就有一見如故的感覺。那時的路遙還是個內向少話的小文青，當她走進306寢室後，看到長得漂亮又活潑多話的韓曉霧，莫名有種契合的感覺。

人的直覺總是這麼奇妙。

第一次見面時，韓曉霧是他們寢室中第一個搬到宿舍的人，當時路遙打開門就看到她站在落地窗前，陽光從外面大片大片鋪灑進來，將她的身軀裹上了一層金黃，整個人閃閃發亮。她側首朝她一笑，路遙心上突然有一種微妙的感覺衝擊而來。

不知道的人還以爲是一見鍾情呢。

只有她知道，那是在茫茫人海中匍匐前行，面對過萬千皮相，而後在山窮水盡處，意外尋覓到的柳暗花明……

韓曉霧帶路遙來吃的是一家快炒店，店面不大不小，每桌都是滿的，生意挺好。

她們兩個到的時候，正好有一桌情侶吃完準備離開，兩人不用等待就有位子，運氣也挺好。

「我跟妳說，上次我們社團來這兒聚餐，我才知道學校附近的小巷子裡有這麼一家店。」韓曉霧將菜單遞到路遙面前，「這裡的辣菜特別好吃，眞心推薦，天氣這麼熱，吃點辣的也開胃。」

路遙是個喜歡吃辣的人，二話不說就拿筆勾了幾道辣菜，再把菜單推回韓曉霧面前。

「妳再看看要吃什麼。」

韓曉霧見她已經點了三樣菜，於是面無表情地看著她：「我們才兩個人，妳還想點幾道？」

路遙看她那眼神跟看傻子似的：「就妳的食量，這三盤菜算什麼？我今天又特別餓，妳放心，絕對吃得完，吃不完就拿去餵大Q。」

韓曉霧大笑：「這幾道會辣得大Q拉肚子吧？」

大Q是T大的校狗，一隻特別胖的拉不拉多犬。

路遙學她方才面無表情的樣子：「嗯，所以我們能解決。」

韓曉霧又挑了一道不辣的菜，抬頭看她，「要喝酒嗎？」

「妳那酒量，省省吧。」路遙一臉嫌棄，「拿罐檸檬茶就好。」

韓曉霧去結帳的時候，路遙安靜地刷著社群軟體。

她重整了一下頁面，一條新動態就跑了出來，待看清那熟悉的ID時，她眼睛頓時一亮。

男神發歌了！

韓曉霧一回到位子上，就見好友一臉激動地盯著手機。

「小五小五！」路遙見她結帳回來，趕緊抬頭叫道。

「看妳這表情……讓我猜猜。」韓曉霧托著下巴道，「是那個很閒的發歌了，還是更新動態了？」

「發歌了！」路遙平時總是淡淡的眼底盛滿了光，「妳有沒有帶耳機？」

路遙看著韓曉霧從口袋裡掏出耳機，突然想到什麼似的，擰了她的手臂一下。

「什麼叫『那個很閒的』？人家叫『半日閒』！半——日——閒——」

「好了好了，我知道。」韓曉霧擺擺手，不以爲意，「這人肯定遊手好閒，要不然別人一天二十四小時嫌不夠，他怎麼能有半天都是閒的……」

路遙斜了她一眼，表示不想理她，然後戴上耳機，按下播放鍵。

一串音符瀟灑快意地流瀉出來，緊跟著的是一段好聽的男聲……

琵琶繞聲雲三回
美酒夜光杯
箜篌弦動鳳凰吹
崑山擊玉碎
大漠長煙
歌朝四面
不畏風沙倦
絲綢錦緞
漆瓷朱丹

西行長笑過天山……

熟悉的歌聲，彎彎繞繞，時而高亢、時而低沉，始終不變的是那尾音，宛如女子的呵氣如蘭，醉人卻不自知。

這如江南煙雨宛轉的聲音，此刻描繪的卻是西域種種風華：大漠黃沙、茶馬商幫、絲綢之路、快意西行……卻絲毫沒有違和之處，只讓人沉醉在那動聽的歌曲裡，久久不能自已。

一曲聽罷，路遙呆滯地望著虛空，抬手撫了撫左胸，再長長嘆了一口氣。

她現在極度需要平撫一下激動的情緒，誰讓這首歌太……太好聽了！

她連忙點讚留言，接著馬上轉發了這首歌，要不是菜送上來了，她還打算戴上耳機聽第二遍。

「路女士，吃飯了。」韓曉霧敲敲桌子，「瞧妳那看著手機傻笑的痴樣……」

路遙笑咪咪地夾了一筷子的菜給她：「我聽閒哥的聲音就飽了，妳多吃點。」

韓曉霧傻眼，剛才是誰信誓旦旦說一定吃得完的！

後幾道菜也陸續上來了，辣子雞丁、麻婆豆腐、水煮魚、炒高麗菜，光是看著便讓人忍不住分泌口水，再加上辣菜開胃，兩人毫無負擔解決了一桌豐盛的菜。

路遙摸著吃撐的肚子回到宿舍，躺在床上，戴上耳機，準備把男神的新歌至少來個十刷。

聽著耳機裡傳來的好聽男聲，路遙打開聊天軟體，點進聊天記錄最上方的那個頭像。

路遙：啊啊啊啊啊啊啊啊啊啊啊啊閒哥發新歌了！！！！！！

對方秒讀秒回覆。

江煙：看到了看到了，妳文藝少女的人設呢？

路遙：在閒哥面前，不、需、要！！！

江煙：……

路遙：妳說他那聲音唱這樣子的歌居然也不違和，不愧是我閒！

路遙：順便表白一下曲作，這曲子好好聽啊，聽幾遍就會唱。

江煙：謝謝，我收下了。

路遙：？？？

江煙：不要跟我說妳不知道曲作是誰！

路遙默默爬回發歌的那則貼文看了一下〈西行客〉的staff列表。

演唱：@浮生半日閒

作詞：@杏子有三

作／編曲：@此江煙非彼江淹

後期：@暖夏

曲繪：@床前沒月光

PV：@二瓜只愛啃瓜子

路遙看完後又默默爬回和江煙的對話框。

路遙：原來是我們江爺啊，哇～難怪這麼好聽呢！
江煙：……
路遙：江爺出品～絕對精品～
江煙：滾，滾回妳閒哥那裡。
路遙：已經在他懷裡了，不用滾:)
江煙：……

路遙笑，聽著耳機裡的歌，與江煙閒話家常。
江煙是路遙在一個讀書群裡認識的，當時路遙發了一篇《小團圓》的讀書心得，江煙偶然看到後非常欣賞，根據她本人的話是「如果不能認識這個人，那將是我人生中最大的遺憾之一」。
不說江煙那句話的浮誇程度有多少，總之她是眞心想認識路遙，於是馬上就去勾搭了路遙。
兩人加了好友後，從聊天中發現對方根本就是彼此生命中的知音，三觀、興趣很多都相似，於是越聊越深入，感情也越來越好。只是兩年多過去，兩人從未見過面，交流僅止於網路。
因爲剛認識的時候兩人都是升學壓力最重的高三，之後上了大學一路忙，這件事就漸漸被拋到腦後了。
之後路遙和她分享了自己喜歡的唱見，這才發現原來江煙也是混古風圈和翻唱圈的，而且她還是個作曲的！路遙特別喜歡的歌，有幾首居然是她譜的曲。
最讓路遙驚訝的是，翻了江煙的社群動態後，發現她和自家男神似乎有貓膩……
兩人會互轉彼此的動態，會在對方貼文底下留言，甚至一言不合就互懟，感情看起來是一個大寫的好！

同樣的，當江煙得知路遙的男神是半日閒後，她也是驚呆了。

當時她內心的OS是這樣的：這麼有內涵的一個姑娘，怎麼就栽在那混小子手裡了呢！

江煙後來告訴路遙，她和半日閒是現實中認識的朋友，從小玩到大的那種。她還說，如果路遙想要跟自家男神有更多接觸，她可以幫忙引薦。

路遙聽完後很心動，誰不想開外掛呢！但她天人交戰後還是拒絕了，因為聽說半日閒二次元和三次元分得很清楚，不喜歡被探究私人生活，入圈兩年了也不見本人照片流出。何況路遙只是他眾多粉絲中一個小米粟，她沒那個勇氣去抱男神大腿。

儘管路遙內心有想認識半日閒的渴望，只是那時候她還不知道，原來那股欲望一直增長，隨著時光水流越滾越大，而其中的成分，也不單單只有粉絲對偶像的喜愛……

♪

隔天路遙起床，發現韓曉霧已經不在了。

她打理完自己後，翻出手機，看到韓曉霧傳來訊息，正想回覆，對方就打過來了。

「我的遙啊，今天我們社在南校區有個小展覽，妳要不要過來看？」韓曉霧頓了頓，又道：「順便幫我帶愛心午餐來！」

路遙看了一眼時間，十一點多了，自己居然睡得這麼晚。

「我看妳的目的是午餐吧。」

韓曉霧捏著嗓子嬌滴滴地回：「討厭，不要這麼直白地說出來嘛！」

「再吵連黑心午餐都沒有。」

路遙拿了隨身包，把鑰匙和錢包丟進去，披了一件防曬薄衫就出門。

走出宿舍，見到外頭的豔陽，她忍不住蹙了兩彎好看的眉。

「你們社眞奇怪，非要把展覽辦在開學前，這樣有誰會去啊？」

「我們社長腦抽又不是第一次了，習慣就好。」韓曉霧清脆的笑聲從話筒那端傳來，「我先去忙了，愛妳！」

路遙看著手機顯示通話結束，默默走到學校對面的小吃店買了兩份炒飯，再走到公車站牌。遮陽候位區已經坐滿了人，路遙只能提著兩盒炒飯，頂著熾熱陽光，等公車到來……

大馬路上的車子來來去去，走走停停，空氣中只餘暑熱。

等了十來分鐘，公車終於來了。

公車上雖然不是人滿爲患，但要找到一個位子也挺困難的。路遙尋到一個落腳處後，拿出耳機戴上，點進音樂播放器的清單裡，隨便挑了一首自家男神的歌，拉著拉環，靜靜地站著。

喧囂絕塵而去，只有耳機裡那酥人的聲音渲染了整個世界。

今天的司機不知道是不是心情不好，行進之快速，轉彎之兇猛，一路顛簸，很難站穩。

突然一個緊急煞車，路遙沒站好腳步，身子跟著往前衝，正好撞上了前面男子的後背。

她扶著額頭有些懵，站穩後才想到要跟人家道歉。

「那個……對不起，沒撞痛你吧？」

那人徐徐轉身，嘴角噙著一抹淺淡的弧度，似笑非笑道：「如果撞痛了呢？」

眼前的人有著漂亮的五官，眼睛裡淌著明亮且溫暖的碎光，鼻子高挺，脣線柔和。留著一頭深褐色的短髮，瀏海是微捲的中分，帶了一點的線條空氣感。

她發誓，除了電視上的幾個盛世美顏，她沒有看過哪個男生可以把復古中分頭駕馭得這麼好！

路遙自詡不是會受美色誘惑的人，然而她看到那張好看的臉時，心跳毫無疑問地快了一拍。

最重要的是，他的聲音好好聽啊啊啊啊啊啊啊！

作爲一個聲控，路遙足足愣了將近十秒才反應過來，「啊？」

男生看著眼前的姑娘一臉懵逼，沒忍住便笑了出來，那笑容像是揉進陽光裡，格外燦爛。

「騙妳的，才輕輕撞一下，哪會有事？」

「哦，那個，還是不好意思……」路遙有些尷尬地笑了笑。

T大的南校區到了，路遙趕緊下車，不經意間留意到那個男生也是在這站下車。

路遙走進南校區後，才想到她忘了問韓曉霧他們攝影社的展覽在哪了。

她打了一通電話給韓曉霧，對方卻遲遲沒有接。她嘆了一口氣，張望了一下，看到校門旁的布告欄上面有著攝影社展覽的海報，上面寫的地點在藝文中庭。

路遙默了默。藝文中庭……鬼知道在什麼地方。

她盯著海報上極度簡易的小地圖良久，正式宣告判讀失敗，決定再打一次電話給韓曉霧，讓她出來迎接她。

正要按下撥通鍵的時候，一把好聽的男聲突然從身後傳來。

「妳要去看攝影展？」

路遙轉過身，見來者是剛才在公車上不小心撞到的中分頭帥哥，她心下微微一驚，心想今天眞是走美男運。

見她愣了一下，男生解釋道：「我剛才在對面買飲料看到妳在這兒，等了一陣子買完後，結果妳還在這裡，想說妳是不是……」

她靦腆一笑，聲音細細軟軟的，像是裹著棉絮的軟枝。

「對，但我不知道該怎麼走，我朋友也沒接電話……」

男生笑道，露出頰邊兩顆小酒窩：「我正好要去，要不妳跟著我吧。」

「哦，好，謝謝。」路遙道過謝後，靜靜跟在他身後。

到了藝文中庭，路遙一眼就看到韓曉霧。她向男生道謝後，就見某人已朝她跑過來。

「哎喲，我的遙！」韓曉霧抱了抱路遙，伸手接過她手上提的兩盒炒飯，「我們去吃飯！」

韓曉霧帶著路遙到了工作人員的小房間，裡頭有兩三個人，看到韓曉霧後都笑著打了招呼。

「我介紹一下。」韓曉霧指著一個戴著黑框眼鏡，看著白白淨淨的男生，「這是我們社長，許復。」

「你好。」路遙朝他點點頭。

對方也向她微微一笑，便繼續擺弄手上的單眼相機。

韓曉霧又分別介紹了旁邊的兩個女孩，然後就拉著路遙坐在小沙發上吃飯。

兩人吃到一半，突然休息室的門又被打開，伴隨著門開的是一把爽朗的男聲。

「許大社長，你的飲料派送員上線嘍！」

路遙看著嚷嚷著邊提飲料進來的人，不就是剛才帶自己過來的那個男生嗎？

許復淡淡道：「放著就好。」

「欸，我特地幫你們買飲料，你就是這麼謝我的？」男生把一袋手搖杯放在桌上，沒好氣地道。

接著他環視了一圈小房間，看到路遙後愣了一下，隨即笑道：「妳也在啊。」

「嗯。」路遙也笑。

這時許復拿起手上的單眼，朝他的方向「咔嚓」一聲按了快門。

「T大電資學院院草林閑的私人生活寫眞集，你覺得會有多少人買?」許復淡淡地說，鏡片後方的眼睛露出淺淺笑意。

「臥槽，許復你混蛋!」林閑伸手就要去奪相機，「過河拆橋就是說你這樣的!」

路遙看著兩人打鬧，默默地吃飯。原來是院草，難怪長這麼好看……

韓曉霧見路遙目光逗留在兩人身上，忍不住打趣：「我們小才女這是看上了院草，還是看上了社長啊?」

路遙掃了她一眼，表情冷漠：「反正不是看上妳。」

「站在忠心耿耿的閨密角度上，我投院草一票。」韓曉霧突然一臉正經，「長得好看不說，成績也是系上前三，外向幽默人緣好。唔，缺點就是太帥，被很多妹子倒追……」

路遙被逗樂了：「我什麼都沒說呢，妳就自己開講了。」

韓曉霧一臉驚訝：「難不成妳看上我們社長?我跟妳說，他就是一個奇葩，妳仔細點看……」

「行了妳!快吃飯，都涼了!」路遙掐了一下韓曉霧的臉頰肉，捏得她齜牙咧嘴，「我來這裡不是要陪妳吃飯的，快點吃完帶我去看展!」

吃完飯後，韓曉霧就拉著路遙去藝文中庭晃，「我帶妳去看我的作品!」

藝文中庭不大，是供學生展覽作品的小空間，只要申請，基本上都可以過，一週換一次展。

路遙看著眼前的幾張照片，誇道：「不錯啊小五，跟之前比起來好像進步了。」

其中一張是梧桐樹，看著像她們宿舍前的那一排，鬱鬱蔥蔥。光線透過枝葉間的縫隙跌落，碎光點點蕩在葉緣，瑩透包裹住翠綠，像是攏在清晨薄霧裡的第一抹朝暉。

「當然!」韓曉霧裝模作樣地撩開長髮，朝她拋媚眼，「只要我想做，沒有什麼能難得倒我。」

路遙點點頭。

的確是，智商高的做什麼總是更完美一些，學習能力也快，韓曉霧就是這樣一種人。

展覽一下子就看完了，路遙問道：「你們是五點結束？」見韓曉霧點點頭，她看了一眼手錶，現在是兩點多，「我在這附近逛逛，妳好了打給我。」

南校區前面就是一個小商圈，路遙便走到那邊亂晃，然而天氣太熱，她逛沒多久就沒了興致，索性進了一家咖啡廳避暑。

她找了一個靠窗的單人座位，點了一杯水果冰茶和一塊蛋糕，蛋糕是紫薯千層，粉紫色的看起來特別療癒。她慢慢品嘗，一邊翻看手機裡的小說，偶爾刷一下社群動態，過了一陣子，接到韓曉霧的電話時，她正好把最後一口飲料吸完。

「我的遙啊，我們社長說要請吃飯，妳也過來吧。」韓曉霧的聲音一向充滿朝氣。

路遙走出咖啡廳，天邊那顆似落非落的橙色太陽，證明現在已經傍晚了。

「這樣不好吧。」路遙垂了垂眼簾。

「我們社長有錢，不差妳一個。」韓曉霧突然拿開話筒，聲音朦朧，大概在跟那邊的人說話，短短幾秒過後，她的聲音又恢復清晰，「我問過他了，他說沒問題。」

「哦好，那幫我謝謝他了。」路遙想說再拒絕就矯情了，於是答應，「我去校門口等你們。」

在校門前等攝影社一行人時，路遙又摸出手機刷起動態，一打開就看見自家男神更新了。

浮生半日閒：今天沒有新歌，沒有段子，但有開學前的最後一個直播～晚上八點B站見〔親親〕〔親親〕

一縷清風拂過，路旁種的梔子花瓣從葉間飄落，米白色的花體脆弱如一抔輕觸卽散的月光，路遙輕薄的防曬開衫隨風揚起，畫出一道好看的圓弧，靜美如一個遺世而獨立的仙子。

一對高中小情侶正好經過，上一秒才看到小姐姐嘴邊彎著一抹淺笑，出塵如小仙女；下一秒就見她看著手機屏幕傻笑起來，左臉一個大寫的激動，右臉再一個大寫的痴。

那畫面太美，他們不好意思再看下去……

路遙壓根兒不知道自己一個文藝少女在別人眼裡已經成爲一個神經病，她看著半日間那條貼文，樂得都要上天了。

她先留了一條評論，然後看著底下的評論，樂呵呵地笑起來。

路遙知我意：美滋滋地等待八點到來〔愛心〕

弱水三千：前排預備！！！

想要一隻貓：賣萌可恥！但我喜歡〔親親〕〔親親〕

閒哥的小老婆：討厭，就喜歡和人家在一起的時候直播〔害羞〕

今天閒哥發歌了嗎：決定推掉與基友的聚會了，安排一下〔doge〕

君不見T市閒哥天上來：又要開啟大型精分現場了嗎〔doge〕

韓曉霧到的時候就見路遙又開啓迷妹模式了，她猝不及防地抽掉她手中的手機，微笑道：「路女士，您的人設是文藝美少女，不是花痴迷妹。」

路遙不置可否，拿回自己的手機，一路上喜笑顏開的。

許復帶他們去吃韓式料理，價格不高不低，菜單上的圖看起來挺誘人。

除了許復和韓曉霧，還有一個剛剛在小房間見過一次面的女孩，以及林閑。

「你們另外一個社員呢？不高，紮著兩個麻花辮的那個。」路遙輕聲向韓曉霧問道。

「有事，先回家了。」韓曉霧興致勃勃翻著菜單，「妳看，這石鍋拌飯看起來也太好吃了吧。」

路遙瞥了一眼，點點頭，但她比較中意下一頁的海鮮煎餅。

對面的林閑在說話：「許復，枉費我們好室友一場，你二話不說就請了那個女生吃飯，但居然要我付自己的份？」

路遙狀似無意地看了兩個男生一眼。「那個女生」是在說自己？

「小五，那個院草也是你們攝影社的？」路遙壓低聲音。

韓曉霧回：「不是，他是社長的好基友，偶爾會來我們社打屁聊天送零食。」

「都看好要吃什麼了嗎？」這時許復突然開口，白白淨淨的一個男生，卻挺有氣場，「只要吃得完，想吃什麼就點，不用顧慮，今天辛苦了。」

「對對對，路遙，妳不用彆扭，社長是富二代，不差這點錢。」韓曉霧跟著幫腔。

路遙不好意思地向許復微笑，對方回了一個禮貌的笑，然後沒再看她。

看來是眞的不在意，路遙心想。

最後點了兩碗石鍋拌飯、一盤海鮮煎餅、一份韓式炸雞、一盤辣炒年糕和一份春川炒雞。

路遙看著桌上的食物，每一份都帶著誘人香氣，彷彿對你誘哄般地喊：「吃掉我吧……」

路遙大部分的時間都默默吃著，餐桌上的聲音多來自於韓曉霧、林閑和那個總務女孩。

吃到一半她突然拉了拉韓曉霧的袖子，聲音壓低：「欸，你們會吃到什麼時候啊？我今天有點事，八點前要回宿舍。」

「不會又是妳男神要幹麼了吧？」韓曉霧嘿了一聲，「要直播脫衣秀？」

路遙一記手刀劈上她頭頂：「妳滿腦子黃色廢料！」

林閑正在和許復以及總務女孩瞎聊，無意間聽到對面兩人的對話。

他目光淺淡，輕輕地落在短頭髮的那個女生身上。

眉上瀏海和耳下三公分的髮型在她身上不會顯得過於呆板，店裡昏黃的燈光伴著髮絲的剪影在那張白皙的臉上跳躍撲閃，暈出了幾分靈動；眼睛是典型的杏眼，看起來清澈乾淨；鼻子小巧可愛；嘴唇稍薄，有些沒血色。

他看著那張未施粉黛的臉，突然有些恍神。

好像從今天中午第一次看到她，她就一直是文靜少話的模樣，原來這種寡言的姑娘，也會對閨蜜動手動腳？也有在……追星？

怎麼感覺……特別違和呢？

「同學，我好奇問一下啊！」路遙突然聽到對面的男生朝自己開口，她有些疑惑地看過去，「妳男神是誰啊？」

講到自家男神，路遙的迷妹神經又蠢蠢欲動，也不管眼前的人還稱不上真正認識。

她語氣帶著小興奮：「唱見（註一）你知道嗎？他是古風圈和中翻圈的唱見，聲音特別好聽，想當年我第一次聽到他的歌聲就哭了，叫半日閒，ID名是浮生半日閒，今天晚上八點在B站有直播，你有興趣可以去聽聽看！」

然後，她就看見對面那個男生聽完自己說話後，一向掛著陽光般笑容的臉，表情變得有那麼點……詭異？

路遙這才意識到自己有些失控，她赧然一笑：「抱歉，一時太激動，你也許沒聽過……」

倏地，兩人之間的氣流像是靜止般，身旁的喧騰也逐漸遠去，天地間彷彿只餘這一方空間，沉默、靜謐……

最怕空氣突然安靜。

「沒、沒事。」林閑隨即用笑容把臉上的意味不明掩飾掉，「我只是……有些意外。」

路遙沒懂，不過林閑沒再看她，因爲這時許復偷偷把筷子探到某人的碗裡，想神不知鬼不覺夾走那塊韓式炸雞。

「許復！」林閑一把抓住他的手，另一隻手飛快地拿起筷子把那塊肉丟進嘴裡，「這樣坑兄弟，你良心不會痛嗎？」

許復推了推鼻梁上的黑框眼鏡，微微笑道：「不會，因爲我沒有良心。」

林閑：「……」

衆人大笑。

七點左右大家就散了。餐點很美味，雖然她除了韓曉霧之外都不熟，但大家都挺好的，會帶氣氛，就算大部分時間她都靜靜的，偶爾應個一兩句，卻不會有格格不入之感。

她沒有想過要跟另外三個人建立更多的互動，但單看今天，她覺得生命裡能有一小段意外的相遇也不差，畢竟能同桌共餐，就是緣分。

回到宿舍後，路遙趴在床上，一邊刷社群動態，一邊等待八點的到來。

宿舍外，梧桐樹影婆娑，月光柔軟地覆上枝葉，在一樹碎影中，曳出一泓皎白。

隔著幾條路的公寓裡，林閑從浴室走出來，擦了一下溼透的短髮，毛巾便被隨手丟在沙發上。

他到廚房倒了一杯水，飲畢後卻沒有回到自己的房間，反而是走到另一間房間。他象徵性地敲了敲門，逕自打開。

「許復。」林閑靠在門框上，姿態閒適，「今天短頭髮的那個姑娘，不是你們社的吧？」

「嗯。」許復淡淡應了一聲，目不斜視地繼續看著電腦。

「哦。」林閑提步要走，突然停住動作，再次懶懶地靠上門框，語氣漫不經心，「那你知道她叫什麼名字？」

許復這時終於把目光移到某人身上，他勾了勾脣：「叫我一聲爹，我就告訴你。」

某人毫不遲疑：「爹。」

許復無言以對。

「叫你爺爺都不成問題，只要你肯告訴我。」

許復看著眼前人，心中一陣無語。節操呢！骨氣呢！

「快說吧！我們攝影社最風華絕代的社長！快說吧！我們T市最秀色可餐的許少！快說吧！我們T大資工最秀外慧中的班長——」

許復聽到幾個形容詞後抽了抽嘴角，「行了，閉嘴。」

「那你要告訴我了嗎？」林閑眨著那雙好看的眼睛，眼尾微微上挑，水汪汪溼漉漉的，眨得許復一陣惡寒。

「再賣萌小心我把你攆出去。」

「哦。」

「路遙。」

「什麼？」

「我說了，滾。」

然後林大院草就被幾個抱枕砸出房門了。

他沒聽清楚啊！林閑仔細回想，路耀？路瑤？

他突然看到牆上的時鐘，分針不偏不倚指向十一，渾身一震後，趕緊跑回房間準備設備。

看來只能暫時丟開這個問題了。

路遙在半日閒直播打開的第一秒就進入直播間。

半日閒在圈子裡其實算半個新人，他現在二十歲，三年前才入的圈，那時候還是個高中毛小子。入圈三年，作品不算多，但也稱不上少，翻唱作品比原創多一點，但因為聲線辨識度高，唱起歌來能醉倒一片妹子，粉絲漲得很快，才三年光景，社群帳號上的粉絲已有二十萬。

他隸屬於「春日游」古風音樂團隊，春日游在圈子裡算不上大社，但他們有鎮社之寶——江煙。別看江煙是個小姑娘，她的曲子重質不重量，雖然作品不多，但好幾首都是流傳度又高又廣的。

半日閒和江煙關係好，據說是江煙拉他入這個圈子，兩人平時插科打諢，互懟互挺，不少人把他們配成江閒CP。

為什麼是江閒呢？因為江煙人稱江爺，行事瀟灑霸氣。

至於半日閒，雖然大家都閒哥閒哥的叫，但偶爾他精分了還會賣個萌、撒個嬌，而這種情況近來越來越常見……半日閒的直播間可以說是他的大型精分現場。

彈幕上「閒哥」、「閒寶」、「閒兒」的刷，路遙毫無疑問也是其中一員。

窸窸窣窣一陣過後，是一聲輕咳，接著半日閒的聲音汩汩流出。

「大家好。」

短短一聲問好後，彈幕又是唰唰一片「閒哥好」。

「開場先來唱一首新歌……」他的聲音透著一股沉靜。

在一片「西行客」的刷屏中，伴奏的琵琶樂音緩緩蕩漾，緊隨而來的是笛聲高亢，再來便是那微微壓低的男聲，演繹著西域的風華絕代。

「琵琶繞聲雲三回，美酒夜光杯。箜篌弦動鳳凰吹，崑山擊玉碎……」

在半日閒唱歌的時候，彈幕只有零星幾條，衆人皆陶醉在歌聲裡，捨不得分心。一曲唱罷，公屏上又是一票的「好聽」、「開口跪」、「我媽問我為什麼跪著聽歌」……

最多的還是那句：浮生一曲繁華夢，惟願偷得半日閒。

「我喝個水啊。」半日閒開口，一陣安靜過後，他又道，「想聽什麼？發一下彈幕吧，今天滿足你們！」

在一票「壯哉我閒」、「好久不見的霸氣閒」、「實力寵粉麼麼噠」的表白過後，開始有人點歌。

路遙也默默敲下自己想聽的歌，雖然被翻牌子幾乎不可能，但有發有機會嘛，說不定眞的就在茫茫彈幕中被相中了呢？

她點的是〈千夢〉。應該說，她每次點的都是〈千夢〉，儘管半日閒從未在直播裡唱過這首。

路遙對這首歌有特別的感情，她當初就是因爲這首歌認識半日閒，從此栽進他的坑裡面。

對路遙來說，那是一首改變她世界的歌，一曲婉轉春曉，象徵初見的美好。宛如行經街巷的娉婷姑娘，惹得策馬而過的白衣少年驚豔，短暫的驚鴻一瞥，天地間彷彿花開千朵，絢爛一瞬卽成。

她便是那無心而過的少年，誤入了他醉人的歌聲中，從此迷失了自我。

「哎，我看到幾首我喜歡的了。」半日閒說，下一秒他便掐著嗓子道，「來啦來啦，性感猛男，在線演唱！」

公屏：「閒哥又壞掉了」、「猛男？？？兄弟你在跟我開玩笑？」、「就算閒寶是精分，我還是很愛你哦～」、「閒哥你怕不是在做夢哈哈哈哈哈」……

然而在前奏音樂出現後，公屏瞬間恢復寂靜。

「故人依稀天邊去，十年孤襟迎秋風。江湖每逢一夜雨，爲誰鞍前繫燈籠……」

乾淨的聲音流瀉而出，宛如山澗順流而下的涓涓細水，清澈剔透，緩緩漫入心坎，在心底蘊成一汪微涼清泉，足以撫平所有煩憂。

「不過是那年，夜闌花影動，我驀然回首，你恰在燈火朦朧……」

他用歌聲徐徐勾勒故事中兩人的相遇與分離，末字帶著慣有的氣音和顫音，氤氳了字裡行間的柔情百轉，也消融了無奈與遺憾。

「訣別之法千萬種，問這世上你選哪一種？是心有所動，卻作充耳不聞。還是在小樓沽酒，醉生夢死我敬你一盅。杏花吹落後，衣袂當風，都去得匆匆，卻恨誰背影太從容……」

這是路遙最喜歡的一段，那種裝作若無其事，實際上卻悵然若失的描寫，情緒特別有代入感。曾有你的山水固然美好，以爲你走後我也能毫無驚乍，然而夜裡聞雨淚下，臨別那看似從容的背影仍深深嵌入腦海，原來我們都只是在故作瀟灑罷了……

「孤舟一葉問船家，何日重到蘇瀾橋……」

「到頭卻如何，心底猶空……心底猶空……」

歌聲空靈澄澈，宛若晨露朝嵐，百轉千迴處，是蘇瀾橋上那經年不變的夢，是煙雨瀟瀟後，再無你的身影……

一曲結束，公屏上的彈幕又是唰唰跑：「好好聽嗚嗚嗚……真的太好聽……」、「難不成就我一個聽哭了？」、「我一個男的都要心動了……」

接著半日閒又唱了幾首歌，然後根據彈幕開啓瞎聊模式。

「你們什麼時候開學啊？我下禮拜就要開學啦……躺屍JPG.」

「我晚餐吃什麼？吃肉啊，飯啊，海鮮啊……」

「很有錢？告訴你們，當你有個好室友，吃飯都不成問題哦！」

當然也不乏刷江閒CP的。

「江爺？行了你們，幹麼在我直播的時候提到這個晦氣的名字呢？」

「又是江爺？她在L市念書啊，我是T大的好嗎？這位米飯上的麵條是假粉嗎？要不然怎麼連我讀哪都不知道呢？閒閒不開心……」

當那句「閒閒不開心」出來後，公屏又炸了：「啊啊啊啊啊啊啊啊啊啊啊啊啊啊！！！」、「臥槽臥槽臥槽，那委屈巴巴的小可憐樣萌我一臉血！」、「承包閒兒未來的所有賣萌。」、「血槽已空。」

半日閒「哈哈」笑了兩聲，繼續聊。

「T大？不會難考啊。啊，謝謝謝謝，我一直都知道我很聰明。」

「今天做了什麼？我今天也沒幹麼，就陪陪基友。」

「基友不是江爺……我看起來像是只有她一個朋友？」

「江煙！不管妳在不在，三秒內帶上妳的腦殘粉滾出我的直播間！」

「可以顏出嗎？不不不，我怕我太帥驚豔到你們，到時候你們都成了我的顏飯，我這個唱見身分會很尷尬啊！」

路遙挺喜歡聽半日閒亂聊天的，畢竟聲音好聽，沁人心脾，還可以更加了解他的日常生活。自家男神那聲音從貼著耳朵的耳機裡傳出來，簡直就像在你身旁共話家常……

「哎，我突然想唱一首歌了。」半日閒停止聊天，「咳咳，開始嘍。」

當前奏放出來後，不似先前幾首的安靜，公屏此時又湧入一堆彈幕：「童年欸！」、「閒哥也看還珠格格嗎？」、「有一個姑娘！！！」

半日閒在一片刷屏中開口了。

首先是閒哥本音：「有一個姑娘，她有一些任性，她還有一些囂張……」

公屏：「啊啊啊酥爆！！！」、「我就是這個姑娘！！！」、「我醉了，別叫我醒來……」

再來是陡然降了八度，不在調上的糙漢音：「沒事吵吵小架，反正醒著也是醒著。沒事說說小謊，反正閒著也是閒著……」

突然又捏著嗓子變成軟軟的蘿莉音：「整天嘻嘻哈哈，看見風兒就起浪。也曾迷迷糊糊，大禍小禍一起闖……」

接著是一段跟著旋律的亂哼：「啦啦啦啦……」

然後又變回閒哥本音：「沒事彈彈琵琶，反正醒著也是醒著。沒事打扮打扮，反正閒著也是閒著……」

再來是毫無情緒起伏的念白：「有一個姑娘，她有一些叛逆，她還有一些瘋狂……」

最後一句突然高八度尖叫：「我就是這個姑娘！」

同時間公屏上也是一票的彈幕刷著：「閒哥又精分了……」、「直播大型精分現場。」、「在各種吐槽中偷偷抱走蘿莉閒。」

路遙全程努力憋笑，最後終於忍不住大笑出聲，引得韓曉霧用關心弱智的眼神看了她一眼。

閒哥精分起來……好可愛。

「咳咳。」半日閒開口，「時間也不早了，唱個結尾曲就say晚安拜了吧。」

公屏：「閒兒喝水啊。」、「閒哥多休息！」、「許願落花醉。」、「許願日暮江瀾」……

「今天結尾曲不許願，我有想唱的歌了。」半日閒的聲音帶了點笑意，「今天遇到了一個女生，其實也不是我喜歡的型，但就覺得莫名可愛……雖然跟歌詞沒有什麼關係，但看到她就想到了〈醉〉這首歌。」

公屏又炸了一次：「我彷彿聞到濃濃的戀愛酸臭味。」、「踹翻這碗狗糧，我們不約。」、「其實那個姑娘是我:)」、「所以你喜歡的型是什麼?」……

半日閒：「沒戀愛沒戀愛，不說了，唱歌。」

「小城裡有一位姑娘，撐起傘，過雨巷，裙角惹丁香……」

伴奏聲咿呀咿呀，少年郎歌聲比曲子更醉人。

其實每次聽半日閒唱歌，路遙都會有種世界因此而圓滿的感覺，然而這一次不知爲什麼，這種感覺特別的強烈，直到一曲歌畢，那餘韻仍舊攀在四肢百骸，久未散去。

彷彿天地間只有一種顏色，那個名爲「你」的顏色。

♪

與開學季如影隨行的永遠是學生們的哀鴻遍野，T大306寢室自然不會是超然世俗的例外。

「才上課第一天！就有民法那個老頭的課！」程貝貝撲向路遙，一米五五的嬌小身材恰好窩在路遙的懷裡，「路寶，妳說我怎麼這麼命苦?」

路遙看著她那撲閃的睫毛和水汪汪的大眼，抽了一下嘴角，朝梳妝檯前正把頭髮紮成一束馬尾的女孩道：「大甜甜，妳家貝貝不開心。」

甄甜轉過頭看了一眼抱著路遙的某人，眼神嫌棄。

「誰是我家的?」甄甜開始往臉上抹粉底液，「只有人類學才是我的依歸。」

大家見怪不怪，甄甜就是個潛心埋首於人類學的姑娘，她對於自己的本科有著超乎常人的熱情，按韓曉霧的話來說，她就是個變態。

值得一提的是，雖然甄甜聽起來眞的很甜，但她其實從裡到外一點都不甜。

如果說路遙是文靜溫和，韓曉霧是活潑外向，程貝貝是軟萌無害，那甄甜就是狂拽酷炫的高冷御姐。

她的眉眼清冷，衣著只有黑和白，脣彩是一貫的酒紅，整個人的氣場特別強大。

然而這樣的甄甜，和306寢室的關係是眞的好，特別是和程貝貝，雖然兩人的個性外表差異甚大，甄甜也常常嫌棄程貝貝，她們兩個卻是感情最深厚的。

「小五小五！」程貝貝哭喪著臉跑去找剛從浴室出來的韓曉霧，「路路跟大甜甜都不關心我……妳說爲什麼我這麼倒楣！爲什麼是民法的老頭，而不是教刑法那個帥哥教授！」

「妳一個學會計的跟刑法有半毛錢關係？」韓曉霧露出姨母般的微笑，「乖，人生這麼長，這種事不會是最後一次。」

程貝貝垮下臉來。心想：論室友的重要性。

四人第一節都沒有課，於是一起去了學校食堂吃早餐。

T大的廚子煮出來的雖不能跟外面的餐廳比，但也算美味了，路遙尤其喜歡食堂的宮保雞丁。

「大嬸，今天有沒有宮保雞丁啊？」路遙點了一份蛋餅，等待的時候和食堂的大嬸聊天。

「有啊，妳眞的很喜歡吃這個呢。」

「那是你們手藝好。」路遙笑，拇指和食指交叉，朝大嬸比了個愛心，「中午幫我留一份，愛妳！」

「你們這些年輕人動不動就愛來愛去的，也不害臊！」大嬸笑嗔。

「宮保雞丁很好吃?」身側突然傳來一把男聲，路遙驚了一下。

她側頭看去，是林閑。

「嗯。」路遙點點頭，抿脣微笑。

「那大嬸也幫我留一份啊!」林閑也道，學某人比了顆心，「愛妳哦。」

路遙耳根子浮上一抹淺紅。

「又見面了。」林閑又轉向路遙，面上一片坦然，彷彿方才逗人的不是他。

「你好。」

「妳是校本部的?」林閑也點了一份蛋餅，禮貌一笑時，惹得大嬸找回了遺失多年的少女心。

「對，我是中文系的。」路遙吸著豆漿，吸管被咬得皺巴巴，「電資院不是在南校區嗎?你怎麼會在這裡?」

林閑心想：我知道妳是中文系的，剛才經過布告欄還看到妳的新詩作品呢。

他並不是個會特意駐足欣賞文學作品的人，然而那時匆匆一瞥，看到「路遙」這兩個字，突然想到許復說的似乎就是這個名字，於是便停下來看完整首詩了。

不知道是早晨的陽光格外有詩意，還是她的文字釀出了陽光的味道，林閑一個資工男讀完整首詩後，莫名覺得晨光正好，世間萬物都是華筆。

「來這辦點事，聽說校本部的食堂不錯吃，就順便來吃早餐了。」

路遙想，這個人長得眞好看，聲音和那天一樣，帶著一股午後日曬的慵懶味道，特別好聽。

「哦。」路遙接過蛋餅，向他一笑，「那我先去找朋友了。」

「去吧去吧。」林閑也笑，頰邊陷下兩個不深不淺的酒窩，「說不定中午還會遇到呢。」

路遙被那酒窩晃了眼，愣了一瞬後才提步離開。

到了位子後，只見三人都盯著自己，那眼神一致的意味深長。

「妳們……幹麼？」路遙感覺不妙。

程貝貝率先發起攻勢：「說！妳跟南校區的男神是什麼關係？」

南校區？所以他不只在電資院有名？

韓曉霧緊跟著步伐：「我記得你們兩個那天還說不到幾句話，怎麼剛才看起來這麼熟了？」

看起來哪裡熟了！我全程靦腆笑沒看見嗎！

甄甜再接再厲：「不要跟我說你們不認識是巧遇，剛剛是誰說要來食堂吃早餐？」

是我是我是我……但真的就是巧遇啊！

「路遙女士，請勿裝聾作啞逃避問題，以妳的原味蛋餅之名，速速從實招來！」韓曉霧舉著筷子充當麥克風，義正辭嚴。

「眞的是巧遇，我們眞的不熟……妳們不相信？」

三人異口同聲：「不相信！」

路遙萬分無奈。

中午時，路遙沒有碰上林閑。

她不太在意，對於「男神」這類生物，她沒有太大的追求，只是心底有抹似有若無的失落，不知道如何解釋。最後她默默想通了失落的原因，或許身爲一個聲控，她追求的不是男神的顏，而是男神的聲音……

午餐她一個人吃，韓曉霧和程貝貝跟各自的社團有約，至於甄甜，她依舊埋首於研究當中，不可自拔。

路遙滑著社群動態，看到關注的漢服店家發了新圖透。

新品是一套齊胸襦裙，絳紫的上襦肩頭繡著白色的梔子花，下裙是藕荷色的，淺灰藍的裙頭也有梔子繡花，白色的繫帶飄飄，仙氣縹緲。

新品上架都有轉發抽獎，她每次轉發，每次都沒中。

路遙不氣餒，再接再厲繼續轉發，指不定哪天就被她抽中了呢！

雖然她很喜歡漢服，但衣櫃裡也只有一套齊胸漢元素連衣裙，畢竟漢服這東西平常不太會穿出去，一套買下來要不少錢，她一個學生只能邊存錢邊隔著螢幕看人家的返圖羨慕。

她又更新了一次動態，發現自家好基友更新了。

此江煙非彼江淹：剛才你們閒哥發現我下禮拜才開學，一大早打電話叫我滾回T市陪他浪，你們說他開學了也不好好上學，還要拖我這個小美女下水，我的盛世美顏需要美容覺來保養，快去撻伐他！

1234567：盛世美顏還沒發照，差評。

落花流水皆無意：下禮拜開學！江爺也是L大的嗎？

布丁好好吃：L大十一

梅花開不開：L大十一

路遙轉發了江煙的貼文。

路遙知我意：捨不得撻伐我們閒哥〔害羞〕

五方鐘後，路遙發現江煙又轉了自己的轉發。

此江煙非彼江淹：@浮生半日閒看看你的腦殘粉，有異性沒人性〔二哈〕〔二哈〕

路遙看到江煙標記了半日閒，嚇得趕緊去聊天視窗敲她。

路遙：江煙女士出來面對！妳幹麼標閒哥啊！！！

江煙：緊張什麼？搞不好你們因此而搭上啦！還不好好感謝我！

路遙：我一個小透明不想打擾閒哥啊！

江煙：沒事沒事！話說我下禮拜……

路遙：下禮拜幹麼？

江煙：臥槽，妳快去重新整理動態！快！

路遙一打開社群軟體後驚呆了，她還退出去再開了一次，才確定自己沒在做夢。

浮生半日閒：我的粉有我護著呢！江煙妳哪位？洗洗睡吧〔doge〕

路遙一整個下午都沉浸在被男神翻牌子的狂喜裡。

路遙：嗷嗷嗷嗷，江煙我愛妳！！！！

江煙：……

江煙：剛才是誰跑來罵我標記她男神的？

路遙：可能是假的路遙:)

江煙：……滾。

路遙：江爺？江寶貝？江女神？

江煙：對了，我下禮拜要去T市一趟，要不要見面？

路遙：！！！

路遙：好！睽違兩年的見面～

江煙：那我喬好時間再跟妳說。

路遙：好，先不聊了，我下午有課，愛妳麼麼噠！

路遙正好也吃完了午飯，收拾了東西便走去教室，這一堂是通識課，上的是現代公民與法律。路遙走進教室，看到塞得滿滿的空間，頓時風中凌亂。她看了一下時間，才兩點，上課時間是兩點二十，現在就找不到位子了？

她記得這堂課的講師並不是什麼特別有名的教授啊……

「路遙！」突然，她的肩膀被拍了一下，轉過去一看，是韓曉霧。

「妳也修這堂？」

「沒，旁聽。」韓曉霧環顧了一下教室，不由得感嘆，「顧男神魅力強大，才幾點就滿了。」

「什麼？」

「聽說，劉教授要去國外研習，所以這堂課前一個月都是顧教授代課。」韓曉霧拉著路遙找到了兩個座位，「法學院那個顧清晨你知道嗎？教刑法，長得宇宙無敵帥的那個。」

路遙看了一下教室裡的學生，的確清一色都是女生。

「妳也是來看顧教授的？」路遙睨了韓曉霧一眼，她記得她不是會對社會學科感興趣的人。

「嗯……」韓曉霧羞答答地笑了，微微上挑的眼角漾出笑意，與頰邊染上的淺粉暈出滿面春紅。

路遙回以尷尬又不失禮貌的微笑。

顧清晨到的時候，原本喧鬧的教室霎時間靜如死水。

路遙是第一次看到傳聞中的顧男神，確實顏值吊打一票當紅小生，白襯衫的釦子一絲不苟地扣到最上顆，眉眼清冷。渾身一股清高勁兒，像山巔的皚皚白雪，也似屹立於霜白中的傲然孤松。之前見過一次韓曉霧的醫生堂哥，路遙戳了戳韓曉霧的手臂：「欸，這顧教授比妳那個堂哥的高冷有過之而無不及。」

韓曉霧沒理她，兀自看著顧清晨打開筆電，連接投影幕，秀出PPT。

「負責這堂課的劉進華教授因爲臨時要出國研習一個月，他不在的這段時間，你們的課程暫時由我代課。」他的聲音平淡無起伏，「劉教授說課程隨意，我的專業是刑法，所以未來這一個月的課程，都將結合公民生活與刑法。」

過了許久，韓曉霧才慢悠悠地轉向路遙，一臉嫌棄：「我哥算什麼？跟顧男神差了不止一個億！」

路遙無言。是誰從小的偶像就是自家堂哥？是誰立志成爲像堂哥一樣的外科醫生？

顧清晨上課不點名，能修到他的課是幸運，除非腦抽了才會缺席，加上旁聽的學生超多，他其實也不需要點名。

但是顧清晨上課時常常抽人起來回答問題，有的問題是他剛講過的，有的是他以前講過的，有的是他……根本沒講過的。

「路遙。」顧清晨看了眼點名簿，隨口叫了一個名字。

突然被點名，路遙渾身一震，弱弱地舉起手。

顧清晨掃了一眼舉起手的女生，目光定在旁邊的女孩身上：「……左邊的那位同學。」

路遙心下鬆了一口氣，突然想到她左邊的不就是韓曉霧嗎？一顆心頓時又提了起來。

「小五！」路遙叫了一聲，「顧教授點妳了。」

韓曉霧有如大夢初醒：「靠，我剛才都在關注他的盛世美顏，誰知道上了什麼啊！」

顧清晨目光冷漠，聲音也制式得毫無溫度：「請說出刑法的性質，至少五項。」

韓曉霧一臉懵逼，路遙正要提示她，前面的男生就轉過身低聲報出正確答案。

韓曉霧不愧是學霸，記憶力也是一等一的好，把一長串答案一字不差地轉述了。

顧清晨點了點頭，繼續講課。

「欸，謝謝啊。」韓曉霧下課後拍了一下前面同學的肩。

那男生笑得爽朗：「不客氣，妳可是我女神呢！」

「哈哈哈哈，需不需要給你簽個名？」韓曉霧拋了個媚眼給他，拉著路遙走了。

「嘖嘖，系花就是不一樣。」路遙瞥了一眼正依依不捨看著顧教授的某人，「隨隨便便都遇得到迷弟。」

「羨慕嗎？」韓曉霧一笑，上挑的眼尾曳出滿目風情。

路遙一臉冷漠：「要發騷去對著妳的一眾粉絲吧，我沒興趣。」

韓曉霧笑著揉了揉路遙的臉：「哎喲路寶，妳怎麼連面無表情都這麼有氣質啊！」

路遙：「……」

有個愛調戲別人的閨蜜該如何是好？在線等，挺急的。

♪

初秋傍晚有著微涼的風，輕輕拂過帶來淺淡秋意。

路遙前陣子想說要幫家裡分擔一些，於是開始應徵家教，前幾天有了消息，打電話過來的是一個母親，聲音溫厚，隔著話筒她也能感受到對方的親切，兩人約定好今晚七點半試教。

對方的家在T市中心外圍，離T大不遠不近的距離，路遙搭公車大概花了半小時。

眼前的房子是一幢小別墅，五層樓高，前面有庭院和車庫。

路遙按了門鈴，等了一會兒卻不見有人應門，她再按了一次後，眼前的門幾乎是立刻被打開。

在看到眼前人時，她的眼睛頓時睜大，懵了不只一瞬。

「林、林閑？」

窗檯上的盆栽植物碧如茵，小葉翠綠，夜風拂過，不沾染半分秋意。

大門前的復古掛燈一晃一晃的，闌珊的燈火似明似滅，昏黃的光打在男生的臉上。

眼前的人穿著居家服，簡單的白T恤和灰色五分褲，不同之前見面的模樣，此刻他鼻梁上架著一副黑框眼鏡。一身閒散衣著，也讓他穿出一身謎樣的魅力。

林閑眼底是毫不掩飾的驚訝：「路遙？」

路遙更懵：「這裡是明河社區？」

「嗯。」

「二十三號？」
「嗯。」
「貴府有位莊女士？」
「嗯。」
「那……」
就在兩人茫然之際，這時林閑身後突然冒出一名女士。
「哎呀，是路遙小姐吧？」
聽到是電話裡那個熟悉的女聲，路遙禮貌地頷首：「您好，我是路遙，T大中文系二年級。」
「妳好妳好，沒想到是這麼年輕的小姑娘，在電話裡聽妳的聲音，感覺規矩得體，還以爲至少是研究生了呢。」莊女士一把將林閑推開，「快進來，我叫莊甯，吃飯了嗎？還沒吃的話，我可以給妳準備。」
「謝謝您，我吃過了。」路遙沒想過電話裡聽起來端莊的女士，眞正接觸後本人這麼熱情，「請問需要試教的是……」
「哦，是我的小兒子。」莊甯笑著拉過路遙的手，「不用這麼拘謹，叫我莊姐就好。」
「臥槽，老莊妳好意思？」被晾在一旁的某人突然開口，「路遙跟我同年欸，我叫妳媽，她難道不該叫妳阿姨？」
「給妳介紹一下，這是我大兒子林閑，也是你們T大的。」莊甯冷笑，「什麼鬼電資院院草、南校區男神，知道現在的女生眼光不好，但不知道這麼不好。」
林閑：「……」呵，所謂親媽。
「哦對，路路，我可以叫妳路路吧？」莊甯見路遙點頭，又繼續道，「要叫莊姐還莊姨隨便妳，但我跟妳說，我四十五不到！」

路遙尷尬地扯了扯脣角：「莊……姐。」

莊甯很滿意，瞟了一眼林閑後，就帶著路遙到書房。

書房很大，書櫃是從天花板連接地板的那種，上層的書需要爬梯子才拿得到，每個書櫃都塡得滿滿的。書桌有三個，左邊那個看起來有段時間沒使用了，右邊的疊了好幾個文件夾，而中間的坐著一個男孩。

聽到開門聲後，男孩的旋轉椅轉了一圈，面向門口。

「媽。」男孩開口。

「路路，這是我小兒子，林白。」莊甯道，「小白，這是你家教姐姐，路遙。」

「路姐姐好。」林白笑。

路遙看著眼前的男孩，軟萌軟萌像個小奶狗，一顆心化了一半。

「那小白就交給妳啦！我要去追劇了。」莊甯拍了拍路遙的肩，走出房門卻看到自家大兒子懶懶地倚在牆邊。

「路遙是給小白找的家教？」

「嗯，有意見？」莊甯掃了他一眼，「你別嚇到人家，我覺得挺好的，如果小白覺得可以，我就把她留到小白考試完，除非她自願不幹。」

「哦。」林閑應了一聲，又道，「你們以後都是約禮拜三晚上？」

「基本上應該是。」莊甯奇怪地看了他一眼，「幹麼？你對她有意思？」

林閑漫不經心地勾了勾脣角：「幫妳討個兒媳婦回來玩。」

莊甯「切」了一聲，打量了自家兒子幾眼：「那也要看人家小姑娘看不看得上你。」

林閑：「……」呵，親媽。

書房內比起書房外，是一片平和。

「路姐姐，我叫林白，今年十四歲，國二。」林白眼睛大大的，很有神，「除了國中英文那智障都會的程度，我偏科有點嚴重。國中讀了一年下來，數理好，社會科一般，國文眞的不太好。」

路遙聽到林白說出「智障都會的程度」，沒忍住便笑了出來。

「那你是哪個方面比較不好呢？」路遙問道，「字音字形？修辭章法？文意理解？」

「應該是文意理解。」林白頹喪著臉，「一般的文言文還可以，但有些詩詞我眞的不明白，他們怎麼就知道詩人表達的是那個意思？」

「好，我會特別幫你加強這一塊。」路遙點點頭表示理解，「有任何問題都可以問我，雖然我的專業是國文，但問的問題可以不侷限於國文。不過如果是理科，你哥哥應該更拿手，畢竟國中的課程我也忘得差不多了。」

「好。」

「那今天我先幫你把有問題的題目解決，嗯？」

「好的！」

路遙很喜歡林白，有些孩子不想念書會跟自己的家教瞎扯，但他不會。他乖巧懂事，上課認眞，是眞心想把國文成績拉起來。而且這個年紀的孩子大多又中二又屁，可是他還很純眞，給人一種小清新的感覺，不惡作劇也不耍酷。

兩個小時一下子就過了，路遙要離開的時候，林白突然跑到玄關，塞了一顆糖到她手裡。

「路姐姐，這個是爸爸去比利時帶回來的巧克力，我覺得很好吃，請妳吃。」林白彎著嘴角，一臉眞誠，「我很喜歡妳，妳下禮拜還要來哦！」

路遙另一半的心也融化了。

「謝謝。」路遙微笑著接過巧克力糖，「我也很喜歡你，小白上課加油哦。」

「遵命！」林白做出了一個軍事敬禮的手勢。「路姐姐拜拜！」

「路路！」莊甯從客廳晃了出來，「還適應嗎？」

路遙微笑：「可以，小白很乖，也很積極。」

莊甯看了一眼林白，笑著揉了揉他的頭。

「小白看起來也很喜歡妳，那接下來就麻煩妳了。」

「好的莊……姐，我會努力的。」

莊甯見她頓著語氣，哈哈大笑：「逗妳的呢，叫我莊姨就好，我還不至於這麼沒臉皮。」

莊甯看到她手上的巧克力糖，對林白說：「你要請路姐姐吃糖也不拿一盒出來，就這麼一顆多沒誠意！」

「不用，一顆就夠……」

沒等路遙說完，莊甯便喊道：「大閑！把你爸去比利時買的那盒巧克力拿出來！英國的那盒玫瑰花茶也順便！」

莊甯拉著路遙說了幾句話，等到眼角餘光看到自家大兒子走過來後，又道：「那以後就禮拜三七點半，這個時間妳可以吧？」

「可以，我禮拜四早上沒課，晚點回去沒問題的。」路遙點點頭，接過莊甯遞過來的禮物，「謝謝莊姨……」

「欸，現在都九點半了，人家一個人回去多危險，你整天好吃懶做，也沒見你為這個家貢獻什麼，現在讓你表現一下。」莊甯看了林閑一眼後，拉著林白晃回客廳了。

「那個……沒關係，我搭公車回去就好，不用麻煩了。」路遙拿了人家的禮品，現在還要請人家送自己回去，她一向不喜歡麻煩別人，很不好意思。

「沒事，我也要回去，今天只是臨時回家一趟而已。」林閑遞了一頂安全帽給她，「我送妳吧，妳搭公車回去都十點多了，一個女孩子，危險。」

見她還要拒絕，林閑又道：「明天我有早八，妳再拖下去，我可要埋怨妳啦。」

事到如今，路遙再拒絕也是矯情，她接過安全帽，聲音融在無邊夜色裡，「謝謝……」

T市是個不夜城，夜已漸深，燈火炫目，繁華依舊。

機車呼嘯而過，夜風颯爽，吹來微涼，漫入肌理卻是溫燙。身前的男生背影挺直，荷爾蒙在拂過的風裡漸漸發酵，她的心跳有些快。

儘管林閑不介意路遙抱著他的腰，她仍小心翼翼扶著後面的金屬桿，但與他的近距離還是讓她不太自在，緊張、害羞、無所適從的情緒在血管裡流動。

雖然男生的氣息讓她不知所措，但她不會很反感。

路遙高中讀的是女校，三年生活在同性環境的她，其實不太擅長和異性互動。雖然他們交流不多，但不知為什麼，林閑給她的印象一直挺好的。長相帥氣、待人親切、成績拔尖，那種陽光中摻了點慵懶，漫不經心中又帶著確切的認真，說實話挺有吸引力的。難怪會成為南校區的風雲人物，甚至T大校本部大多數人也認識他。

機車拐過一個彎，停在一幢建築物前面。

「謝謝你。」路遙把安全帽還給他，「回家小心。」

「沒事。」林閑把裝著巧克力和茶包的袋子遞給她，「我公寓離這裡不遠，我印象中女宿有門禁吧？妳快上去。」

「嗯。」路遙再次道謝後，乾脆地轉身進了宿舍大樓。

直到那纖細的身影從視線中完全消失，林閑才重新發動機車。

宿舍前，一排的梧桐樹葉沙沙響，路遙細軟的聲音彷彿仍暈散在空氣中，帶著桂花甜甜的香氣，迷失了他的嗅覺。

當有一個習慣突然受到了侵入，好像要回到最原始的狀態，就不是那麼簡單了。

林閑一進到家裡，就見許復端著一碗泡麵走過來。

「哇，還知道要來迎接我，不錯嘛許復。」林閑伸手就要接過那碗熱氣騰騰的麵。

「滾。」許復表情冷漠，躲開他後便坐到沙發上，邊看電視邊吃宵夜。

見許復沒有要理自己的意思，林閑衝著他的背影豎了一記中指後，便提步回自己房間。

正要進到房間時，突然聽到許復開口：「你不是說今天不回來？」

林閑又折回客廳：「給我泡麵我就告訴你。」

許復淡定地繼續吃泡麵：「算了，我也不是很想知道。」

林閑：「……」說好的友愛互助和平呢？

林閑聞著泡麵的香味也覺得有點餓，最後還是去廚房親自泡了一碗來吃。

「我明天有早八啊，當然要回來。」林閑吸著泡麵含糊道。

「不是說懶得回來了？反正住你家那邊早起半個小時就好了，也不是太早。」

「突然想你了行不行？」

許復聽他語氣柔情繾綣，差點沒把剛入口的麵都吐出來。

媽的，玩聲音的都一言不合就鬼畜。

「那被我媽趕出家門，這個理由你接不接受？」

「這個解釋合理多了，如果是你媽我不意外。」

林閑挑眉不語。

許復：「哥們，不要以爲我看不出你在打太極。」

林閑依舊端著不正經的模樣，捏著嗓子嬌滴滴地道：「你這麼關注我，我都要懷疑你是不是暗戀我了，我們親愛的許大社長……」

「我只是想知道，到底是什麼原因破壞了我今夜終於能夠不用看到你的喜悅。」

「操……」

過了許久，直到林閑把最後一口泡麵吃掉，他滿足地舔了舔嘴脣，低低的聲音響在新聞主播抑揚頓挫的報導聲中。

「許復，我好像……看上她了。」

路遙這一晚睡得並不好，心下有一處隱隱懸著，感覺不太踏實，然而眞正讓她輾轉難眠的卻不是這個微小的不安，而是林閑。

她躺在床上，閉上眼看到的是林閑，睜開眼腦內浮現的還是林閑。

他清爽和煦的氣息縈繞在毛細孔的每一處，像是燒騰的煙氣，灼燙肌膚。

她也不知道自己怎麼了，是太久沒和異性有這麼多接觸嗎？要不然怎麼會這樣反常。

她索性戴上耳機，心想著半日閒的聲音或許能安撫情緒，讓自己快點進入夢鄉。

可聽著半日閒那極具特色的醺然嗓音，唱著那陌上公子世無雙，她想到的居然還是林閑。

歌曲的意境本該是一名白衣飄飄的男子，背手立於陌上小徑，俊顏如玉，氣質淸風朗月般溫潤。她腦內浮現的畫面卻是林閑身著白襯衣和黑褲，一隻手斜斜地放在褲子口袋裡，站在宿舍前一排的梧桐樹下，看起來閒適而慵懶，卻也是美景如畫。

她作息一向規律，平常十二點左右就會睡了，然而今夜在翻來覆去的折騰之下，她卻快三點才睡著。

夜色深沉濃厚，有人思緒萬千，有人心無波瀾；有人夜不成眠，有人好夢酣甜。

隔日早上路遙沒有課，她便放任自己睡得晚一些。當她醒來後，還來不及從床上下來，就見剛下課的程貝貝打開寢室的門，風風火火地衝了進來。

「路路寶貝！」程貝貝妝容精緻的臉上浸有薄汗，可見跑得有多急。

「我在呢，別這麼大聲啊……」路遙因爲剛醒來，睡意依舊，她揉了揉眼睛，軟軟應道。

「哎呀，妳眞是！」程貝貝三兩下爬上路遙的床，「都什麼時候了還睡！」

「什麼？」路遙表示不解。

「妳自己看！」程貝貝把手機遞給她，路遙接了過來。

「妳這麼低調的一個人，怎麼會發生這種事！」程貝貝繼續說。

路遙睜著迷濛的雙眼，看了一眼屏幕上的頁面，她的睡意瞬間蒸發，腦子轟地一聲，炸開了。

她、她居然上了……學校論壇？

T大的校園論壇本日點擊率最高的是一則八卦消息，關乎萬千花痴少女們的南校區男神，也關乎路遙一個出了文學院就低調到不行的小透明。

程貝貝的手機頁面上有三張圖，三張的背景都是夜晚的女宿舍前。

第一張是一男一女面對面說話，身旁有一部機車。礙於拍攝者的角度以及光線問題，只有男的面容稍微被照到，雖然不清晰，但要認出是林閑並不困難。至於女的，四十五度角背對鏡頭，只看到纖細的身影，身軀上大部分都是黑影一片。

第二張是女生走向宿舍的側影，因著宿舍大門的燈壞了，光線不好，女生的真容沒有曝光。但看得出她留著短髮，身高不高不矮，身材纖瘦。

第三張就更清楚了，照片上是女生離開後，林閑看著宿舍大門的方向，站得挺直，而月光打在他臉上，暈出一片溫柔。

原PO：昨天回宿舍晚了，然後看到了什麼……我就默默放圖，你們自己討論:)

一樓：快告訴我那不是南校區男神！不是電資院院草！不是林閑！

二樓：只有我不知道男神死會了嗎？我以為我還有機會QQ

三樓：回樓上，你不是一個人QQ

四樓：沒有人想知道那個女的是誰嗎？

五樓：光線差評，男神女票差評。

六樓：臥槽，只有我看著林閑的單人照，越看越覺得他眼神好溫柔嗎！

七樓：不用吵了，那個女的是我:)

八樓：以我在文學院待了三年的眼力來看，我怎麼覺得那身影很像中文系的L學妹？

九樓：推樓上，我跟LY同系，我也覺得很像，尤其那個短髮。

十樓：LY是XX盃新詩第一名的那個嗎？作品還被放在學校布告欄？

十一樓：LY是跟某大作家同名的那個嗎？著有平凡的世界那個大作家？

十二樓：難道沒有人覺得那女的其實也很像外文系的CR嗎？

十三樓：樓上這麼一講好像又有點像……

十四樓：CR的頭髮到下巴了吧？照片上看起來只到耳下一點而已啊。

十五樓：CR是外文系系花，不管我站俊男美女派。
十六樓：LY是誰？聽都沒聽過，這也能搭上男神？樓上是親友團吧？我站CR。
十七樓：回樓上，LY在文學院可紅了，她的作品讓好幾個教授大為讚嘆，還上過某文學雜誌，你寫的出來嗎？
十八樓：CR的漂亮全校皆知吧，成績也都是系上前三呢，這種人才配得上男神，我站CR派。
十九樓：長得漂亮有什麼用？內涵比較重要，我站LY。
二十樓：CR漂亮能漂亮過HSW？
二十一樓：我記得HSW和LY是很好的朋友？身爲HSW腦殘粉，我站LY。

「那個，路路……」

路遙沒理她，繼續翻著評論，到後面幾乎都在吵，吵的是究竟是中文系才女路遙，還是外文系系花丘苒，才配得上南校區男神林閑。

「路路那怎麼可能會是妳呢？雖然妳跟男神上次在食堂看起來聊得開心，但妳又說不熟，而且妳那天不是去家教嗎？哪有時間跟男神廝混？」程貝貝連珠炮似地分析個不停，「還有聽說那個丘苒仰慕林閑很久了，也有可能他們就——」

路遙突然不想聽下去了，飛快打斷她的話：「照片裡的人……」她把手機還給程貝貝，定定地看著她，神色平靜。

「是我。」

程貝貝石化了。

路遙和丘苒不熟，只是互相知道對方的關係，加上兩人剛站在話題的風口浪尖，要是碰上了實在尷尬。

然而路遙和程貝貝去便利商店的時候，還真遇見了丘苒。正確來講應該說，聽見了丘苒。

她們站在零食架前，零食架的後方是飲料架，幾個姑娘的聲音從飲料架那處傳了過來。

「小苒，妳看學校論壇了沒？」

「對啊對啊，那照片上的是不是妳？」

丘苒沒回答，路遙聽見了冰箱門打開又關上的聲音，然後丘苒開口了：「這個蘋果茶挺好喝的，妳們要不要試試？」

「啊好，謝謝……等等妳不要轉移話題！」

「那肯定是妳吧？那個路遙是誰啊，切，也好意思湊上來蹭熱度。」

程貝貝看了身旁的某人一眼，某人擺出冷漠臉。

丘苒還是不回答，她的朋友們繼續說。

「小苒，妳不是很早以前就喜歡林閑了嗎？」

「對呀！你們真的在一起了？」

親友們一句接著一句後，丘苒終於說話了：「什麼喜歡……我是欣賞他！」

「哎，別害羞了，妳都臉紅了呢！」

「男神私底下是什麼模樣？對妳好不好？」

丘苒頓了一下，不知道想到什麼，最後甜甜地道：「他……挺好的。」

「真的呀！怎麼好怎麼好？快說來聽聽！」

「就……都很好……溫溫柔柔的，特別喜歡笑……」丘苒笑嗔，「妳們別再問了！」
三個人的腳步聲逐漸遠去，程貝貝看了一眼路遙，路遙繼續端著她的冷漠臉。
「呵，黑的都能說成白的。」程貝貝翻了個白眼，「虧我以前還挺欣賞她，年少不懂事……」
「不正面承認或否認，避重就輕、拐彎抹角用其他言語誤導對方。」路遙停了一下，拿了一包洋芋片放到購物籃裡，點點頭，「是厲害。」
「雖然照片裡的人不是她，不過……他們真有什麼也說不定。」路遙的聲音聽不出情緒。
回到宿舍後，路遙突然想問問林閑認不認識丘苒。
她拿出手機，才想到沒有他的號碼，有些遺憾地嘆了口氣，轉而開啓社群軟體。

路遙知我意：心裡堵。

她的朋友們很快就留言了。

此江煙非彼江淹：怎麼啦，我的寶？
韓小五：哪個混蛋惹妳不開心了？看我收拾他！
貝貝很可愛不接受反駁：刷新三觀，呵呵。
甄甜一點都不甜：誰想找抽？沒被跆拳道黑帶揍過？

突然「叮」了一聲，路遙看到自己的粉絲漲了一個，她點進去後愣了一下。是林閑。
隨卽她的那則貼文下面又有人留言了。

林閑很忙他不閒：林白同學說他捨不得路姐姐難過。

遙看著那則留言，無語了一陣，心想這人沒事怎麼扯林白進來。她馬上回關注了林閑，接著私信他。

路遙知我意：你認識丘苒嗎？

消息發出去的瞬間她就後悔了。怎麼這麼衝動啊啊啊！這樣看起來超像爭寵失敗的棄妃！

林閑很忙他不閒：他誰？很有名嗎？

路遙說不出心下壓抑的重量突然減輕了是怎麼回事，她抿著唇微笑打字。

路遙知我意：沒事。你不逛學校論壇？

林閑很忙他不閒：基本上不看。怎麼了？有大事？

路遙知我意：沒……

林閑很忙他不閒：哦對了，妳通識有修現代公民與法律嗎？我第一堂課有事請假了，教授怎樣？好嗎？

路遙知我意：你也有修？

林閑很忙他不閒：對啊，要不是每個核心領域都要修一門，我才沒興趣修什麼破法律……

路遙知我意：教授教得不錯，就是……冷漠了點。

林閑很忙他不閒：我還沒見過有誰比顧清晨更冷漠的，哈哈哈！

路遙知我意……

路遙知我意：教授就是他。你認識？

林閑很忙他不閒：臥槽……真的是他？？？？

路遙知我意：你選課都不關注課程資訊的？

林閑很忙他不閒：反正是系統分發，我對這個領域也沒興趣，就亂填了，填完就順水流。

林閑很忙他不閒：他是我鄰居，算是兒時玩伴吧……真要上他的課啊，看他還不整死我……

路遙知我意：拍拍，我有事，先下了。

路遙下了線後，程貝貝笑容猥瑣地湊了上來：「我說路寶，妳在跟誰聊天？全程笑咪咪的，難道是我們家男神？」

路遙有些後知後覺：「什麼……」你們家的？

她朝程貝貝揮揮手趕跑她，轉身偷偷摸了一把臉頰。

嗯，的確是……有些燙了。

♪

江煙昨天到了T市，和路遙相約在T大附近一家小咖啡館見面。

其實江煙比路遙熟悉T市，畢竟她是土生土長的在地人，只是大學考到L市，而路遙到T市才一年多，比不上人家過去十八年都在這兒混。

路遙難得起了大早，精心打理了一番，平常不化妝的她，還讓韓曉霧給她化了個淡妝。可見她有多重視這場約會。

路遙提早到了，點了一份三明治和紅茶拿鐵，坐下來靜靜等待。大概過了五分鐘，她就看到江煙推開店門走了進來。

她知道江煙的長相，她偶爾會在朋友圈發照片，不過在這個美顏相機和修圖軟體盛行的年代，她還是第一次看到本人比照片好看的女生。

江煙穿著波希米亞風的長裙，頭上綁了一條裸粉色的印花髮帶，腳下是一雙同色系的綁帶高根涼鞋。中分的頭髮烏黑而直順，眼睛又大又亮。

比起路遙文藝少女般的溫柔氣質，江煙是學音樂美術獨有的藝術家氣質，是古典溫雅的，但骨子裡又透了些張揚浮誇。

的確，江煙就是藝術大學中最負盛名的L大音樂系的。

「路遙?」江煙一進門就看到路遙，她笑著坐到她對面。

「知我意。」路遙接下去，又道，「江煙洗盡……」

「柳條輕。」江煙毫不猶豫，「很高興見到妳，我的路路寶貝!」

「我也是。」路遙笑彎眉眼，「與圈子裡頗負盛名的江爺共進午餐，乃奴家三生之幸。」

「行了，別浮誇。」江煙大笑，「我先去點餐。」

方才兩人說的是確認對方身分的句子，其實照片都見過，彼此不會認錯。但江煙突然起了玩心，說要體驗那種接頭暗號的感覺，路遙也就配合了。

「妳最近過得怎麼樣啊？」江煙喝了一口卡布奇諾，再把嘴脣上的奶泡舔掉，「妳前幾天那條動態，心裡堵那個，怎麼回事？」

「哦，那個啊……」路遙把校園論壇的事和丘苒在便利商店說的話大致講了下，只是把丘苒和林閑的名字用代號代替了，「現在沒事了，哈哈。」

「妹子，我看妳這是要戀愛的節奏啊，嗯？」

「妳少來！」路遙有些臉熱，彈了對方的額頭一下，「整天想什麼不正經的！」

「欸不是，我是羨慕妳！」江煙一臉哀怨，「妳不知道我昨天回家，我媽看見我的第一句是什麼！」

見路遙不講話，江煙又道：「這時候妳不是應該反問我媽說的是什麼嗎？」

路遙從善如流，一臉無欲無求：「哦，是什麼？」

江煙：「……」然後有點心累地接著說：「我媽居然問我什麼時候帶男朋友回家！我才幾歲啊，大學還沒畢業呢，就天天巴不得我嫁出去似的，偏偏我還沒遇上那個人嘛。」

「嗯，您辛苦了，多吃點壓壓驚。」路遙把自己的盤子推到江煙前面。

江煙無奈地看著盤子裡的薯條，一副看穿她心思的模樣，「妳是自己吃不下吧。」

路遙故作嬌羞：「討厭！這是人家的小祕密呢！」

江煙：「……」文藝少女的人設呢？堅持住啊！

店門上的風鈴晃著晃著打上玻璃門，清脆的聲音響在半空中，門又被推開了。

兩個男生沐浴著秋日陽光，慢悠悠地走了進來。

「妳看什麼呢？」路遙敲了敲桌子，江煙這才回神。

「不是，路遙，我……」江煙的睫毛顫了顫，宛如羽扇撲騰，「我……」

「妳？」

「江煙？」突然一把男聲插了進來，「路遙！」

「林閑？」路遙見來人，心下驚訝，「啊，許復。」她又朝他身後的人打招呼。

許復冷靜自持地點了點頭。

「妳怎麼在這兒？」林閑顯然比她更驚訝，「妳們……」

「啊，給你介紹一下，這是我朋友——」路遙正要向他介紹江煙，話卻被打斷。

「等等等等，妳跟林閑認識？」江煙面色詭異，她又轉向林閑，「你跟路遙認識？」

「嗯啊，怎麼了？」路遙不理解她爲何反應這麼大，「你們也認識？」

「靠……」江煙的表情是大寫的一言難盡，「那妳知道他是誰？」

路遙一臉懵逼：「林閑啊？還是妳問的是他的稱號？T大電資院院草？南校區男神？」

「沒、沒事。」江煙目光閃爍，路遙只當她又犯神經病了，「啊，其實我跟林閑認識的，我們是高中同學。」

「哦，世界眞小。」路遙感嘆完，奇怪地看著江煙，「寶寶，妳是不是哪裡不舒服？要不然怎麼臉色不太好的樣子？」

「沒事，看到林閑那張臉，被嚇的。」

林閑無言以對，心想：關我什麼事？

「你們慢坐啊，我們先走了。」江煙拉著路遙起身，「來，爺帶妳去玩。」

「哎？這就要走了？」路遙還沒反應過來，就被江煙往外帶，「啊，再見林閑，再見許復。」路遙臨走前不忘打招呼。

「走好啊！」林閑做了一個揮帕子相送的動作，這時江煙正好轉過頭，和他對上了眼。

林閑遞了一個眼神過去，江煙又回了個眼神，半空中的交會短暫如流星飛逝，各自接收了無聲的訊息後，她就拉著路遙出去了。

兩人在外頭逛了一陣子，江煙帶路遙去了一些路遙從未發掘過的地方。有隱藏在巷子裡的日式復古書店，有某公園旁特別好吃的鯛魚燒攤販，也有一條小街全是女孩子喜歡的衣服飾品店。

路遙跟著江煙這個本地人，開發了許多不曾踏足的地區，收穫頗大，傍晚要分開的時候，兩人都有些捨不得。

「我後天開學，明天就要回去啦，哪天妳要來找我隨時歡迎，讓我帶妳好好認識L市！我記得有人說過，網友只要見過一次面，就會有千千萬萬個見面的機會！」江煙抬手撥了一下長髮，如墨黑髮曳出一彎好看的弧度，在黑夜來臨前留下一抹張揚。

「就妳話多。」路遙笑，「路上小心。」

回程，路遙經過一家麵食館，順便買了牛肉麵當晚餐。到宿舍後，她吃著麵，突然想到什麼，又戳進了江煙的聊天視窗。懶得打字，所以她直接錄語音。

路遙：「欸寶寶，妳今天中午在咖啡廳原本要說什麼啊？我看妳表情不太對。」

江煙很快就回了，回的也是語音。

江煙：「什麼？什麼時候？」

路遙：「就林閑和許復來的時候啊，那時候妳就開始恍神，但本來好像要說什麼……」

江煙：「等等等等，妳再說一次他的名字。不是林閑，另一個。」

路遙：「啊？許復啊，言午許，回復的復。他怎麼了嗎？」

這次過了很久江煙都沒有回，路遙也不在意，猜她被家裡叫去吃飯了，她記得她今晚還是留在

T市自家的。

等吃完麵洗完澡，江煙仍未回訊，最後上床睡覺前，她再開了一次手機。

江煙是回了，用文字回的，只是回的內容有那麼點……畫風清奇？

江煙：我……好像是……呃……

江煙：心動的感覺。

♪

隔天送江煙去火車站的是林閑。

其實林閑和江煙的關係不只是高中同學，他們從幼稚園到高中都在同一所學校。

再加上莊甯和江煙的母親是好朋友，於是兩人從小就玩在一塊，偶爾會加上隔壁的顧清晨。不過顧清晨和兩人的年齡有差距，多半是另兩家的大人把兩個小屁孩丟到顧家，顧媽媽因爲要與兩家的媽媽嗑瓜子聊天，於是拜託顧清晨幫忙照顧。

顧清晨每次都是勉爲其難地答應。

林閑和江煙玩鬧時，顧清晨看書；林閑和江煙看電視時，顧清晨看書；林閑和江煙嗑零食時，顧清晨還是看書。偶爾顧清晨會沉聲提醒他們別玩得太過，這樣一靜二動的組合，也莫名其妙讓三個人的關係變得緊密。

簡單來說，林閑和江煙就是青梅竹馬的關係。

「你的小號關注了路遙啊？」江煙踩著高跟涼鞋，走路帶風，「這樣你不就知道她喜歡……」

「嗯。」林閑嘴角彎了彎，「昨天看到妳一臉便祕的樣子，讓我回想起她在我面前親口說出喜歡半日閒的樣子，我當時大概也是這麼被嚇的。」

「路遙也是傻，聽聲音聽不出來嗎？」江煙大笑，「你直播的時候說話是用本音吧？」

林閑點點頭：「或許……沒人會把身邊的同學和二次元男神聯繫在一起吧。」

「這倒是。」江煙應了一聲，喝了一口黑糖珍珠鮮奶，「不過半日閒也是T大的啊，她一個T大學生，竟然沒想過要找出偶像。」江煙繼續說，「不過路遙這個人比較內斂，之前我常說要介紹你們認識，她也一直回絕我，說不想打擾。」

林閑突然想起路遙在南校區門口看著布告欄的側臉，身後是滿地的梔子殘瓣，溫良平靜、清新如雨。

他面不改色地搶走江煙的飲料，吸了一口。

「臥槽！你不要總打我飲料的主意啊！男女授受不親，沒聽過？」江煙一個爆栗過去，奪走自己的手搖杯。

「哼。」林閑冷笑，「我們都是睡過一張床的關係了，假矜持什麼。」

「午睡梗你要玩幾年？」江煙學他冷笑，「顧清晨也常跟我們睡午覺，怎麼就不說他？」

「要是我跟顧清晨睡一張床的關係傳出去……」林閑頓了頓，「我們學校的女生應該會瘋狂吧。」

「啊？」

「男神教授顧清晨vs電資院院草林閑，T大兩大帥哥對上，究竟誰攻誰受！誰又折服於誰！」林閑氣勢磅礴，語調抑揚頓挫，好不帶感。

江煙努力克制著對他翻白眼的欲望。

「別跟她說。」林閑突然冒出這麼一句。

「什麼?」江煙還沉浸在兩位帥哥的YY裡，下一秒林閑就跳到其他話題，原諒她反應不過來。

「懂?」林閑淡淡看了她一眼，意味深長。

「嗯。」江煙懶懶地應了聲，突然想到什麼，瞪大眼睛看著他，「你……」

林閑但笑不語。

「行了。」江煙的火車差不多要到了，她隨便揮了兩下手，「爺滾回L市了，拜。」

她轉身那一刻的心理活動是這樣的——

二十年的交情，我還看不出來?不就是看上了路遙嘛!再裝吧你!假悶騷!

♪

路遙趴在床上，懶洋洋地刷著社群動態。窗外的陽光透過玻璃折射到室內，正好照在她那一區，將她的烏黑髮絲染上了碎金。

耳機裡是一首古風歌曲，歌名為〈芳華〉。江煙作曲，半日閒演唱，歌曲中間插了一段戲腔，別有韻味。

詩言蒹葭如畫
白露凝成霜
伊人款款在水一方
你卻不在我身旁
可曾記得當年一曲鳳求凰

你憑月當窗
眉眼彎彎笑意淌
而今蒼蒼深影秋意涼
我舉杯醉飲芳華
且看浮世這一場盛世煙花……

依舊是那醺然的嗓音，帶著三分慵懶七分醉，演繹詞曲故事的悲傷。

路遙聽得正爽的時候，突然被一把聲音給拉出戲。

「路遙路遙路遙！我們快收拾收拾去上課了！」韓曉霧風風火火地跑進寢室。

路遙看了一眼手錶：「現在才幾點，還有多久才上課，這麼早去幹麼？」

「不早了！妳忘了上次那擠滿了人的教室嗎？」

路遙回想了一下上次的景況，是有些誇張沒錯。見韓曉霧興奮又心急的樣子，嘆了一口氣，乖乖爬下床整理上課用品。

到了教室，離上課還有半小時，教室裡已有三分之二以上的座位是滿的。韓曉霧遞了個「妳看吧」的眼神，路遙無奈點頭。應韓曉霧要求，兩人挑了一個稍微靠前的位子。

「哦哦哦哦！這樣可以近距離欣賞盛世美顏了！」韓曉霧激動地拉著路遙。

她把包放下，接著拿起手機要跟路遙自拍，路遙配合地比起剪刀手，面色維持著嫌棄自家閨蜜的冷漠。

韓曉霧拍完後笑了一聲，用手扣住路遙的下巴，輕輕抬起：「喲，姑娘表面上不願意，身體倒是很誠實嘛！」

路遙：「……」

林閑掐在遲到前最後一分鐘到了教室，見教室裡滿滿的人，看來看去只剩第三排的走道旁還有個位子，心底哀號不想這麼近距離上顧清晨的課，卻只能不情願地走去落座。

他坐下來後望向講臺，只見這堂課的講師淡淡地掃了他一眼，沒有任何表示。

顧清晨就是這樣冷淡，林閑不意外，但說不定等一下會想法子整他。

然而讓林閑訝異的是，整堂課下來，顧清晨不僅沒有點他起來回答問題，甚至連眼神都沒賞他一個。倒是某人一直被點……

「那個穿淺紫色襯衫、綁高馬尾的同學，請說出刑事訴訟中經第二審判決後，不得再上訴至第三審之案件，至少列舉三樣。」

「橫排第四排右邊數來第十二個同學，請問刑事上訴期間自何時起算？」

「直排第五排的第四位同學……怎麼又是妳？」

以上所有都指向同一個人，那就是我們親愛的醫學系系花韓曉霧同學。

韓曉霧聽到「怎麼又是妳？」的時候，差點沒白眼一翻暈過去。

大哥，不是您都算好了才點我的嗎？一直叫我回答問題這不是針對是什麼！

罪魁禍首顧清晨自始至終都是一張冷淡的臉，語氣清冷沒溫度，卻表現得好像每次點到韓曉霧都是巧合。

林閑奇了，顧清晨搞什麼呢？要把人家氣死？

「本堂課最後一個問題……」顧清晨看了一下學生名單，「我們請林閑……」

林閑原本正在桌子下與許復組隊打遊戲，突然聽到自己的名字，瞬間掐掉手機屏幕抬起頭。

許復眼睜睜看著林閑操作的角色呆站著被敵隊殺死，在距離T大不遠的小公寓裡爆了一聲粗口。

林閑看向顧清晨。終於要來了嗎！

豈料顧清晨目光壓根兒沒停留在林閑身上，他繼續道：「……後面那位同學，爲我們說明……」

林閑奇怪地轉過身，果然又見某系花再次生無可戀地站起身。

同時，也看到了坐在韓曉霧身側的路遙。

她今天穿了一件白色雪紡襯衫，肩上搭著兩條吊帶繩，穿的應該是吊帶裙或褲。短短的頭髮依舊散在耳畔，瀏海也剪得短，露出兩彎好看的細眉。眉眼低垂，睫毛微微翕動，正神情認眞抄著筆記。

林閑不自覺多看了兩眼，才故作淡定地轉回正前方。

韓曉霧回答完後，顧清晨宣布下課休息，十五分鐘後接著下半堂。

林閑再次轉身，路遙仍低著頭抄寫筆記，倒是韓曉霧叫了一聲：「林閑！」

路遙抬眸，就見一雙盈滿笑意的眼睛正看著自己，她恍了一瞬，才輕聲打招呼：「林閑。」

女生的聲音細軟，那聲輕喚像是羽毛搔在心尖兒上，微微的癢，撩人心弦。

林閑見路遙接著拿出耳機，摁開手機屏幕，待看到音樂撥放器顯示的歌曲是〈芳華〉時，他愣了一瞬，又低低地笑了。

「怎麼了？」路遙疑惑地看著他。這人怎麼突然自己笑起來了呢？

「沒事。」林閑正色，然而嘴角還是殘留著笑意，他指向路遙的手機屏幕，「這首歌很好聽？」

路遙眼睛一亮：「超好聽！是我男神唱的，就上次跟你說的那個半日閒。」她順勢就將耳機遞了過去：「你要聽聽看嗎？」

林閑嘴邊的笑意蕩到眼裡了，他從善如流地接過，單音節裡揉著悶笑：「嗯。」

日光燈的白光打在他身上，深褐色的髮絲浮著細碎的光點，教室裡的喧譁聲一瞬間遠去，路遙看著他將耳機塞進耳裡，臉頰不知不覺染上了熱度。

自己居然這麼自來熟地就將耳機借給別人……

林閑面色如常地聽著自己的聲音響在耳裡，看著路遙故作平靜的表情，再想到方才她興奮介紹這首歌的模樣，忍不住又想笑了。

五分鐘後，林閑拿下耳機還給路遙，一本正經地道：「嗯，挺好聽的。」

路遙聞言，頓時忘了彆扭，又激動地說：「對吧對吧對吧！他的其他歌也很好聽！像是〈長街慢〉、〈日暮江瀾〉、〈煙水〉……啊還有翻唱歌曲，我很喜歡的有〈千夢〉、〈何日重到蘇瀾橋〉、〈何以歌〉……啊啊啊啊我這樣說也不清楚，之後再傳連結給你吧！」

韓曉霧在一旁看著，悠悠嘆氣。這妹子只要開啓迷妹模式，根本沒人有辦法終止。

林閑見路遙一反常態，熱情介紹自己喜歡的唱見，他眼底的笑意越來越濃烈，像一杯味道醇美的蘭姆酒，在很久以後，釀成了「千山萬水皆似你，你卻勝它千萬里」的一世情長。

林閑望進路遙眼底，那裡閃著名爲半日閒的光，一簇一簇綻放，越來越盛大，似星火燎原。

他勾起脣角，自戀又自嘲地想：就當那些光是因林閑而閃爍的，反正不管是誰，都是同一個人，沒毛病。

林閑在當天晚上收到了路遙傳來的好幾條半日閒的歌曲連結。

他看著訊息框上的訊息，沒忍住還是笑了出來……眞是傻得可愛。

這時許復端著一杯咖啡經過他身邊，見他看著屏幕兀自笑得開心，望了他一眼，那表情跟關懷一個弱智一樣。

林閑感受到室友嫌棄的目光，他懶懶回了一個眼神：「看什麼看，再看也不會跟我一樣帥。」

「做為一個有良心的富二代，當室友智商掉線時，我想我應該有責任關心一下。」許復啜了一口咖啡，那姿態像個優雅貴公子，切合他富二代的身分。

林閑：「……」你才智商掉線，你他媽全家都智商掉線！

小公寓裡的兩人依舊日常打著嘴炮，T大女宿舍306寢卻是另一番景象。

「啊啊啊啊啊！」一聲大叫猝不及防劃過平靜的夜晚時光。

韓曉霧正把餅乾送進嘴裡，被嚇得咬到手；程貝貝擠乳液的手也被嚇得驟然施力，一大坨乳液就這麼噴了出來；甄甜在研究一篇關於史前人類的論文，思緒被叫聲打斷，她不滿地看向聲源。

聲源就是我們親愛的路遙同學，她正看著手機，臉上是止不住的狂喜。

室友們深諳她的脾性，能讓她反應這麼大的，也只有半日閒了。

韓曉霧：「妳的閒哥又怎麼了？」

程貝貝：「曝照了？」

甄甜：「如果不是大事小心我削妳。」

路遙笑得跟花兒似的，語氣中滿滿的幸福感：「閒哥生日那天會發新歌，還會直播！」

「妳家閒哥生日什麼時候？」

「十月二十二號！」路遙笑得像個智障傻白甜。

甄甜翻了個白眼：「還有一個月！妳有必要叫得跟叫床一樣？」

程貝貝驚訝道：「叫床是這樣的？」

「叫床分很多種的，每個人的音頻音色都不一樣，妳聽聽這個。」韓曉霧拿出手機，接著是幾聲呻吟流瀉而出，隔了幾秒音量漸大，聲音淫靡，引人遐想，「日本妹子普遍是這樣的，還有這個妳聽聽看，這是歐美的……」

房間裡是此起彼落的愛情動作片的聲響。

路遙望著室友們，無言以對。

路遙知我意：在我分享完關於閒哥的好消息後，室友們便開始研究叫X聲，求如何阻止她們繼續敗壞寢室畫風？在線等，挺急的：）

路遙自從上了大學後就常常做一個夢。

夢裡有女宿舍前那一排梧桐樹，葉子是秋日的顏色，橙黃的暖色調。陽光在葉片上流淌，金燦燦的。

梧桐樹前始終站著一名男子，深褐色的短髮，蓬鬆柔軟，面容被一團霧氣氤氳，在夢裡不甚清晰。白襯衣黑長褲，襯衫的袖子捲至手肘，露出一段好看的手臂，一隻手斜斜插入褲子口袋，看起來慵懶愜意，帶著漫不經心的謎樣魅力。

雖然看不清男子的長相，路遙卻知道他是半日閒，不爲什麼，這是她的夢，她認爲是什麼，自然就是什麼。

她不知道這個夢爲何會縈繞在她的睡眠世界中，也沒有其他的場景，始終都是那個畫面，歲月靜好般的柔和，像一幅風景畫。而她永遠站在遠方看著他，靜靜的，默默的。

今天她又做這個夢了，可讓她驚嚇的是，總是模糊的男子露出了一張俊朗的面容。

照理來說該是驚喜才對，可路遙仔細一看，發現那張臉是林閑！

只看了那麼一秒，她便嚇得瞬間從睡夢中轉醒。

她瞪著寢室的天花板，神情呆滯……什麼跟什麼啊！

算了，肯定是最近見林閑見得有些頻繁，反正是夢，沒有什麼實質意義。

她把震驚的情緒平復後，才發現寢室的燈還亮著。看了一眼時間，已經晚上兩點半了。

306寢的熄燈時間平均是一點，韓曉霧沒事會早早就寢，而甄甜是最晚睡的那一個。

她往床下一看，看到的卻是韓曉霧坐在書桌前，埋首不知道在寫什麼。

路遙小心翼翼爬下床，悄悄湊到她身邊。

「親愛的，大半夜的做什麼？不去和床相親相愛了？」

韓曉霧被嚇了一跳：「臥槽……妳行動都無聲無息的？」

「哪個SPY行動起來鏗鏗鏘鏘的？」路遙一臉鄙夷，「太不專業了吧。」

韓曉霧無語，心想妳還專業起來了？

「妳寫什麼呢？」路遙拿起桌上的紙，輕聲念，「那天清風徐徐，陽光燦燦，你行走在校園中，步伐如行雲流水，身姿似清高孤松，眉眼間的冷峻像是巍巍山巔之上的千年白雪，彷彿捂不化的永凍之層。然而只這輕輕掃過來的一眼，儘管依舊淡漠如霜，卻在我的心裡種下了一朵花……」

韓曉霧頰邊的淺粉隨著路遙的朗誦聲逐漸變得豔紅。

「這什麼？投稿文藝獎？妳什麼時候有這種閒情逸致了？」路遙微蹙眉，頓了頓，「不要跟我說這是情書……」

韓曉霧臉更紅了：「就是……情……書……」

路遙傻眼，「這年頭還有人寫情書？」

韓曉霧瞪了她一眼：「妳別笑我，我的文筆自然比不上你們中文系的。」

「不是，妳寫情書幹麼？」韓曉霧文筆還不錯，但她才不管文筆如何，她只是深深覺得詭異。

韓曉霧一副理所當然的樣子：「追人啊。」

「我去……」

「還我！妳這個小混蛋！」

路遙沒有要跟她搶的意思，把信紙還給她，「系花的魅力有人能抵抗？妳還沒追到？」

韓曉霧喪著臉點點頭，滿滿哀怨：「我使出千方百計，他都不爲所動……」

路遙驚訝，「他喜歡男的？」

韓曉霧頓時有如醍醐灌頂：「不會吧！難怪！」

我隨便說說，妳不要這麼容易相信啊……

「快去睡覺，妳明天不是約了人早八做報告？」路遙強行熄燈，把韓曉霧從書桌前拉起來，「睡覺和男人哪個重要？當然是睡覺！」

於是韓曉霧便被趕上床了。

路遙經過這段小插曲再次躺上床後，她又做了一次那個夢，而夢裡半日閒的面容，依舊是林閑那帶了點小散漫又清朗陽光的俊臉……

註一：「唱見」這個中文詞彙是從「歌ってみた」演變而來，泛指在視頻網站投稿翻唱作品的業餘歌手。

第二章　千夢何以爲歌

天邊掛了一抹殘陽，斑駁的金攜著絢爛的紫，暈染半邊天空。

路遙醒來的時候，還有些懵。

下午的文字學臨時停課，於是她來到學校圖書館吹冷氣打發時間。

原先想找資料以作詞選報告的參考，她挑了《稼軒集》和《東坡樂府》，找了一個憑窗的位子坐，卻不知何時枕著書睡去，從一派陽光燦爛，到如今的日暮殘照。

路遙打開通訊軟體，見林閑傳了一條訊息過來。

林閑：我今天要回去一趟，要不要順便載妳？

林閑這麼一問，路遙想起今晚要家教。

她看著那條訊息，沉默了半晌。手機屏幕亮了又暗，暗了又亮，在第五次她把黑掉的螢幕點亮後，她終於糾結完畢。

路遙：好，謝謝你。

四個字加上兩個標點符號克制而拘謹，卻不會料到藏在字裡行間的少女心事，短短一則訊息已教她手足無措。

她收好筆電和文具，去櫃檯辦了借書手續，然後迎著晚霞，往林閑說的碰面點走去。

圖書館門口前種著不知名的花樹，風捲著落瓣飄飄揚揚，滿樹花飛。

正是銷魂時節，好夢留人醉。

機車的車速活化了傍晚的風，早秋的涼意有些囂張地往臉上竄。

路遙緊抓著摩托車後方的金屬桿，深怕一不小心就掉下車去。

男生張揚的氣息繚繞在周圍，她一向不擅長面對異性，手抓得都出了薄汗。

「你、你慢點……」

可惜軟軟的聲音一出口便化進呼嘯的風裡，無緣與林閑的耳膜接觸。

好不容易遇到一個紅燈，路遙打算再提一次減速的事，卻見他在看完手機後，轉過頭對她說：

「我媽讓我快點回家，說菜快涼了。」

「啊？」

林閑勾了勾脣角：「所以，抓好了。」

語音一落，機車在轉綠燈的一刻加速衝了出去，路遙一時沒注意，來不及抓住後方的桿子，便嚇得反射性抱住林閑的腰。

路遙身體靠上來後，林閑心尖冷不防一顫。

沒想到女孩子的身體這麼柔軟，軟得像以前奶奶家養的小狗狗。

路遙的心臟快跳出來，主動抱住人家又突然抽手好像不太禮貌，但一直抱著又很尷尬……

最後她還是沒抽手，主要是因爲車速，她覺得就算把金屬桿抓得再緊，還是有可能飛出去，不如將重量依靠在前方的人。

到了明河社區後，林閑車一停好，路遙就趕緊跳下車去。

林閑看著她著急地想脫離他的模樣，好氣又好笑。

莊甯開門後看到路遙，有些驚訝：「路路？今天這麼早啊。」

「林閑說要回來，就順便跟著……」

莊甯似笑非笑看了一眼路遙身後的自家兒子，林閑也學她似笑非笑地回望。

「快進來吧。」莊甯把路遙拉進屋子，「路路還沒吃飯吧？我剛煮完晚餐，一起吃吧。」

「啊，謝謝。」路遙這才意識到自己沒吃飯就過來了，「打擾了。」

「沒事，客氣什麼。」莊甯擺了擺手，幫她盛了一碗飯。

菜很豐盛，有鹹蛋苦瓜、紅燒豆腐、糖醋雞丁、炒龍鬚菜和一鍋味噌湯。

路遙把每道菜都嘗了一遍，暗嘆莊姨的手藝眞好。

林閑看她吃得津津有味，向自家母上大人投去讚許的眼神。

莊甯懶懶地回了他一眼。

吃到一半，路遙突然想起一件事，她疑惑道：「莊姨，這菜都還熱呢，怎麼說快涼了呢？」

「什麼？」莊甯不解，「快涼了？在你們回來前我才剛煮好呢。」

路遙愣了一瞬，然後就看見坐在莊甯旁邊的某人，眼底滿是笑意。

路遙對男女之間的事或許不算敏感，但這時也明顯感受到自己被調戲了。

林閑嘴角牽起，見她恍然大悟後無奈的樣子，差點沒笑出來。

路遙擺出招牌冷漠臉，短短的眉上瀏海散在額前，上眼皮微微垂著，妥妥的厭世文青樣。

吃完飯後，路遙和林白就去書房上課了。

在路遙給林白解釋完杜甫的某首詩後，林閑拿著一盤水果進到書房裡。

「吃水果。」林閑把它放在桌上，又拉了一張椅子坐到林白旁邊。

水果是梨子，米白色果肉帶著微微的透明，看起來特別多汁。

路遙邊吃邊指導林白，在拿了第三塊水梨後，她才抬起頭看向某人。

「你在這裡……有事嗎？」

林閑眨了眨眼，一臉無辜：「沒事就不能在這裡？」

林白：「……」老哥的賣萌毛病又犯了……

路遙看著林閑眼裡亮閃閃的碎光，一時間竟不知道要回什麼。

最後她選擇無視他，繼續教林白卡住的短文練習作業。

檯燈的光打在路遙臉上，眉眼柔和，像一抔皎白月光，泛著溫柔。她的神情專注，細心地協助林白完成作業，拿著自動鉛筆的手纖細白皙，有一下沒一下地轉著筆。

林閑神色平靜，慢慢移開停在她身上的目光。

書房裡氣氛安適，路遙和林白的聲音此起彼落，像珠落玉盤。

突然，林白開口了：「對了路姐姐，哥哥他之前都只有假日會回來，但自從妳來了之後，他禮拜三都會回來吃晚飯欸。」

林閑正在打遊戲，聞言後手大大一抖，血條喪失大半。

「咳……咳咳……」

路遙淡淡地看了林閑一眼，一雙杏眼裡沒有過多的情緒，「所以小白很開心？」

林白點點頭，「嗯，我喜歡路姐姐，也喜歡哥哥，禮拜三可以同時看到你們，很開心啊。」

路遙笑，揉了揉林白的頭。

林閑見覆在自家弟弟頭髮上的手，滿滿的羨慕嫉恨。

林白抬眼看了自家哥哥一眼，笑容漾得大大的，特別張揚。

林閑挑高一眉，他怎麼覺得小屁孩的笑容特別挑釁呢！

走出書房後，林閑說不清看到路遙方才毫無情緒的一眼後，陡然升起的失落是怎麼來的。

這是她一點都不在意他的意思？

他起初只是覺得這姑娘有點意思，想認識一下相處看看，但如今，她只這麼一眼就讓自己變得悵然若失，他是不是已經陷下去了？

林閑拿出手機，在屏幕上敲了幾字：

浮生半日閒：一顆少男心碎滿地。

路遙結束家教後，林閑照例「奉母之命」送她回去。

回學校的路上會經過一個大十字路口，那裡的紅燈總是等特別久。

林閑停下來，從後照鏡看到路遙僵硬的表情和姿勢，笑意又一點一點漫上眼瞳。

被他載了不下數次，怎麼還是這麼無所適從呢？

等紅燈的時間過長，他等得無聊了，隨口哼起歌來。

林閑哼歌的聲音不特別大，但路遙還是聽得一清二楚。

在聽到他哼的歌曲後，路遙也不管什麼矜持了，身體因爲激動而拉近了與他的距離，甚至還拍上他的手臂。

「林閑林閑，你在唱〈西行客〉！」

林閑由後照鏡看到了路遙臉上的表情從緊張變成興奮，前一秒還讓想辦法減少與他的肢體接觸，後一秒就靠上來了。

他好心情地勾了勾嘴角，「嗯。」

路遙心想林閑的歌聲挺好聽的，雖然現在是夜晚，但她還是從那隨意的嗓音裡聽出了午後暖陽輕曬的味道，嗯……只是她明明是第一次聽他唱歌，怎麼覺得他唱歌的聲音有點耳熟呢……

到了女宿舍前，路遙下車後卻反常地沒有迅速跑回宿舍，她把安全帽還給林閑，笑容滿面地問：「林閑，你也聽半日閒的歌啊？」

林閑見她兩眼發光的模樣，笑道：「不是妳推給我的嗎？」

「啊對。」路遙這才想到，她拍了拍自己的腦袋，臉上的笑容更大了，「但我沒想到你眞的會聽！半日閒的歌很好聽對吧？」路遙拿出手機，見他點頭，她又道，「我再推幾首給你！」

林閑嘴角的笑意快憋不住，怕下一秒就要放聲大笑。

路遙打開手機屏幕，原本要點進音樂播放器，卻看到社群軟體的特別關注彈出訊息，她突然叫了一聲：「啊，等我一下，我男神更新動態了！」

她臉上的興奮在看到自家男神一小時前發的那篇文後消失殆盡，兩道細眉深深蹙了起來，眉間褶皺成山川。

林閑試探性地問：「怎麼了？」

路遙抬起頭，眼神可憐巴巴：「有人惹閒哥不開心……哪個王八蛋敢讓我們閒哥不開心！」

林閑在聽到路遙罵出「王八蛋」的時候差點以爲聽錯了，這麼乖的女孩居然也會爆粗口？

但不得不說，他看到某罪魁禍首猛數落惹自家男神不高興的人，頓時覺得人生挺逗的。

還有，看著路遙因爲半日閒著急的模樣，他都要嫉妒那個二次元裡的自己了……

路遙知我意：親親抱抱舉高高。

林閑看到這則轉發的時候，嘴角又失守了。

夜色沉沉，燈火靜謐，有人快意舒暢，有人氣悶難抒。

女宿306號寢，路遙盯著半日閒的那條貼文，眉頭緊皺，小小的臉蛋蒙上一層鬱結。

韓曉霧從她身旁經過，見她一臉鬱悶，開口道：「我的遙啊，妳有必要因爲他一句話就魂不守舍的嗎？說不定他只是因爲晚餐被人搶了，覺得很北爛才這樣講的。」

其實路遙也清楚是自己誇張了，二次元和三次元不該牽繫得這麼重。

可是當她看到半日閒那條動態後，心中就是止不住的慌亂，雖然那句話帶著他一如既往漫不經心又逗比的意味，但她就是莫名能感受到在俏皮文字表面下湧動的情緒。

她擔心他是不是受到什麼傷害，以至於自己一晚上的心情都受到了影響。

她常常告訴自己半日閒只是一個唱見，在現實中跟自己八竿子打不著關係，她連他長什麼樣子、真正的個性都不清楚。可是當他真的有什麼事，她又沒辦法置身事外，總是會因爲他的一舉一動而攪亂心思，也會因爲他的一顰一笑心神蕩漾。

路遙嘆氣，她爬上聊天軟體，點進江煙的頭像。

路遙：親愛的，我難過。

等了半天不見她回覆，路遙心裡更堵了，她乾脆跑去B站把半日閒上傳的所有歌曲PV看了一遍，邊欣賞神仙畫手們的曲繪，邊感受繚繞在耳畔慵懶又帶著醉意的聲音。

看完一輪後，路遙才覺得鬱結之氣稍微消散，果然男神的聲音就是撫慰人心的最佳良藥！

韓曉霧看著路遙幾個小時內心情起伏不定，一下跌落谷底，一下衝上雲霄，她也嘆了口氣。眞是病入膏肓了，不接受反駁。

♪

T大附近的一個巷子裡，矗立著一家小酒吧。

門口掛著兩盞歐洲中古世紀樣式的吊燈，暗黃的光線打在木板階梯上，光影錯落，昏暗的入口讓經過的人也有些卻步。

酒吧裡頭比外頭更加昏暗，斑雜的陰影與微弱的暗橙光火交織，勾出幾絲迷離的味道，復古爵士音打在空氣中，盡是慵懶醉意。

晚上十二點半，林閑和許復以及兩個好朋友坐在角落的小沙發上，因爲陰影覆蓋大半，自成一方安閒自得的小空間。

四個大男生正值鬧騰玩樂的年紀，卻不見有人開口，一人捧著一杯酒，相對無言，獨自啜飲。

那畫面無比詭異，每個人的動作驚人的同步相似，再加上昏沉的光影點綴，不知道的還以爲是邪教團體在執行儀式。

奇異的沉默蔓延開來，每個人像是在沉澱什麼似的，氣氛莫名有些惆悵。

指針移動，夜色加深，不知過了多久，突然有個人開口了。

「老孟，你先。」林閑淡淡道，不大的聲音響在大分貝的爵士樂音中卻不模糊，反而格外清晰。他一半的面容隱在黑暗中，辨不出情緒。

孟成光也不忸怩，直接道：「我爸媽離婚了。」

「終於離婚了。」許復喝了一口酒。

孟成光聽了也不惱，他自嘲地笑：「嗯，終於離婚了。」

「拖了快十年，也差不多該離了。」林閑漫不經心道，一個眼神遞給孟成光旁邊那個留著平瀏海的男人，「楚人，換你。」

葉行顯然對那奇怪的稱呼習以為常了，他懶懶地啜了一口酒：「沒什麼，就我他媽又愛上了一個直男。」

孟成光笑：「你也夠慘的，什麼時候戀愛史才能順利？」

葉行斜了他一眼：「要不你跟我？」

「操！」

「你免費把後庭送我我都不要。」葉行呵了一聲，無視孟成光的黑臉，他看向許復，「許少。」

許復推了推黑框眼鏡，面無表情：「新世紀攝影大獎沒有前三。」

林閑勾了勾唇角：「你那面癱臉，我真看不出你有多難過。」

許復不以爲意，反正彼此的相處模式就是這樣。

「呵……我就不說你最近的行爲與戀愛中的智障多麼相似了。」

林閑衝他翻了個白眼，然後背往後一靠，坦然道：「哥們，我看上了一個女孩。」

「然後她不喜歡你？」葉行一語中的。

「幹……」林閑爆了一聲粗口，「可以委婉一點嗎？」

「你何時見過楚人委婉了？」孟成光大笑，「我看他叫楚狂還差不多。」

「你最近在研究孔子生平？」許復見孟成光點頭，立刻又道，「哦，這裡沒人有興趣，謝絕引經據典，歷史系的可以閉嘴了。」

孟成光：「……」理工男可以滾嗎？

葉行繃不住笑：「說好的不戰科系啊哈哈哈哈哈！」

「所以爲什麼看不上你？」孟成光問，「還沒見過哪個女孩子不折服於我們林哥哥的魅力呢！」

「誰知道……」林閑摸了摸鼻子，語氣訕訕然，「她比較慢熱。」

「你們認識不久？」葉行看林閑頷首，他驚訝，「行啊你！母胎單身二十年，居然一眼看中剛認識的妹子。」

林閑又翻了個白眼，「別浮誇了你們。」

突然這時候一把嬌俏的女聲響起：「小林，你有喜歡的姑娘了？」

四人看向聲源，是這家酒吧的女服務生，叫作Mandy。二十幾歲，長相是邪氣的那種可愛，身材姣好，妥妥一個性感小美女。更重要的是，她似乎對林閑有意思。

從四人第一次來到酒吧，到如今已是熟客的關係，Mandy始終對林閑展現極大的熱情。

孟成光笑嘻嘻地道：「Mandy姐，看來妳是沒戲啦，林閑心有所屬了。」

「切！」Mandy笑嗔，「是他眼光不好，心靈手巧貌美如花的姑娘在眼前也看不到。」

「是，我眼光不好，小的給您賠罪？」林閑笑著舉起酒杯。

「酒我在這裡每天都碰，還差你這杯嗎？」Mandy不置可否，突然想到什麼，嘴角漾出一抹邪魅的笑意，「眞要賠罪的話，要不你上臺唱首歌送我吧？我讓Brian給你伴奏？」

林閑也笑，從容起身，舉手投足間帶著一貫的閒散作風，淺淺一笑卻又讓人彷彿沐浴陽光下，別樣的魅力在場間發酵。

酒吧裡的幾個女生看到一個顏值逆天的帥哥走上臺，淡定自若地喬著立麥，注意力全都轉移到小型舞臺上了。

林閑處理好麥克風，又熟練地從舞臺後方拿出一把吉他，朝坐在木箱鼓上的Brian打了個響指，然後他微微一笑，聲線低醇誘人：「聽好了。」

當路遙來到這裡時，她人還是懵的。

凌晨一點，在T大宿舍306寢室，路遙宣告正式失眠。

別人是三點過後睡不著才叫失眠，路遙卻是個作息規律的主，她十一點多上床睡覺，到了半夜一點還睡不著，也算是失眠了。

韓曉霧看不下去，強迫她換身衣服，拉著她出了宿舍，然後就到了這間小酒吧。

燈光昏暗，慵懶迷離，路遙不常來這種地方，不太習慣。

韓曉霧卻自然地帶著她到吧檯，熟練地點了兩杯酒。

「喝吧。」韓曉霧將一杯遞給她，「心情不好悶著有什麼用？不想發洩，喝點酒痲痺一下自己也好，至少減少難過的時間。」

路遙看著玻璃杯中晶瑩的液體，雖然她不常接觸酒精飲料，不是特別喜歡，但也不會討厭。她接過來，輕輕地抿了一口，苦味與甜味同時在口中蔓延，有淡淡的果香從清甜的酒液裡析出，入口綿順細膩，柔潤醇美。還挺好喝，她心想。

路遙捧著酒杯靜靜地喝，韓曉霧也不打擾她，邊喝自己的，邊和吧檯的調酒師瞎聊。

突然一聲弦音顫動，路遙聞聲望去，只見一名男子抱了把吉他站在麥克風前。

她距離小舞臺不近，卻越看越覺得那個身影很熟悉，直到韓曉霧拍了拍她的肩，驚訝道：「我的遙啊，那個不會是林閑吧？」

路遙比韓曉霧更驚訝，沒有想過會在這種地方遇見他，而且他居然在……表演？

她們還在震驚當中，林閑不急不緩地開口了。

「我是隻化身孤島的藍鯨，有著最巨大的身影……」

聲音溫柔，從容自若，面色清朗如揉著月光的流水，看著漫不經心，眼神卻飽含感情且認眞。在場所有人安靜下來，前一秒還有些嘈雜的空間，此時卻無半絲說話聲。

「你的衣衫破舊，而歌聲卻溫柔，陪我漫無目的地四處飄流……」

他修長的指熟練地撫著琴弦，木箱鼓適時地加入，一拍一合，搭配極具默契。

「你的指尖輕柔，撫摸過我所有，風浪沖撞出的醜陋瘡口……」

慵懶的聲線宛如晨光薄曉，遠處有微風輕輕招搖，掠過了煙波浩渺的江淸，再打了一個彎兒散入遠山縹緲。

不知是不是因爲這兒酒意氾濫，他空靈的嗓音也蒙上了一層醉意，尾音是散入煙塵的朦朧氣音，輕刮著耳膜，醉人卻不自知。

「我想給你能奔跑的岸頭，讓你如同王后。」最後一句唱畢，吉他的最後一聲弦音也落入空中，無人出聲，無人拍手。

林閑嘴角仍掛著笑，他輕道：「這首歌獻給我的好朋友Mandy姐，謝謝大家。」

直到林閑走下臺幾秒後，現場才出現掌聲。熱烈的掌聲。

路遙聽見隔壁桌的兩個女孩子興奮不已的對話。

「這個小哥哥我可以，長得帥唱歌還好聽，酥死人了！」

「Mandy是誰啊？也太爽了吧，羨慕嫉妒恨！」

路遙卻沒有如衆人般驚豔，她此刻內心只有滿滿的……驚嚇。

林閑的歌聲怎麼和她家閒哥的聲音這麼像？難怪今天等紅燈聽到他哼唱的時候，會對他的聲音產生一種熟悉感，只是她那時候壓根兒沒把他跟半日閒聯結在一起……

兩人的聲線驚人的相似，例如音域偏高的音色、尾音的氣聲、像是覆了一層煙氣的咬字，還有都給人一種醺然的慵懶味道……

林閑是T大的，他家男神似乎也是T大的……不，不可能，怎麼可能會有這種事！

她拍了拍雙頰想讓自己清醒些，肯定是酒精擾亂了她的思緒。

聲音相似只是巧合，世上有這麼多人聲音類似，他們絕對不是特例。

而且半日閒的聲音，她自詡絕對不會認不出，她這麼著迷他的聲音！

當然，路遙最後是如何打臉，那就是後話了……

林閑看到韓曉霧向他走來的時候，心下閃過一瞬驚訝。

韓曉霧臉上掛著一貫張揚的笑，拿著一杯酒在他面前站定。

「都不知道南校區的男神還有唱歌這項才華。」

林閑跟著笑道：「好說好說。」

韓曉霧將手上那高腳杯遞給他。

「這是？」林閑越來越摸不清這姑娘的心思了。

韓曉霧笑容愈發大了：「我們親愛的路遙同學請你的，說是你……唱得好。」

聽到「路遙」二字時，林閑還以爲自己聽錯了。

話音落下的那一刻，韓曉霧口中的主角倒是掐準時間出現了。

路遙方才腦補完林閑和半日閒的關聯後，一回神，發現韓曉霧不見了。她不常來這種地方，失去唯一的依靠，說不慌是騙人的。但她仍面色如常，晃過一桌又一桌的人，終於在舞臺旁的一處角落發現了她。

還發現了……林閑。

「小五！」路遙拉拉她的手臂，「我在找妳呢。」

「嗯……林閑？」路遙叫完她，才注意到還有另外四個人。

說實話，路遙會到這種地方，林閑挺意外的。

在他的印象中，她始終是個乖巧文靜的女孩，咖啡廳那種地方才是這類文青的出沒地點，而她身上那種乾淨純粹的氣質更是和這種燈紅酒綠的地方沾不得半點關係。

「沒想過妳會來這種地方呢。」林閑笑道，舉起韓曉霧遞給他的那杯酒，「多謝了，能給才女請客，是我的榮幸。」

「啊？」路遙一臉懵逼，看到自家閨蜜在一旁笑得意味深長，她才明白。

她……打著自己的名義給林閑送酒呢。

路遙不好讓林閑尷尬，狠狠地瞪了韓曉霧一眼，後者卻裝作沒事。

「你是這裡的駐唱歌手？」路遙問道。

「不是，那是剛才被拱上去的，給我朋友唱一首歌。」

「你朋友？」

「嗯，就那邊那個，中長髮白襯衫牛仔短裙，正在幫客人帶位的那個。」林閑往不遠處指了一下，路遙順勢看過去，看到一個長得挺好看的女生。

可愛又不失性感……是林閑的朋友？

剛才林閑唱的那首歌，沒記錯的話是〈化身孤島的鯨〉，她又回憶了一下這首歌的歌詞，他……唱這樣的歌送給一個這麼亮眼的女生？

說不出突如其來的空虛是怎麼回事，她抿著唇對他淡淡笑了下。

韓曉霧看了一眼路遙，然後裝作不經意地打趣：「眞的只是朋友嗎？」

林閑還來不及回答，另一個聲音突然出現：「正確來說，是愛慕林閑的人。」

路遙聞言，悵然的感覺又更重了。

韓曉霧望向聲源，是一個留著平瀏海的男子，眼尾有些上挑，長相……略微妖冶。

「我是葉行。」葉行笑道，「葉子的葉，行走的行。」

「你們叫他楚人就好了。」林閑懶懶道，「楚漢相爭那個楚。」

「爲什麼？」路遙好奇地問。

「因爲錦衣『夜行』啊，叫他楚霸王項羽是抬舉他了，就加減叫楚人吧。」

孟成光這時也加入話題，「哦，我是孟成光。孟子的孟，成功的成，光明的光。」

「他們是我朋友，都T大的，另外那個妳們也認識，許復。」林閑指了指靠在沙發椅上的那一位。

「哈嘍社長！」韓曉霧熱情道。

許復淡淡看了她一眼，點了點頭，繼續滑手機。

「我是韓曉霧，她是路遙，幸會啊。」韓曉霧對於許復的冷淡毫不在意，反正他本來就那樣。她露出甜甜的笑，大方對另外兩人打招呼。

「誰不知道妳們兩個？」孟成光大笑，「一個醫學院之花，一個文學院才女呢。」

路遙心想，她習慣低調，並不想要太多人認識她呢。

韓曉霧衝他一笑，又把話題繞回去：「哦對，所以那位Mandy，是林閑的女朋友？」

林閑無語：「這結論怎麼出來的？」

「你唱那首歌給她，還不是戀愛對象？」路遙喃喃道。

韓曉霧又看了路遙一眼，沒能壓下嘴邊彎起的弧度。

林閑也笑，怎麼感覺這姑娘的話裡頭有濃濃的埋怨成分呢……

「哦，那是因為她喜歡那首歌，特別欽點的。」林閑極力抑制唇角的笑意，狀作無意道。

路遙看著他一本正經地解釋，心下的空虛感一瞬間就沒有了，她也覺得挺莫名。

♪

路遙一整天都魂不守舍的。

今天早八的課是易經，這堂課是大家蹺課的好選擇，路遙從未蹺課過，加上上課都聚精會神，教授自然記住她。

今天教授抽問正好抽到路遙，但當他提出問題後，路遙不只沒回答，是根本沒意識到自己被點名了，直到旁人提醒，她才回過神來，有些心不在焉地回答後，又繼續恍神。

其實這也不能怪她，誰讓今天是她男神半日閒的生日呢！

她昨晚守著守著，十二點一到，馬上發了半日閒的生日文。從因為〈千夢〉入了半日閒的坑，然後一路走來，其中的心路歷程和快樂時光，洋洋灑灑一大篇，完全發揮了中文系學生的特長。

她重視半日閒的生日，完全勝過於自己的，而且今晚還有生日直播，她光是想到這件事，思緒幾乎出走。

下課後，路遙打開社群軟體，卻差點沒被嚇死，她發的那篇生日文居然被半日閒翻牌子了！

他不只點了讚，還留了言！雖然只是短短兩個字「謝謝」，卻讓路遙興奮到要跳起來。

路遙：江煙江煙江煙！

路遙：閒哥翻我牌子了！！！

路遙：〔圖片〕

路遙：啊啊啊啊啊啊啊啊啊啊啊！！！

路遙：原地表演直接死亡！！！

路遙：我好想哭嗚嗚嗚嗚嗚！

路遙：不對，我已經哭了TTTT

江煙剛起床，一打開手機就見某人發訊息擾民，她翻了個白眼，心想先截圖再說。

她順手把截的圖轉傳給了她的好友。

江煙：〔圖片〕

江煙：生日快樂啊醜人，不用謝了。

林閑看著那張對話截圖，嘴角彎曲的弧度越來越大，最後笑了出來。

「那位同學笑什麼呢？」臺上的教授突然說道。

他一抬頭就對上教授的目光，教授微微笑道，「是因爲很簡單嗎？那麼這題你上來解解看吧。」

林閑：「……」

半日閒的B站直播間。

「咳咳……大家晚上好啊。」一道慵懶的男聲流瀉而出。

公屏上「閒哥生日快樂」一片一片地刷。

路遙跟著發彈幕刷屏，在聽到半日閒的聲音後，眉眼都笑彎了。

那邊傳來了低低的零碎笑聲，然後半日閒道：「是不是很想我？等直播等到心癢難耐？」

公屏：「對！從一早睜開眼睛就在等！」、「前面別吵，我從一個禮拜前就在等。」、「公子這麼了解奴家的心思，莫不是也知道奴家傾心於你呢？」、「表白閒哥～」、「等直播也等發歌，說好的生日新歌呢！！！」

「第一首想聽什麼呢？」半日閒的語氣裡帶著笑意，軟軟地刮著耳尖。

路遙耳根子有些紅，她怎麼覺得男神今天特別溫柔呢？

嗯，不過也可能是錯覺，誰讓她總覺得自家男神什麼都最好……

公屏上又湧進一堆彈幕，都是在點歌的，過了幾秒，半日閒開口：「我給你們唱唱新歌吧，等直播結束就發歌啊。」

「記得那天日暮，她在亭邊歌訴，夕色飄搖入湖，暖意水間沉浮……」

清澈的樂音響起，他開始用他獨有的歌聲描繪故事。

「無意困於藕花深處，索性忘了歸途。岸邊幾隻鴻鷺，微風慵懶吹拂，帶他走向那沉醉路……」

透過那酥人的嗓音，歌詞裡的畫面彷彿盡在眼前，他一筆一劃地勾勒，而她真情切意地聆聽。

「小調兒悠悠盪，盪到少年的心頭上。小舟兒輕輕晃，晃進姑娘的隔水望……」

收尾的捲舌音輕顫撩人，一個近乎氣音的咬字勾魂攝魄。

「時光攔截年少，她仍伴他如故。歲月吻過鬢角，他會待她如初。」

唱完最後一個字後，半日閒壓低了聲線，輕輕地道：「我會待你如初。」

那好聽的聲音彷彿墮入虛空，輕飄飄的，像是縹緲的夕煙，又似遙遠的星河，抓不到也摸不著，美卻眞眞切切地撼動人心。

當他念完後，公屏毫無疑問的又炸了：「我會待你如初！」、「酥爆了啊啊啊啊啊啊啊啊我的天！」、「我是誰？我在哪裡？？？」、「好聽到我哭了！好不容易止住眼淚，聽到最後一句念白，我又哭了TT」、「我媽問我為什麼跪著聽歌……」

路遙出了神，半日閒最後一句的輕聲念白仍繚繞在耳畔，那難得低沉的酥人嗓音，讓她的心臟以平常兩倍的速度快速跳動。

短短六字，乍聽之下平靜無波瀾，深深細究，卻感覺到說話者寄託在字裡行間濃厚的情感。

路遙回過神後，半日閒已經開始聊天了。

「今年收到最喜歡的禮物？」半日閒沉吟了一會兒，然後語氣神祕地說道，「祕密。」

「什麼情趣用品！不是不說就代表十八禁好嗎？房管快把這位『今天月色好美』踢出去！」

「害羞？我害個毛羞啊！眞的沒收到情趣用品啊！」

「好，我說……」半日閒嘆了口氣，「最喜歡的就一張截圖，不騙你們，騙你們我也沒糖吃啊，是不是？」

「我去……我沒收到那種東西，你們看起來很失望是怎麼回事！」

路遙聽著半日閒爆氣的回答，邊聽邊笑，都能想像他的表情有多生無可戀。

「我的生日怎麼過？其實我平常不太過生日的，連蛋糕都不太吃。」

「為什麼不過？畢竟這天是我家母上大人的受苦日，我還快樂慶祝是不是太不孝了？」

「別誇我了，我又不是什麼聖賢。眞要誇就照著做，多關心媽媽也行，母親是很偉大的。」

路遙感覺心下一股暖流湧過，她想，她喜歡的人是這麼的好……

「好了好了來唱歌了，你們想聽什麼啊？」

公屏：「芳華！」、「西行客西行客西行客！」、「傾盡天下　了解一下。」、「許願落花醉啊～」、「月迷津渡可以擁有嗎？」、「何以歌　女孩在這裡呀～」

路遙依舊點了〈千夢〉。

「原創曲就先別唱了吧，難得直播就唱唱別的歌呀。」半日閒安靜了一會兒又說，「好！我挑好幾首了。」

泠泠弦音劃開空氣的凝滯，歌曲開始了。

「入夢的，帶不走。初醒的，看不透……」

熟悉的旋律響起，路遙的思緒一晃，晃到了兩年前的那個晚上。

那時她高三，和無數次備考的夜晚一樣，路遙在K書中心與永無止盡的題目戰鬥著。又解決掉一本題本後，她拿起手機，想要放鬆一下，才一滑開鎖屏，B站的提示彈了出來，說是半日閒正在直播唱歌。路遙心一顫，趕緊奔往半日閒的直播間。

這是她第一次跟到直播，畢竟這時的她離粉上半日閒還沒多久，她期待萬分地進到了直播間。

直播畫面原本有著一張半日閒的二次元人設圖和正在唱的曲子的歌詞，然而她剛點進去，才聽到半日閒含糊地說了幾個字，直播畫面就瞬間黑屏了，然後再也聽不到他的聲音。

與她一樣的慌亂，彈幕也是刷刷刷地跑：「發生什麼事了？」、「只有我黑屏嗎？」、「沒聲音了？？？」

路遙乾巴巴等了五分鐘，心下一片空虛，原以為終於有機會聽閒哥的LIVE，沒想到突發意外。

這時候社群軟體的特別關注提示音跳了出來，路遙的特別關注只有浮生半日閒一個人，她趕緊點進去看。

浮生半日閒：我的B站不知道是突然ㄎㄧㄤ掉還是怎樣，反正就不能直播了，我們移到YY繼續吧！

路遙看完這條動態後趕緊去下載了YY，然而她從來沒用過，只能著急地亂用一通。在搜尋欄輸入了「浮生半日閒」、「半日閒」，屏幕上都只顯示了無此直播。

她還輸了「閒哥」、「閒大爺」，甚至連「閒閒」、「閒寶」這種肉麻的暱稱都搜尋了，還是沒有。

她不知所措，還好她看到有好心的粉絲在B站留了YY直播的房間號，她把那串號碼輸進去，總算找到了。

她鬆了一口氣，才剛點進去，一聽到他的聲音，她就掉淚了。

他唱的是〈何以歌〉。

這是他剛發的翻唱，她今天做題目的時候，循環了一整個下午。

「清風過孤城，又一次將橫笛吹徹。而此刻，又何以為歌……」

那鐫刻在腦裡的曲調和歌聲在耳邊驟然響起，一如往常動人心魄，一如往常讓她淚眼朦朧。

不誇張，自從路遙聽到半日閒的聲音後，常常聽著他的歌莫名其妙就掉淚了。

那是俗世繁華裡的一縷清煙，是紛沓紅塵中的一泓白月光，它緊實地扎根在心底，是最最美好的存在。一旦稍稍碰觸，便足以左右情緒。

路遙第一次聽到這首歌時就很喜歡，它也是這幾天她歌單裡播放量最高的一首，陪她度過無數苦讀的時光，所以當她聽到LIVE，心下的激動難以言喻。

她也不管還沒做完的題目了，專心聽著直播，然後滿足地笑了。

她是眞的、眞的很喜歡半日閒啊。

且說眼下。

一曲歌畢，無人話語。

接著半日閒又唱了幾首歌，古風或流行樂皆有，好幾首都是路遙很喜歡的歌，然而她心目中最渴望的一如既往沒被提起。

只能等下次直播的時候再刷刷看了，她略微遺憾地想。

看了一眼時間，自家男神居然已經直播了兩個小時，她擔心他嗓子的憂慮才悄悄滋生，半日閒就開口道：「再唱一首就結束啦，結尾曲想聽什麼？」

公屏又是一陣地刷：「若為風故！」、「月辭月辭月辭」、「就決定是青川記了～」、「石楠小札　好不好呀！」

路遙當然是繼續刷〈千夢〉了。

半日閒在那頭安靜了二十秒後，拍板定案。

當歌曲前奏翩然入耳，路遙一雙杏眼瞬間瞪大，不敢置信。

〈千夢〉！居然是她心心念念終於被翻牌的〈千夢〉！

「畫一筆，炊煙十里。依偎著，人間朝夕……」

他甫開口，路遙的眼淚就掉下來了。

韓曉霧在一旁看著，心想路遙明明淚點不算低，遇上半日間這個不知其名、不見其人的歌手，卻能瞬間哭得亂七八糟。

「你眉眼含笑，我亦多情不敢老，彼時光景正好……」

初聞你的歌聲，便覺此人甚是溫柔，肯定是眉眼彎彎，笑意流淌，隨性慵懶地唱著歌。我們邂逅的當下，時間似乎都停止了，歲月如歌靜好。

光景正好啊……沒有早一步，也沒有晚一步，恰好在時光的曠野裡，我就這樣與你相遇了。

「不見歸來，相思寄於山海，風在城外，裁去春秋幾載……」

「舉杯邀月，醉在桃溪春野。南海飛雪，吻過你的眉睫……」

「想那年樹下回眸無邪，恰逢花雨未歇，一夢千千讓光陰重疊……」

歌聲醺然，引醉星辰闌夜；相思漫漶，隨風浸入年歲。

兩年多過去了，你依舊是你，唱著治癒人心的歌曲，溫柔地對待這個世界；我也依然是我，沉迷於你的聲音，毫無保留地喜歡著你。

就這樣讓我醉倒在你的歌聲裡吧……

紅塵萬丈皆是華彩，光陰層層疊疊，每個夾縫裡都有你的痕跡。

韓曉霧見路遙的臉蛋淚水縱橫，與之前聽歌感動得泛淚或掉幾滴淚珠不一樣，她有些嚇到了。

路遙……莫不是情緒失控了吧？

韓曉霧小心翼翼走到她旁邊，發現她雖然滿面淚水，表情卻是平靜安然的。

韓曉霧更不解了。

見她仍一臉呆滯，韓曉霧嘆了口氣，確認路遙手機屏幕的直播結束後，她把她的耳機拔下來，然後抱住她，輕輕道：「我的遙啊，有什麼事……」

路遙被攬到懷裡的那一刻，淚水再次潰堤，她埋在韓曉霧的懷裡，這次不再默默流淚，而是放聲大哭。

「小五……我果然眞的眞的眞的……很喜歡他啊……」

♪

「無意困於藕花深處，索性忘了歸途……」

路遙哼著小曲兒，踩著輕快的步伐，悠閒地走向圖書館。

這首歌是半日閒在生日那天發的新歌，歌名叫〈爭渡〉，化用了李淸照的〈如夢令．常記溪亭日暮〉，加以渲染成了小兒女情竇初開後細水長流的愛情。

曲子很好聽，古風歌裡輕快的調子比較少，這首不似尋常古風歌曲的婉約柔美或是磅礴大氣，全曲爛漫輕鬆，字裡行間都是甜甜的味。

路遙特別中意這次的題材，她本身就很喜歡這闋詞。世人熟悉李淸照的〈如夢令〉大抵是海棠依舊那一闋，她卻更偏愛溪亭這一闋。

誤入藕花深處……很浪漫啊！不期而遇的驚喜，慵懶而愜意，一如她當初偶然聽到半日閒的歌，都是在不經意間得到的美好。

路遙找了一個位子放了背包，然後就去書架挑報告要用的參考書。

她在書架間慢慢走著，沒過多長時間，手上已經抱了三本書，她看了一眼老師開的書單，只差一本就找齊了。

晃了許久，她好不容易才找到最後一本，但那本書的位子在高處，她張望了一下，沒發現樓梯椅或小板凳，只好踮起腳尖試著拿書，卻連書的邊角都沒碰到。

她又試了幾次，甚至小心翼翼地輕輕跳起，結果還是沒碰到。

路遙瞪著那本書，表示生無可戀，連一本書都要玩她。

她打算試最後一次，這次還失敗那就只能認命了，大不了之後上網找相關資料。

當她踮起腳尖伸手的時候，突然一股氣息從身後壓了過來，她身子一繃，看到自己的手上方多了一隻手，它輕而易舉地拿到了她要的那本書。

路遙都要哭了。

不是吧，她在這邊鎖定目標這麼久都沒得到，居然被半路殺來的給搶走了？

她轉過身，卻撞到一堵牆。呃，應該說是……一個人的胸膛。

她抬頭想看看這個搶了她的書又擋了她的路的討厭鬼是誰，沒想到看到了熟悉的臉。

「林閑？」路遙驚訝。

「是路遙啊。」林閑笑咪咪的。

路遙看到林閑的臉，想到的卻是剛才她背對他時，他籠罩在她周邊的氣息。

那時兩人靠得極近，他幾乎是半壓在她身上的，拿書那隻手的手臂碰到了她整個手背，另一隻手撐在書櫃上當施力點，看起來像把她圈在了懷裡。他身上有股淡淡的氣味，挺好聞的。

路遙想著想著，耳根子默默地紅了，也忘了自己原本是要懟人的。

「你怎麼在這裡？」

「借書啊。」林閑依舊滿面笑容。

路遙奇怪道：「你一個學資工的看什麼《詩毛氏傳疏》？」

林閑一本正經地道：「興趣啊。」

路遙臉上大寫的不相信，隨口問道：「哦，不然你說說看國風的第一首是什麼？」

「關睢啊，我還會背呢。」林閑輕鬆答道，一副「妳也太瞧不起我」的模樣，「關關睢鳩，在河之洲。窈窕淑女，君子好逑……這有什麼難的？」

路遙半信半疑：「要不你發表一下對這首詩的看法？」

林閑心想中文系的就是難搞，然而他還是開口回答，那語氣特別誠懇：「在河邊，有鳥叫。有正妹，我想追。」

路遙無語。

見她一臉「心好累」的面癱臉，林閑好心情地彎了彎嘴角。

「開玩笑的。」林閑把手上的書遞給她，「給妳吧。」

路遙瞟了他一眼。這才對嘛！

「謝謝。」她輕輕頷首，溫聲道。

「剛才看妳在那邊努力很久還拿不到，舉手之勞罷了。」林閑微笑擺了擺手。

路遙聞言，心下驟升無力之感。

所以她剛才在那邊又是踮腳又是亂跳的，費盡全力還拿不到書的蠢樣，全被他看到了？

嗚……好丟臉啊。

路遙抱著書走回座位，途中不只一次往後看，對某人投向不解的眼神。

林閑一直跟著她做什麼呢！

但林閑總是一臉無辜，表情真誠，攤手表示自己沒有心懷不軌。然而他眼底又閃著笑意，看起來怪邪氣的，路遙一時間也摸不清他在想什麼。

到了座位，路遙見林閑在對面放有黑色後背包的位子坐了下來，原來他們的位子正好在一塊。她一抬頭，就見他投來一個「妳看吧」的眼神，神色略顯無奈，原先英氣的眉毛彎成了八字眉，嘴角微微向下壓，看起來好不委屈。

一個俊朗帥氣的好男兒，可以不要賣萌賣得這麼得心應手嗎？

路遙不理他了，逕自翻開書，細細閱讀。

林閑拿出筆電，正兒八經地開始做作業。

期間他做得煩了，背往後一靠，抬眸便見對面的姑娘認真讀書的模樣。室內明淨的燈光打在她身上，短短的瀏海上一圈光澤，臉的輪廓線也浮著一層淡光，原先白皙的肌膚更顯亮白，像是定窯白瓷般細膩溫潤。

林閑看著她的睫毛微微顫動，眼裡只有專注。他的目光從她澄亮的眼睛滑到小巧精緻的鼻子，再從鼻子移到略顯單薄的嘴唇。她的嘴唇似乎總是泛著微白，也容易乾裂，她不像其他女生會擦唇膏增加氣色，以至於看起來沒什麼血色。

林閑默默地想，是該送給她一只護唇膏了。

似是感覺到他的目光，路遙猛地抬起頭，這一抬就撞進了對方那雙總是揉著笑意的眼瞳裡，由裡到外都泛著暖融。她在那裡看到了自己的身影。

林閑被抓到偷看她倒也不慌，他氣定神閒朝她一笑，笑得路遙一臉懵圈時，又淡淡地移開了目光。

接著林閑丟了一張紙條過去，路遙狐疑地拆開紙條。

等一下要不要一起吃飯？

幾個瀟灑的字映到眼底時，路遙的腦袋放空了一瞬。

他的字不像他的人，前者清冽狂狷，後者陽光溫柔。除了一點，兩者都透著漫不經心，像隨意揮就，肆意而張揚。

半晌她才抬起頭，林閑懶懶地靠著椅背，正好整以暇地看著自己，路遙也不知道怎麼了，竟鬼使神差地……點頭了。

林閑帶路遙去了一家日式拉麵店。

小店橙黃色的光線和影子交錯，整體雖昏暗，倒也不失暖意。

兩人面對著牆壁，並肩而坐。

路遙看著菜單：「哪個好吃？」

林閑隨口道：「妳最好吃。」

路遙似乎已經習慣了他時不時的不正經，她擺出招牌冷漠臉：「正經很難？」

林閑嚴肅地點點頭：「很難。」

路遙索性不再理他，等林閑畫好單，她從他手裡接過菜單，點好了便拿去結帳。

路遙回到座位的時候，只見某人一臉委屈：「妳要先付錢不早點說，我只有一千大鈔，這下怎麼還妳錢啊……」

路遙看著那張俊朗的臉一副可憐巴巴的模樣，一陣惡寒攀上身，她忍不住抖了抖身子。

「下次再還我吧，不急。」

林閑聞言，狀似遺憾地把千元大鈔塞回錢包，眼角卻溢出了笑意。

等餐點送到的這段時間，兩人聊得算愉快。雖然路遙不是個擅於聊天的人，但林閑可以是。林閑本就外向，多話或少話全在他一念之間。他心情好時可以天南地北跟你瞎聊，完全不怕冷場。當然，當他沒興致的時候，也不用奢望從他嘴裡聽到什麼事了，沒用一句話把你堵得羞於開口都是好事。

現在眼前是自己有好感的女孩，林閑大展身手，路遙也被他帶話題帶得自然又健談。餐點送上來後兩人卻沒什麼話，主要是路遙埋頭就是吃，林閑見她吃拉麵吃到自適於一方天地的模樣，也不好意思打擾她。沒了對象可以說話，林閑也只好跟著埋頭猛吃。

當他滿足地吃掉最後一口後，一側首，卻見路遙還在慢吞吞地進食。

林閑乾脆一手支著下巴，就這樣看她吃麵。

他見她低頭吃麵時，幾縷髮絲散到臉龐，莫名地想幫她把那頭髮重新勾回耳後。

路遙吃東西特別專注，沒注意到有一道視線停駐在自己身上。直到把最後一口湯喝完，她一轉頭，這才撞進那雙帶著笑意的眼裡。

路遙突然有些臉熱。

林閑笑咪咪地道：「很餓？」

路遙覺得臉更燙了，她微微移開與他相接的目光：「……嗯。」

「問妳哦。」林閑見她有些侷促的模樣，心想真是可愛，「妳會去學校辦的耶誕舞會嗎？」

「去、去吧……」大一的時候她和韓曉霧剛好有事情不能參加，照韓曉霧那性子，今年肯定要拖著她去，估計還要順手幫她整裝打扮一番呢。

「哦？」林閑眼底笑意深了幾分，那眉眼彎著，像兩彎漂亮的小月牙。

「怎麼了？」路遙的心跳莫名地快了起來。

然後他緩緩開口，聲音融入昏黃的燈光，尾音上捲，帶著一點痞氣，又不失溫雅風度——

「姑娘，妳缺不缺舞伴呢？」

路遙回到宿舍後，想起這頓晚餐，臉又不自覺地紅了。

稍早，她看著林閑，腦袋空白，與腦子成反比的是臉，白皙的臉龐上紅粉撲面。

「我、我……」她語無倫次。

「妳很熱？」林閑這時候還不忘打趣她。

「我……」路遙臉更紅了，「我……」

「到時候再說！」路遙結巴了一分多鐘後，終於破罐子破摔地講出了一句話，她幾乎是用吼的，那聲音之嘹亮，送餐小哥差點沒拿好托盤。

林閑被吼得懵了一瞬，接著就看著某人……跑了。

回憶自己的蠢樣，路遙想一頭撞死的心都有了，撞不死也要假裝自己死了……

她拍了拍臉，故作淡定地去拿手機。嗯……滑個動態壓壓驚。

豈料一爬上社群軟體，就見有人私信過來，待看清對方的名字後，她手一抖，險些掉了手機。

路遙看著那寫著「浮生半日閒」的帳號名，心想不是個高仿帳號吧？然而當她點進對方的主頁後，便確認是半日閒本人了。

男神發過來的訊息是這樣的。

浮生半日閒：妳好，請問是路遙小姐嗎？鄙人唱見半日閒，隸屬於春日游古風音樂團隊。聽江煙說妳是中文系的學生，頗有才幹，這邊想請妳幫個忙。

路遙的手再次一抖。

今天眞是亂七八糟又興奮刺激啊！

還有啊男神，您這一本正經冠冕堂皇的話，裝逼技術眞是一流，我動態的主頁都是關於您的轉發，前陣子還被您翻了牌子，不要說您老不知道我是您的粉絲啊……

路遙吐槽歸吐槽，內心卻是浪濤翻湧，氣血蹭蹭上湧，感覺自己下一秒就可以爆體而亡。

路遙知我意：我死了……此生無憾……

默默地發了一則貼文，路遙才戰戰兢兢回到私信欄，小心翼翼地打字。

路遙知我意：我是。請問閒哥需要什麼協助呢？只要我能做到的，絕對在所不惜！

冷靜，不要太亢奮，不要把迷妹的無節操本性顯露出來……

路遙不斷提醒自己，然而一顆心越跳越快，險些喘不過氣。

浮生半日閒：我們正在籌備一首原創歌曲，詞曲完成了，但詞作因為一些意外短期內無法參與，因此歌曲文案便擱著。經過江煙推薦，想請問妳有沒有意願替我們撰寫文案？

有！當然有！一千億個我願意！寫不出來也要硬給他生出來！

路遙知我意：可以的，交給我吧！

浮生半日閒：謝謝妳，那方便給我ID嗎？我好把妳加進策劃組的群組，裡面有詞曲相關訊息可以參考。

半日閒又跟路遙聊了幾句注意事項，便下線了。

路遙上了通訊軟體，盯著那個策劃群發了好一會兒呆，又看著好友列表上的「半日閒」，再發了一會兒愣。

簡直像做夢一樣……

她一個埋沒在萬千粉絲裡的小透明，偶然幸運被翻牌後，居然跟自家男神聊天了？還要合作？甚至還有了男神的好友？

寢室的房間窗戶是開著的，夜風溜進室內，拂了她一身涼意。

她突然有點想哭。追星追到這個境界，上天眞的待她不薄啊……

江煙：寶貝，妳怎麼加進我們社團的策劃群了？

路遙：閒哥來找我幫忙寫文案啊，不是妳向他推薦的？

路遙：我還想說妳推的幹麼不妳來找我就好，咱倆都什麼關係了。

江煙看著路遙傳過來的訊息，動作暫停了一瞬，然後大概理清了這件事的來龍去脈。

前幾天群裡在討論歌曲文案該怎麼寫、由誰來寫，因爲詞作大大出了點意外，暫時不會繼續春日游的活動，講了半天竟想不出能由誰來操筆。他們本就不是大社團，社員不多，人才相對也少，寫文這種事情除了詞作擔綱得得心應手，其餘例如曲作、歌手、美宣等等，對於文字都不甚擅長。其中幾個有試著寫寫看，然而寫出來的文案經大家過目後，雖不至於不好，卻都一致覺得不夠有味道。

最後不知道是誰提出可以找外人幫忙，半日閒就說他有個認識的人文采滿好，可以找來試試。沒想到那個人就是路遙。

江煙輕勾嘴角，心想林閑可眞會找理由勾搭，計畫通非他莫屬。呵，眞是個心機Boy。

江煙理完思緒後，心情甚佳，打字打得特別輕快。

江煙：哦，我幫你們兩個製造機會嘛！話說我最近在忙期中考，沒什麼空，就讓他去找妳接洽了。

路遙：啊啊啊啊啊啊！煙煙寶貝我愛妳！！！

江煙：行了，別三八。

路遙：妳是一月的梅枝嫣嫣，二月的春雪消融，三月的新芽初發，四月的鶯啼宛轉，五月的石榴紅豔，六月的菡萏浮盞……

路遙：等等，我去上個廁所，回來繼續下半年。

江煙：夠了，別發騷，閉嘴:)

歌曲策劃群組有兩個聊天群，一個是單純瞎聊的，一個是討論工作事項的，而半日閒將路遙加進去的就是工作群。

工作群的名稱叫作「杏花滿頭」，和他們的團隊名正好相應，韋莊的〈思帝鄉〉裡頭是這麼寫到的：春日游，杏花吹滿頭。陌上誰家年少，足風流。

路遙想了一下，雖然她是臨時工，但基於禮貌，還是應該向大家打個招呼。

路遙：大家好，我是路遙，還請多多指教。

暖夏：妳是閒哥拉進來的那位妹子吧，妳好，我是暖夏！

床前沒月光：我知道妳！妳跟江爺很好對吧！

床前沒月光：我是床前沒月光，畫畫的，他們都叫我光妹，請多指教啦～

限限：我是限限，妳好哇(〃∨ω∧〃)

二瓜：我是二瓜，路路喜歡啃瓜子嗎？

何蕭：二瓜安利瓜子的老毛病又犯了啊……

何蕭：路路妳好啊，叫我何少就好。

江煙：路路妳好啊，叫我絕世美女小煙煙就好。

路遙：……

床前沒月光：江爺，妳好意思？

何蕭：江爺差評。

半日閒：哎唷，我錯過了什麼？

半日閒：原來你們在互相認識啊。

半日閒：哇，江煙妳這不要臉的！妳是絕世美女，那我不就是傾世美男了嗎？
暖夏：@半日閒……並沒有好嗎:)
二瓜：你們別一開始就讓人家路路後悔入群好嗎？
路遙：也、也沒有啦……大家都挺好的！
半日閒：你看！她說大家都挺好的！沒毛病;;
半日閒：哦對，我忘了自介，我是半日閒，雖然我很多綽號，但妳還是叫我閒哥就好。
江煙：@半日閒 你改姓莊名叫逼算了，沒見過你這麼會裝逼的。
江煙：你不要跟我說你不知道路遙是你的小粉絲:)

路遙看到這裡，耳根子微熱，有些小緊張。
雖然她沒有刻意隱瞞，甚至算是高調宣傳閒哥，但真的在男神面前揭開自己是他粉絲的事實，還是好令人害羞啊……

半日閒：好吧，我是知道……
半日閒：前陣子生日直播點〈千夢〉的就是妳吧。

路遙心下一驚，彈幕這麼多這麼快，他居然能看到她的ID，還記下來了！

路遙：嗯嗯嗯嗯嗯對！居然被閒哥記下來了，太感動了，我好想哭……TT
半日閒：別哭別哭，哭了我心疼。

看到這一句時，路遙心臟猛地一震，所有血流瞬間往腦子急速衝去。

路遙：心臟爆擊，給您表演原地死亡。

江煙：……

何蕭：大型粉絲見面會？

限限：一言不合就開撩？

二瓜：抱瓜子看戲。

床前沒月光：@半日閒　勾搭妹子，差評。

江煙：@半日閒　勾搭妹子，差評。

暖夏：@半日閒　勾搭妹子，差評。

二瓜：@半日閒　勾搭妹子，差評。

限限：@半日閒　勾搭妹子，差評。

何蕭：@半日閒　勾搭妹子，差評。

路遙看著大家列隊形，沒忍住便笑了出來，春日遊的伙伴都是可愛有趣的人呢！開心之餘，還是有股羞澀，對於自己的名字跟自家男神綁在一起，太不眞實了，像夢一樣。

半日閒：……

路遙：沒、沒事的……

半日閒：不要拿人家打趣好嗎？
半日閒：你們看路遙，她肯定覺得羞不能當了。
江煙：唷，會護短了？
床前沒月光：護短魔人閒哥上線中:)
何蕭：不欺負她，那就欺負你吧！

路遙看著「護短」兩個字，睫毛輕顫。

現在的情況有多讓人激動，她心下患得患失的感覺便有多嚴重，她多怕這只是個夢境……所有的美好都在清醒後一瞬間破碎，宛若從未出現在生命中。

包括你……

半日閒，我生命中最美好的存在。

♪

歌曲文案的交稿期限是這個禮拜，這對路遙來說並不是難事，她把曲子聽了幾遍，跟群裡討論一下後，不久便完成了。

她把文案丟群裡給大家過目後，眾人一致好評。

限限：表白這位小姐姐呀～
暖夏：搞文字的果然不一樣呢！

何蕭：反正給我八輩子我都沒辦法詮釋得這麼好……

二瓜：承包路路\(//▽//)/

床前沒月光：抱起這位小姐姐就是百米衝刺。

江煙：前面的，她是我的人，勸你馬上放下。

半日閒：@江煙 什麼妳的人，也不想想她是誰的粉絲>>

半日閒：所以是我的人呀～～～

眾人一致白眼。

路遙往群裡丟完文案便去做其他事了，忙完後回來看手機，正好看到這段話，她臉一紅，心跳漏了一拍。

明知道閒哥不是那個意思，他精分也不是第一次，但路遙還是覺得好幸福……

她腦補了一下他親口說出「你是我的人」的聲音，差點把自己給酥死，周身都是粉紅泡泡。

路遙：江煙江煙江煙！！！

路遙：我快不行了……要死了……

江煙：？？？

路遙：雖然知道他在開玩笑，但閒哥還是快把我給撩死了……心臟受不了了……

路遙：啊啊啊啊啊啊啊啊啊！！！！

江煙：……

江煙：拉黑，右轉慢走不送:)

韓曉霧一進門就見到某人對著手機一臉春心蕩漾地傻笑，心下錯愕，豈料對方還轉過頭對她笑盈盈地道：「小五，妳回來啦！」那語氣好不熱情。

韓曉霧一臉懵逼：「妳今天……受到了什麼打擊？」

路遙：「什麼？」

韓曉霧：「還是吃錯藥了？」

路遙還是笑。

「不會是沒藥吃了吧……連醫生都放棄妳了？」

韓曉霧見路遙不像往常擺出招牌冷漠臉，笑容愈發燦爛了，她手一抖，險些將飲料打翻。

從小到大，稱讚路遙文筆的大有人在，她往往一笑置之，畢竟一山還有一山高，比她厲害的隨便抓都是一打，她豈能因此而驕傲自滿？

然而這回，看到春日游的成員們誇她誇得天花亂墜，她打從心底高興，能為自己喜歡的音樂團隊貢獻綿薄之力，實乃她的福氣。

當然，更重要的是，閒哥也誇她了呀哇嗚嗚嗚哦哦哦哦！

這時候通訊軟體的提示音響了，路遙一看，居然是半日閒！還是私聊！

路遙顫著手點了進去，所有喧囂彷彿一瞬間絕塵而去，她心跳如擂鼓。

半日閒：路路，辛苦妳啦！

路遙看到「路路」二字，差點激動到腦充血。

路遙：不辛苦不辛苦，能幫到你們的忙我很開心！

半日閒：占了妳的時間還是不好意思，不如我給妳唱首歌當作謝禮？

路遙：！！！！！

路遙：實力寵粉嗚嗚嗚嗚嗚TTTT

半日閒：想聽什麼？

路遙：都、都可以嗎？

半日閒：嗯嗯，儘管點。

路遙：要不就……還是〈千夢〉吧？

半日閒：妳怎麼這麼喜歡這首？我記得上次直播妳也點這首，難道每次直播刷〈千夢〉的那個人就是妳？

路遙：嗯……就是我……

路遙：因為就是這首歌，讓我喜歡上你的……

訊息傳出去後，路遙自己先臉紅了。

明明就是迷妹對男神的正常表白，她平常在社群平臺上也沒少說過，這次卻莫名覺得很害羞。像是……眞正的告白。

路遙自己羞了一陣子後，拍了拍臉打散腦內綺思，心想肯定是因爲二人正在私聊狀態，才會這樣胡思亂想的！

這時候半日閒也把錄好的音頻傳過來了。

路遙點開語音訊息，音質不是特別好，畢竟只是通訊軟體內建的語音軟件，然而那熟悉的嗓音一樣酥人，輕盈緩慢地流淌在空氣中。

路遙：太好聽了！！！！！！啊啊啊啊啊幸福感爆表！！！

路遙：我真的死而無憾了，真的。

林閑在手機前彎了彎唇角，腦補了一下小姑娘激動的模樣，微笑著敲下字。

半日閒：嗯，喜歡就好。

♪

路遙的好心情只維持了一天。

隔天晚上她和韓曉霧吃飯時，她隨手滑了一下動態，就見自家男神更新了。

她還來不及笑，只瞥了一眼內容，眼底閃爍著的明光瞬間黯淡。

浮生半日閒：年年今夜，月華如練，長是人千里。

配圖是一張夜空照，夜色清明，月亮皎潔，光華流瀉。

評論是這樣的。

今天閒哥發歌了嗎：這是相思病的節奏？

弱水三千：千里之外的那人是誰呀～

閒哥的小老婆：回樓上，是我ヽ｣

乳酪蛋糕：閒哥您今天畫風略清奇啊！

雲破月：閒哥有對象了？

當然，免不了有基友們的轉發回應。

何大少今天不吹蕭：一句話：妹子放生我，追不到妹子〔允悲〕

床前沒月光：月色年年這麼美，妹子卻在千里之外，無人陪我共賞良辰美景。選我正解〔二哈〕〔二哈〕

暖夏：課代表在這裡～此句出自范仲淹的〈御街行・秋日懷舊〉，全文自行谷歌，意境歡迎自由腦補：）

二瓜只愛啃瓜子：半日閒同學今日走癡情少男路線？

限限：我彷彿聞到了濃濃的戀愛酸臭味QQ

此江煙非彼江淹：我就靜靜地看著你裝逼〔doge〕

看完所有的評論和轉發後，路遙默默放下手機，繼續吃飯，臉上看不出什麼情緒。

過去只要是半日閒的貼文，不論是什麼內容，發歌、講幹話或其他都好，她一定會按讚評論加轉發，三步驟做好做滿。

然而這次，她什麼也沒做。

第三章　不可求

那瞬間，路遙知道，壞了，徹底的壞了。

原來她對半日閒的感情，從來就不只是粉絲對偶像的喜歡。

從高三那個晚上聽到他的歌聲開始，從她左胸跳動的頻率因此紊亂開始，從眼角的淚珠不堪承受地心引力開始。原來，一瞬間的心動不假，墜入戀愛的感覺也不是浮誇的錯覺，她是真的、真的喜歡上這個人了。

夜闌人靜時，那輾轉在睡意中的美好夢境，怕也是她不自知的心心念念。

一「聽」鍾情，她怕是開天闢地以來第一人了……

何況，她喜歡上的，是個素未謀面的人，也是個沒有機會見面的人。

他們之間所有連結，都建立在網路上，確切來說，大部分還是路遙單方面的連結。

兩年多前埋下的種子，不要說生根發芽，連破土的機會都沒有，就已經被扼殺在泥土裡。

少年郎無心的一瞥，注定的不是花開連理，而是姑娘拐過那街巷，徒留裙角一抹殘影在餘光裡。

路遙在看到半日閒那條貼文的時候，心臟彷彿在剎那間墮入虛空。

冰冷從心底攀至四肢百骸，滲進每一寸肌膚，浸入每一管血液。

儘管只是一行短短的摘抄，她還是感覺到了，他藏在心底從未訴說過的話語。

是他的情思繾綣，也是她的求而不得。

半日閒從來就不走詩情畫意路線，有什麼事都是直說，不會用過多的文句包裝，如今難得發了這樣一句詩詞，十有八九是真的有事了。

看到貼文那一瞬間翻湧而至的情緒不是騙人，她不知道他千里之外的那個人是什麼模樣，只知道自己很羨慕那個人。

能被他放在心上，她怕是修了八輩子的福氣都修不來吧……

浮生一曲繁華夢，惟願偷得半日閒。

然而若是找不到一個可以棲身的地方，又怎麼能偷得半日之閒呢？

她也的確是找不到了，她的棲身之地，只能是在半日閒的心上，而那裡，從未有過她的位子。

畢竟她只是萬千粉絲的其中之一，是滄海中的一粒米粟，只是幸運一點，能夠與他接觸罷了。

最殘酷的是，他們根本就不認識對方真正的模樣。

路遙不是個情緒外顯的人，然而這幾天她的低落，全寢的人都感受到了。

儘管如此，路遙依舊是一貫的淡然溫良，雖然明顯感受到她的失魂落魄，可見她越是表現得恬淡，她們就越不敢問她到底出了什麼事。

她們都知道，路遙要是不想說，就算拿刀抵在她脖子上，她死也不會開口的。她外表平靜溫和，骨子裡那倔強卻是實實在在的。

不光是韓曉霧她們，甚至連林家人都感受到了。

儘管他們一週只見一次，然而路遙的不對勁，不只林閑，連林白和莊甯看著都擔心。

「路路，喝杯茶吧。」莊甯剛沖了一壺花茶，香味沁人，讓人心情舒暢。

「謝謝莊姨。」路遙接過茶杯，低聲道。

林閑從房間走出來，見自家母親和路遙坐在一塊，他遞了個眼神過去。

莊甯回他一個白眼：問她怎麼了是吧？不用你說我也知道！

林閑轉進了廚房，這時客廳的話語聲傳來了，是林白軟軟的聲音：「路姐姐，妳心情不好嗎？」

林閑假意翻找東西，心思卻全投到客廳去了。

「啊，這麼明顯嗎？」路遙無奈笑了笑。

「路姐姐不要難過啊，是誰惹你不高興了，小白幫你去對……」他頓了頓，「去叫哥哥對付他！」

路遙笑著揉了揉林白蓬鬆的短髮：「謝謝小白啦，但路姐姐捨不得對付那個人呢。」

「啊？」林白愣了愣，無助地望向自家母親。

第一回合，失敗！

「路路啊，不開心說出來抒發也好。」莊甯溫柔道，「說不定莊姨能開導開導妳呢，哈哈哈。」

「謝謝莊姨，其實也沒什麼，就是……就是……」路遙的字句卡在齒縫間，糾結了半天，最後才磕磕絆絆地開口，「就是……可遇不可求……罷了。」

莊甯何等玲瓏心思，一聽就明瞭了七八分，「有喜歡的人了？」

林閑從櫃子裡拿出一個玻璃杯，心神全在客廳那兒，聽到對話，手一抖，杯子險些砸了個粉碎。

路遙輕輕點頭，眼底憂鬱，耳根子卻紅了。

莊甯笑道：「哪個大豬蹄子，眼睛了看不見我們路路的好呢，這個人怕是不可靠。」

林白在一旁用力點頭附和。

路遙微微扯了扯唇角，不說話。

「好啦，妳說可遇不可求，但如果沒有求過，又怎麼知道眞的不可求呢？」

路遙微垂眼簾，握著茶杯的手指緊了緊，指腹泛了一層白。

不，那是……無路可求的。

林閑看不到路遙的反應，而她又不說話，他面色如常，倒著牛奶的手卻一歪，牛奶灑了。

今天路遙依然給林閑載回宿舍，其實路遙本想拒絕，然而莊甯說她現在正處於低潮，時間這麼晚了，說不定一個不留神就發生意外。

路遙推脫不了，便乖乖地由林閑載了。

夜風隨著時節漸漸入冬更加冷涼，風劃過臉頰，微微的刺痛。

路遙一路沉靜，林閑也難得沒有說話，沉默縈繞在彼此間，夜色似乎顯得更深沉了。

到了女宿前，路遙如往常般矜持地道謝，她垂著眼簾，月光打在翕動的睫毛上，反射出幾屢銀絲。林閑見她這模樣，原想開口說些什麼，卻終究沒有啓脣。

他看著她漸行漸遠的背影，月色淒清，倒映在地上的纖細黑影，顯得有些孤寂。

林閑拿出手機，傳了訊息給江煙。從母親那邊無法得到確切的資訊，只能問江煙了。以她們的交情，他才不信江煙不知道路遙發生什麼事。

然而江煙是真的沒發現路遙不對勁。

她這幾天忙期中考試報告忙得焦頭爛額，和路遙傳的訊息少，自然不易察覺。

江煙看到林閑的訊息後，還沒想好要怎麼去套她話，路遙卻先主動找上江煙。

路遙：江煙……我難受。

江煙：難受了？我給妳找個男人解解火？

路遙：……

江煙：好啦，乖，哪裡難受？

路遙：心口痛死了，胸口悶死了，好想大哭，情緒快炸了，但大概沒人會了解我的痛苦。

路遙：應該說……沒人會相信我的痛苦。

路遙打字的手漸漸停了，心下又是一抽。

是啊……根本沒人會相信，連她自己都有些不敢置信。

誰會相信因爲一個聲音就喜歡上一個從未見過的人？

江煙：那可不一定，妳不是有我嗎？江湖江爺給你靠，浪天浪地沒煩惱。

江煙：妞兒，說來聽聽。

路遙：我……

路遙打字的手指頓了頓，指尖微微發顫。

江煙同是這個圈子的人，也見證了她對半日閒的迷戀與瘋狂，如果連江煙都不能理解，那這世上大概也沒人能理解了。

路遙的確需要一個人傾聽自己，這幾天纏繞在心底的愁思，幾乎要將她吞噬。

路遙：我、我說了……妳不要不信。

路遙：但我自己都不太相信……

江煙：別廢話了，速速道來！

路遙：我就是……就是……
路遙：好像喜歡上閒哥了……

江煙嘴角一抽。

路遙：不是，我是說，妳對許復的那種喜歡。
江煙：妳不是本來就喜歡他喜歡得入魔了嗎？
江煙嘴角抽搐得更厲害了。
可以不要一言不合就帶她出場嗎？許復這魔鬼根本是她人生的大挫折啊！
江煙：……好。
江煙：我不意外。
路遙：啊？
路遙：我花了三天才接受這個事實，妳就花了三秒？？？
江煙：嗯啊，仙女是不需要糾結的。
路遙：那妳在許復身上糾結個屁？我就不說某人前陣子哀天叫地亂七八糟的樣子了。
江煙：……想要互相傷害是嗎？
路遙：來啊，誰怕誰？
江煙：呵，就不怕我跟半日閒那臭小子說妳對他有非分之想？

路遙：妳說啊，說了他信我就請妳吃飯。
路遙：老娘自己都不信，鬼才會相信。
江煙得意一笑，隨手截了圖傳給某人，賣朋友賣得毫無心理壓力。
小姑娘別亂立flag啊，這頓飯妳請定了呢，呵呵。
這世道哪像妳想得這麼簡單……就不說某人天天巴不得妳對他有非分之想呢。
雖然只是向江煙道出心中鬱結的點，她也沒有做出實質意義上的開導，但小打小鬧後，路遙的鬱悶散了不少。
接下來是T大的期中考週，路遙強迫自己將心力投注在課業上，社群動態也少滑了，省去了不少糟心事。
除了偶爾放空時心臟微抽，基本上這幾天路遙過的算順利。
不去想，自然就不會痛；不會痛，自然也不難受了。

♪

這天晚飯過後，路遙和韓曉霧一塊到圖書館的自習室念書。
路遙和韓曉霧雖都被稱作學霸，但兩人仍有差別。韓曉霧是天生智商高，不用費太多心力就可以駕馭課題；路遙則是努力型學霸，雖說她的天賦高，但她是偏向文學創作腦的，國文的範圍太廣太雜，還是有很多科目需要盡力準備才能堪堪應付。

路遙的個性認眞，做事要求盡善盡美，在課業上實實在在地反映出來。

她戴上耳機後，完全進入兩耳不聞窗外事的境界，專注度高到幾乎沒有事能抽離她的神思。

路遙在念書時有個讀書歌單，半日閒的歌自然占了大半，他的聲音不只能醺得她飄飄然不知今夕何夕，某些時候還能讓她的心變得沉靜。

但路遙近期又建了另一個歌單，裡面一首半日閒的歌都沒有，她這幾天都是聽這份。

不是她不想聽男神的歌，只是她怕，怕一聽到他的聲音便會情緒潰堤。

然而路遙是一天不聽半日閒的歌就會不舒服的人，生活裡缺少了最治癒人心的力量，她整個人都不對勁。像一根羽毛輕刮在心尖上，一下一下，撩得你心神難耐。

她忍了好幾天不聽半日閒的歌，終於在這天破功了。

怪誰呢？怪她不能沒有他。

剛好她正讀到一個段落，眼看三個小時過去了，心想差不多該休息一下了。

她走到自習室外的長椅坐著，冬夜的刺骨冷風能讓腦子淸醒一些。

除了暫時逃避室內緊繃的氣氛，她會出來吹風主要是因爲一件事。

她怕一聽到半日閒的歌聲，塵封在心底的情緒會翻騰而上，驟然爆發。若是在自習室內繃不住，影響到他人就不好了。

路遙深吸一口氣，顫著手想要點半日閒翻唱的〈千夢〉，她不知道自己在糾結什麼，手指在螢幕上面逡巡，遲遲不肯按下播放。

就在她終於要按下去的時候，突然聽到有人叫了自己的名字。

有些朦朧，像是融在黑夜裡，不甚淸晰。

她手一抖，播放鍵是按了，久違的半日閒歌聲響在耳邊，只是她沒心思去聽。

大晚上的，誰在叫她？那聲音不是韓曉霧的聲音。

夜色深沉，只有自習室前的一盞路燈孤零零散發光芒，冷風呼呼地吹，那聲音配著黑漆漆的夜晚，帶了些詭譎。

路遙一顆心懸起，安慰地想可能戴著耳機誤聽了，才剛想完，她又聽到自己的名字再次響在夜色裡。

她一顫，拔掉一邊耳機，猛地轉過頭看向聲源處，卻沒看到任何一個人。

夜風吹得更猖狂，葉子沙沙地響，平添幾分怪誕。

她的心倏地高懸，恐懼陡然滋生。

路遙僵著身子瞪向聲源處，聲源處是自習室的門口。

直到幾秒後，那裡才緩緩走出一個人，一身黑暗漸漸褪去，露出了俊朗身姿。

路遙緊繃的身體驟然放鬆，那身影她太熟悉了。

「林……林閑？」

路遙視力不太好，到了晚上容易看不清東西，林閑又隱在背光側，她自然沒注意到。

「路遙？還真的是妳啊。」林閑從黑暗中走出，見到她一臉驚魂未定，奇怪地問道，「妳怎麼了？怎麼臉色這麼蒼白？」

還不是被你嚇的……算了，是她自己視力不給力在先。

林閑很自然地在她旁邊坐下：「怎麼一個人坐在這兒吹風？」

「讀累了，出來透氣。」路遙淡淡道，她只拔了右邊的耳機，左耳現下還蕩著半日閒的聲音。

她神思一晃，不再說話。

「我們小才女這是要通宵了？」林閑笑道。

「我們院草這是要通宵了?」路遙回了一句，面色古井無波，語調卻有些陰陽怪氣。
林閑愣了一下:「妳心情不好?」
路遙也愣了一下:「沒……沒啊。」語氣聽得她自己都心虛。
這時一陣風吹過，徹骨的寒意打在身上，肌膚都蒙上了一層疙瘩。路遙被激得顫了顫身子，短短的頭髮被風肆虐得亂七八糟。
下意識要往旁邊抓外套，摸空後才發現自己把外套忘在自習室的座位上了。
又一陣風吹過，路遙忍不住哆嗦，下一秒卻感覺肩膀一重，是一件外套披了上來。
她茫然地看向身旁的人，只見對方挑著眼尾，嘴角輕勾，似笑非笑看著她。
路遙:「……」
見路遙明明想擺出招牌冷漠臉，但礙於正享受著他的恩惠，那表情該多扭曲就多扭曲，林閑憋著笑繼續看她。
「你……不冷嗎?」良久，路遙弱弱地開口。
「冷啊。」林閑大方承認，見她一臉緊張，他把她要脫掉外套的手給按住，「心冷。」
「啊?」路遙懵了一瞬，試探性地問，「你……心情也不好?」
林閑一本正經地點頭:「妳親我一下就好了。」
路遙:「……」
林閑大笑:「開個玩笑，不要認眞。」
路遙在心裡翻了個白眼。當然知道是開玩笑!神經病才信!
林閑注意到她一隻耳朵還戴著耳機，問道:「在聽什麼?」
「啊……」路遙這才想到自己還戴著耳機，那熟到不能再熟的聲音依舊演繹著歌曲的絕代風華，

「半日閒的歌。」

「我聽聽？」林閑拿起垂落在長椅上的另一只耳機。

路遙點了頭，兩人一人一邊，安靜地坐在自習室門口聽音樂。

好聽的歌聲酥人欲醉，路遙時隔多日終於認眞聽了一次男神的歌，眼眶卻有些發酸。

那聲音千迴百轉，低沉時溫柔得像能掐出水來，又帶了點誘惑人的小性感；高音的部分彷彿蝶舞翩翩，乘風宛轉而上；尾字的氣音像是上好的陳釀，慵懶而醺然，讓人心甘情願沉醉其中。

路遙聽著聽著，突然就覺得心底一片安寧，所有繁雜紊亂的心緒似乎都在音律間被理清了。

半日閒似毒似藥，能讓她難受得彷彿萬蟲噬骨、痛癢交錯而生；也能輕易療癒她荒蕪的心靈，春雨潤物般地讓那顆乾涸的心重拾生命力。

不論是毒還是藥，都有讓人成癮的風險。路遙覺得自己是在飲鴆止渴，就是這樣的他，讓自己深深地著迷上癮。

悠悠嘆了一口氣，她果然完全無法脫離這個聲音，無法不去喜歡這個人。該怎麼辦才好……

注定沒有結果的感情，本該早早扼殺在心底，讓它成爲生命中的一抔肥料，提醒自己不要再重蹈覆轍，但若能這麼容易控制情感的話，那些困於情愛中的可憐人不就白受罪了？

夜色深沉，月亮被烏雲掩去，徒留幾縷朦朧的白影，恰似少女看不清的玲瓏心思。

林閑聽著自己的聲音，他聽得心湖毫無波瀾。

他有時候會想，自己的聲音說好聽是還挺好聽的，聲線辨識度不低，但有好聽到能讓這妹子沉迷不已嗎？

他想到前幾天江煙傳給他的截圖，小姑娘的少女心事本該是輕盈甜美的，偏偏她遇上的是素未謀面的二次元男神，那情思混著絕望，惆悵得讓人心疼。

林閑想到這裡，突然發現身旁的人低低地嘆了一口氣，那表情像如釋重負，也像是無可奈何。

傻女孩，他心想。

眞是傻啊，傻到他都想笑了。他不是沒暗示過，都在她面前唱過半日閒的歌了，還認不出來？要不是見過她一提到半日閒就拋開人設瘋狂的樣子，他都要懷疑她是假粉了。

林閑心裡還在盤算些什麼，兩人各懷心思，在這夜晚裡靜靜地聽歌。

不知過了多久，林閑被風吹得眞有些冷了，他側首道：「進去了？」

卻見身旁的人不知道什麼時候已經在打盹，林閑失笑，輕輕搖了搖她的肩膀。

這……這骨架子這麼輕小，感覺一用力就會弄痛似的。

用力……弄痛……

他趕緊掐斷腦內越走越歪的思想，阻止它往某些不可描述之事飄去。

他叫了幾聲，路遙猛地驚醒，迷茫著看向他，滿眼混沌。

見她這軟綿綿的模樣，林閑壓抑住想要親她的衝動。

他緩緩吐了一口長氣。還不是時候。

「我們在外面有點久了，風吹久了會感冒的。」林閑輕聲道，「進去睡？眞撐不下去我就別通宵了，回宿舍休息吧。」

「……沒事。」路遙淡淡道，她也不知道自己怎麼就睡著了。

「對了，上次我問妳那件事考慮得怎麼樣了？」

「什麼？」路遙懵了一瞬，看到林閑似笑非笑的表情，才想到某頓晚餐後，她逃之夭夭的糗事……

「呃……」冷風還在吹，路遙卻覺得耳根子有些熱，「就……」

「嗯？」林閑挑起一邊的眉，眼尾曳出幾分邪魅，那單字上揚的音節，透著滿滿的騷氣。

她怎麼覺得這傢伙今晚特別騷呢？肯定是錯覺！是的吧！

「呃，可、可、可以。」路遙艱難地從牙縫中擠出幾個字。

這段日子不是沒有人來邀請她，只是她思來想去，好像最熟稔的就是林閑了。

林閑的嘴邊和眼底都是笑意。

路遙愣了愣，有必要這麼高興？您貴為南校區男神，女伴應是前仆後繼地湧上吧。

兩人尬聊著走回自習室，正要走到座位的時候，路遙才想到人家的外套還披在自己身上呢。

林閑估計也意識到了，就站在門口定定地看著她。

路遙被看得又一陣臉熱。看、看個毛線啊……這樣看外套是會自己飛到你手裡嗎？

路遙輕手輕腳地走回他面前，將肩上的外套物歸原主，又輕手輕腳地走回位子上。

剛才浪費這麼多時間，現在不趕緊補回來明天就要完蛋了，文字學這大魔王她可惹不起……

林閑站在門口，手裡拿著外套，她的體溫還殘留在布料上，那溫度裹著他的手，沒來由地燙得過分，整個身子都不太對勁，像是有電流過了一遍血管似的。

他看了一眼遠處某人進入學習狀態的側臉，再淡淡收回目光。

自己這幾天，的確是有些燥了。

♪

期中考過後沒多久，春日游的新歌就發了，就是路遙參與文案的那一首。

路遙近日上社群平臺的次數愈發少了，這回打開社群軟體就見第一篇文是春日游官方帳號發歌的文，看到自己的名字出現在staff名單上，覺得有些新奇。

眞的看到歌曲發表出來時，她才有一種眞正參與了這首歌的感覺，雖然只是小工作，還是覺得特別特別的……不眞實。

路遙又刷新了一次動態，半日閒正好分享了春日游的新歌文。

浮生半日閒：又是一首很好聽的原創啦～另外特別感謝@路遙知我意，小姐姐的文案寫得很棒呀〔親親〕

路遙手一抖，手機差點與地板親密接觸。

啊啊啊啊啊啊！居然被男神標記了！她只想原地大猩猩捶胸式吼叫。

腦熱過後，她又苦惱地想，還是沒辦法平常心面對，光是看到「半日閒」這三個字全身就像被電流過了一遍，酥——炸！比酥炸黃金餃還要酥。

路遙心緒紊亂，她草草按掉手機，看著窗外那一排漸枯的梧桐樹，思緒不知道飄到哪去了。

晚上十點多，路遙被江煙拖到KTV。

江煙脫離期中考地獄後便嚷著要回T市，她是個行動派，沒幾下路遙就接到她回來的消息。

原本兩人是約明天，但江煙忽然傳了訊息問她要不要去夜唱。

路遙只有剛上大一的時候爲了體驗大學生的生活，全寢一起去夜唱過，然而她不是個玩鬧的性子，只去過那麼一次，之後都推託掉了。

這回江煙約她，路遙想難得見一次面，正糾結要不要去，韓曉霧直接抽了她的手機回了江煙。

「韓小五同學，您這是……」路遙斜了她一眼。

「我看妳這陣子的心情眞是哦——剛期中考完，妳就去放鬆一下吧。」韓曉霧特別坦蕩，見路遙還要說什麼，她又道，「反駁無效，我已經幫妳答應了。」

路遙就這麼到了KTV前。

江煙出來接她，一進到包廂裡發現還有另外一個人。

「喲，這不是我們的才女小姐姐嗎？」林閑懶懶地靠在沙發上，見兩人進到包廂裡，他舉起手上的杯子，酒紅色的液體在模糊的燈影下泛著微光，迷離了他的輪廓。

路遙訝然。

江煙對路遙道：「我剛才就跟他待著，突然想唱歌，想說順便問妳要不要來。」

路遙才剛坐下，林閑手上就拿著兩杯飲料坐到她身邊。

「Juice, wine……」他歪了歪頭，眼尾曳出風流，「or me ?」

路遙給他一個尷尬又不失禮貌的微笑，江煙則是直接翻了個白眼。

林閑笑了笑，把果汁塞到路遙手裡，他知道跟酒精飲料相比起來，她比較喜歡無酒精飲料。

路遙道謝，江煙開唱，林閑依舊慵懶地靠在沙發上。

唱到一半時，包廂的門突然被打開了，江煙激昂的高音倏然墜落，摔得不輕。

許復一手插口袋，慢慢走了進來，見到某人拿著麥克風僵掉後，微微皺了眉。

他看向林閑，林閑回看他，兩人在半空中無聲交流。

許復：你沒說她會在。

林閑：我也沒說她不會在。

許復：WTF……

林閑慢悠悠起身，朝站在門口的許復敞開懷抱：「歡迎我們的金主大人——許少！」

儘管內心跑過無數隻草泥馬，許復面上依舊平靜，淡然地走了進來。

江煙拿著麥克風的手突然不知該安放何處。

路遙看某人前一秒還激情獻唱，下一秒頓時膽小如狗，她抿唇笑著向許復打招呼。

許復打過招呼後，坐下來倒了一杯酒，自斟自飲。

路遙見江煙無所適從的模樣，拍了拍她的肩，接過她手中的麥克風，溫聲道：「妳唱這麼多首了，休息一下吧。」

江煙點點頭，恍神了一下又恢復原樣，興奮地幫路遙點歌。

路遙的聲音軟軟的，順滑似牛奶，細膩如白瓷，輕輕打在昏暗的空間裡，重重敲在某人的心上。

林閑心下一陣癢，他喉頭滾了滾，慢慢收回目光。

路遙神情專注，看著字幕像看著上課的黑板，一字一句唱得認真。

林閑失笑，在她唱完一首歌後站起身，瞥了許復一眼：「下一首換你上？」

許復眼底看不出什麼情緒，沒理他。

林閑「切」了一聲，心想：再繼續裝逼啊，看你能裝到什麼時候，到時候就不要後悔！

「你不上老子上，唱得你想叫爸爸。」

「爸爸。」許復面無表情地喊道。

林閑被堵得說不出話。

真是謝了，一點成就感都沒有欸。

林閑蹦躂著到路遙面前，眨了眨眼：「路姐姐，我可以跟妳合唱一首嗎？」

路遙：「……」excuse me?你是在cos林白同學?

江煙：「……」賣萌可恥!

許復：「……」論路遙從自己的同學變成姑姑的感受。

路遙無言歸無言，看林閑裝得一副小清新模樣，再聽著他刻意掐出來的奶音，還是很沒出息的被可愛到了。

啊啊啊聲控通病!絕不是她一個人的問題!

「江煙!隨便來一首!」林閑大手一揮，瀟灑喊道。

「我不會唱怎麼辦?」路遙一臉懵。

「沒關係啦，妳就跟著隨便唱!」江煙喜孜孜地幫忙點了歌，「這首妳絕對會唱!」

林閑附和：「妳聲音這麼好聽，隨便唱都好聽。」

那模樣特別正經。

當前奏流瀉而出後，路遙耳根子突然有些發熱。

小酒窩。

林閑朝江煙投去一個讚許的眼神，江煙驕傲地回了一個「不用謝」的表情。

「我還在尋找，一個依靠，和一個擁抱……」他的聲音不急不緩，溫柔中帶著慵懶，很好聽。

「幸、幸福開始有預兆，緣分讓我們慢慢緊靠……」路遙耳朵被酥了一下，隨後第一句因為太緊張而搶拍，她害臊得不行。

有夠丟臉啊嗚嗚……

林閑看她緊繃著的樣子，差點沒笑場。

「小酒窩長睫毛，迷人的無可救藥，我放慢了步調，感覺像是喝醉了……」

路遙見林閑頰上的酒窩隨著臉部肌肉的運動微微陷下去，真的有點迷人，她似乎……也被他的歌聲和小小的酒窩釀出一點兒醉意……

路遙起先彆扭，後來也逐漸放開，輕軟的嗓子唱起歌來甜甜的，讓人心下軟成雲泥。

林閑眼底笑意漸深。

江煙覺得不太妙，感覺兩人周邊有粉紅泡泡。

唱完後，林閑好心情地坐回沙發，朝許復遞過去一個自滿的小眼神，然後打開社群軟體。

浮生半日閒：我家小貓真可愛〔擠眼〕

七個字加上一個表情貼，字裡行間都是笑意。

弱水三千：閒哥家裡有養貓？

想要一隻貓：閒哥也是貓控嗎？〔喵喵〕

君不見T市閒哥天上來：沒照片，差評。

閒哥的小老婆：啊哈！我就是那隻貓！

此江煙非彼江淹：我就默默地不說話；

江煙的評論被頂到熱門，網友們開始蓋樓。

1234567：江爺知道內情？

胡大白：感覺事情不單純哇（並不簡單）

乳酪蛋糕：就怕這貓不是個貓（二哈）

今天閒哥發歌了嗎：樓上真相帝。

路遙滑著動態，奇怪自家男神今天的畫風怎麼這麼怪，沒聽說過他有養貓啊，江煙也沒提過。待她看到江煙被頂上去的評論樓時，心驟然一沉。

她默默退出社群軟體，強迫自己不要亂想，說不定真的是最近收養的呢。

現在是許復在唱歌，他面色古井無波，唱出來的詞卻不平板，隱約能感受到音律起伏間那含蓄的溫度。

許復先前接過麥克風時，林閑還一臉嫌棄：「不是說不要上?哼哼，真不堅定。」

「老子就想唱了，你奈我何?」許復瞟了他一眼，「這包廂錢我出的還不能上去唱?」

林閑頓時安靜如雞，臉上端著諂媚的笑：「許少請，許少這邊請，您唱得愉快啊!」

江煙在一旁看著，一臉無語。突然許復朝她望了一眼，兩人的目光在空中相撞，江煙神色一僵，想把眼神移開，又彷彿被吸住了，挪不開視線。

好似過了很久，其實也只有短短一瞬，許復淡淡道：「看什麼?點歌啊。」

「喔、喔好。」江煙在他開口的那一刻瞬間慌亂，她連忙掩蓋好自己的情緒，「你要唱什麼?」

「隨便。」許復漫不經心。

江煙反而不知道該怎麼點了，她不瞭解他，這也是第一次聽許復唱歌。

「真的就隨便。」許復見她還是不知該如何下手，輕輕嘆了口氣，又道，「妳就點妳喜歡的吧。」

江煙見他似乎有些不耐煩，也不敢再猶豫，正好看到一首她覺得好聽的歌，便按下去了。

許復眞的會唱。平常他只有在拿起相機時神色才會正經，看不出來還挺能唱。
那聲線略爲低沉，能感受到鑲嵌在歌詞裡的情緒，平淡卻溫潤，滿好聽的。
當然，路遙還是覺得她家閒哥的聲音最好聽。
想著想著，許復也唱完了，他把麥克風遞給林閑，林閑又騷裡騷氣地開唱。
聽著聽著，路遙再次風中凌亂。
這次不是因爲林閑又浪起來了，她風中凌亂的原因是……這聲音怎麼聽著這麼熟悉呢？
之前沒仔細聽，這回認眞聽了後發現他的聲音非常熟悉，深入骨髓般的熟悉。
就像是每夜睡前她一定要聽到的那個聲音，那個慵懶清澈、帶著暖意能醺人的聲音，那個能讓她激動不已又能沉澱心緒的聲音，那個……她家男神的聲音。
半日閒的聲音。
之前在酒吧那次聽他唱歌，也有同樣的感覺。
江煙見路遙表情有些扭曲，她坐到她身旁，關心道：「親愛的，怎麼了？」
「那個……妳會不會覺得……林閑的歌聲很像誰的聲音？」
江煙心下一頓，看了正唱得投入的某人一眼，轉回來裝傻道：「咦？有嗎？」
「沒、沒有嗎？」難道眞是自己想多了？
「不然妳說說看像誰，說不定妳一說出來我就覺得像了。」
「算……算了，也許是我自己在那邊瞎想。」要是說出來像半日閒，江煙肯定會覺得她滿心滿眼都是半日閒，喜歡他喜歡到瘋魔，以至於看誰都想到他。
少一次被嘲笑的機會是一次，嗯，還是珍惜一點。

♪

粉絲們最近發現他們家閒哥不同於以往的兩件事。

第一是半日閒最近彷彿轉型成寵物博主，連續好幾篇貼文都是跟小貓有關，什麼「我家小貓萌萌噠~」、「小貓軟軟的，想抱。」、「被小貓水汪汪的大眼看著，我都要融化了TT」……

二瓜只愛嗑瓜子：半日閒同學最近少女心爆發？

款冬花：到底有多可愛啊啊啊，求閒哥發照呀〔憧憬〕

千千：哇嗚，想當那隻貓〔喵喵〕

此江煙非彼江淹：我就靜靜地看著你裝逼:)

這幾天自家男神的畫風委實清奇，路遙覺得畫面太美有點不敢看。

像是五分鐘前發的那條貼文：「小貓是不是上天派來的天使？？？」

路遙一臉問號，擔心男神被那隻貓給迷得瘋魔了。

路遙：寶貝寶貝，我家男神真的收養了一隻貓？

江煙看到訊息時嘴角抽了一下，看這兩人一裝逼、一傻萌的，還挺療癒身心。

江煙：準確來說，是他迷上了路邊的小奶貓。

她一本正經地回答。

路遙：那怎麼不收養啊？住的地方不能養寵物嗎？

江煙：小奶貓不跟他走啊！

路遙：這隻臭貓身在福中不知福！

江煙最後沒忍住，還是「噗」的一聲笑出來。

她正在和林閑組隊打遊戲，耳麥還開著，林閑聽到她的笑聲後怒道：「江煙，妳血條快到盡頭了還笑？浪什麼！」

江煙只是繼續大笑。

第二件事是半日閒最近很常翻一個妹子的牌子。

嗯，沒錯，那個人就是路遙。

雲破月：那個路遙知我意是誰啊？留的評論閒哥每次都會回耶！

珊珊33：我記得江爺之前也常標記她呀，江爺的朋友吧？

吱吱：路遙知我意是江爺的朋友，江爺和閒哥又是好基友，所以路遙小姐姐也是閒哥的朋友？

乳酪蛋糕：新歌文案是她寫的吧？春日游的新成員？

路遙尷尬，但尷尬之餘又帶著一點優越感，而尷尬與優越之餘，又帶了點驚喜與不敢置信。

她又跑去問江煙。

路遙：江煙江煙！妳說閒哥為什麼最近都會回我的評論，甚至偶爾還會在我的文底下留言呢？

路遙：是因爲我可愛還是因爲我可愛或是因為我可愛呢？

江煙：……

江煙：我覺得可以了，閉嘴吧：）

被江煙暫時拉黑後，路遙左思右想也想不出個所以然，最後自行理解爲：經過了短暫小合作，再加上江煙的那層關係，閒哥是把她當成朋友了吧。

這麼想完，路遙一個體育白痴樂得在晚上十點到學校操場跑了五、六圈。她從小就不喜歡跑步，跑步的速度幾乎是班上倒數，這回主動去跑步，可見心情有多麼飛馳。

好！快！樂！

路遙跑完步，去學校旁的便利商店買水，一進去就看到某個熟悉的身影在結帳。

「林閑！」

林閑聞聲望去，見是路遙，心下微微驚訝，小姑娘難得主動和他打招呼。

路遙見他穿著運動休閒服，脖子上掛著一條毛巾，額前碎髮微亂。

「你出來跑步？」

林閑點點頭，又聽她道：「奇怪，那剛剛在操場怎麼沒看到你？」

「我是跑街道，就學校這附近繞個幾圈。」林閑拿毛巾擦了一下額角，只是一個簡單隨意的動作，路遙卻看得有些心思浮動。

「妳也有夜跑的習慣？」林閑心裡打著小主意，若路遙晚上都會出來跑步，兩人就能順理成章的一起行動了。

卻見路遙搖搖頭：「我只是……太開心了，想要釋放一些能量。」

林閑聞言後瞇著眼笑，把聲線微微壓低：「晚上想要釋放能量，還有很多方式呢……」

路遙無言以對，她雖然挺單純的，但整天跟在韓曉霧身旁，葷話也聽了不少。

然而她懂是一回事，發現被調戲是一回事，知道林閑有時就沒個正經更是另一回事。

但她臉皮薄，再加上某人突然壓低嗓音，她耳根子酥了一下，頰邊浮上一層薄紅。

林閑眼底笑意更深，繼續逗她：「覺得發洩不完，歡迎來找我哦，保證讓妳……」

沒等他說完，路遙臉上紅暈越來越豔，伸手敲了林閑一拳，「閉嘴啊。」

路遙裝凶的聲音跟她的臉頰一樣軟軟的，聽得林閑一陣心癢難耐，他壓下心頭的熱意，正了正神色，就在路遙以為他終於要正經時，他開口就是：「遵命老大，是小的錯了，小的給您買飲料賠罪吧？想喝什麼儘管說啊，散盡家財都給您弄來。」

路遙被逗樂了，卻仍矜持道：「沒關係，我自己買水就好。」

「別這樣，小的不賠罪心底愧疚，小的這麼可愛，老大您也捨不得小的心裡難受吧？」

聽到某人形容自己可愛，路遙嘴角抽搐了一下，再看看他一臉委屈巴巴求翻牌的模樣，她忍不住笑道：「好吧，謝謝你了。」

林閑像是被冷落許久，突然被主人搔脖子肉的拉不拉多犬，他一個一米七八，清俊帥氣的校園男神，踩著輕快的步伐蹦躂著跑去拿水了。

♪

自從夜跑意外遇到林閑後，除了每週三的固定家教，路遙沒再遇過林閑。

等她意識到這件事時，已經是耶誕舞會前一天了。

嗯……但兩人本就在不同校區，不常見不是正常的嗎？說不上悵然若失，但就是覺得心下有一處，空落落的。

才這麼想著，林閑就傳訊息來了。

林閑：我親愛的舞伴，還記得明天有個耶誕舞會嗎？

看到「親愛的舞伴」五個字，路遙的耳朵又不自覺地染上了熱意。

路遙：嗯。

林閑：我們約活動中心門口見？

路遙：嗯。

林閑：六點開始熱場，我們約六點半？

路遙：嗯。

林閑捧著手機納悶，這姑娘是不是哪裡不高興了，非要堅守一字箴言「嗯」？

路遙其實也覺得莫名，她明明有其他更好的回答，怎知一發出去就變成「嗯」了。說不上怎麼回事，就覺得胸口有點悶，而那鬱悶在看到林閑發訊息過來後似乎愈來愈膨脹。

兩人捧著手機各自無言，良久之後，林閑才敲字發出。

林閑：妳……不想去舞會？

路遙：沒啊。

林閑：那妳心情不好？

路遙：也沒啊。

兩人又相顧無言了。

最後路遙索性掐掉手機屏幕，跑去看了點書便上床睡覺了。

躺上床的那一刻，彷彿突然被點醒了一般，瞬間豁然開朗。

原來她鬱悶的原因在於，這將近一個月，林閑真的除了禮拜三載她回女宿，兩人幾乎沒有任何交流，連在社群上都沒看到他出現，甚至他們都有修的現代公民與法律，她也沒見他出席。要不是家教的時候還會看到他，她幾乎要以為他人間蒸發了。

然而臨到了耶誕舞會前，他又突然興致勃勃地出現，路遙莫名有種被當工具人的感覺。

她知道自己這樣有些無理取鬧，說不定人家有事情忙著，但她也就自己想想嘛……

認清這個事實後，路遙縮在棉被裡有些怔忡。

儘管已經知道了原因，但是她不想承認……原來不知不覺林閑已經在她的心裡占據一個不小的位置了。

♪

舞會正式入場時間是六點，林閑和路遙約六點半，才下午三點，路遙就被抓去打扮。

路遙原先只想隨便挑一件連身裙來穿，豈料韓曉霧猜到了她的心思，不知從哪兒弄來了一套小禮服，知道她不喜歡穿得太少，便幫她挑了件及膝的，顏色是米白色，最外頭罩了層雪紡，看起來空靈又有氣質。

路遙任由韓曉霧和程貝貝幫她打扮，坐在梳妝檯前很是無奈。

「我說妳們，我又不是要出嫁，需要這麼大費功夫嗎？」

韓曉霧正幫她上底妝，一邊回道：「妳以爲妳要結婚，我們還會這麼隨便？」

路遙懵，這樣叫隨便？

「那邊，對，那邊再拍開，均勻一點。」程貝貝在一旁指點江山，「路路寶貝，妳整裝完一站出去絕對驚豔全場，搞不好要娶妳的都排到下輩子了！」

路遙：「……」浮誇系的，水土不服就服妳。

不知道過了多久，終於被梳妝完畢，程貝貝看著打扮完的路遙，不禁感嘆：「瞧這水靈靈、軟綿綿的模樣，我如果是男的絕對爲妳丟了魂。」

韓曉霧看著路遙像是看著一件完美作品，臉上堆滿笑，一臉欣慰，「我們路路啊……眞是太好看了。」那語氣好不慈祥。

路遙表示：自己的室友是一群蛇精病。

臨近六點半，路遙和韓曉霧一塊走去活動中心。

韓曉霧皮相長得好就是任性，隨便挽個頭髮、化個淡妝，再加上一身深藍色的平口小禮服，那布料上隱隱泛著薄光，好似天上星空全染上了禮服，襯得她膚白若雪容光煥發，星眸熠熠生輝。

「小五，妳的舞伴是誰啊？」

韓曉霧挑眉，隨後呵呵笑道：「我沒找舞伴啊。」

「那怎麼辦？」路遙大驚，「不對啊，怎麼可能沒人找妳，找妳的肯定從校門口排到醫學院大門了吧？」

「我都推掉了。」韓曉霧瞇著眼笑，看著夜空如墨，滿是愜意，「不覺得現場找才有意思嗎？信不信我等一下一站出去，肯定一堆人來邀我跳舞？」

路遙：「……」

信，特別信，衝著妳那張臉，都想跟妳在懸崖上跳個華爾茲。

「那妳的舞伴呢？」韓曉霧興致勃勃。

路遙「嗯」了一聲，忽視掉韓曉霧的八卦臉，輕聲道：「林閑。」

「林閑？什麼林閑？」

「林閑啊，我的舞伴。」

韓曉霧同學華麗地當機了。

「我認識的那個林閑？南校區的那個林閑？」

「嗯啊。」路遙一臉無欲無求，看得韓曉霧一口老血噎在喉嚨。

「沒……咳咳……沒事。」居然這麼雲淡風輕？跟校園男神跳舞欸！

「進度可眞快……」韓曉霧由衷感嘆，「誰約的誰？」

「什麼進度？」路遙還是一臉平靜。「他約我。」

韓曉霧心想剛才她們還在想讓路遙出彩點呢，要不然她這種佛系女，不知道何年何月才能脫單。這下她們白擔心了，早就有人看上她了，還是一大校園男神。

韓曉霧想著想著就一臉姨母笑，哎喲，怎麼有種要嫁女兒的感覺呢？

路遙一如既往地無視掉韓曉霧豐富的腦內小劇場，兩人還沒走到活動中心，路遙大老遠就看到林閑站在那兒了。

沒辦法，誰叫這附近女孩的眼神都往那方向竄，加上他穿著西裝一身清風朗月，一手插著口袋十分閒散，慵懶的氣質搭上俊臉，直接秒掉一堆女孩。

「喲，妳看看妳家林男神，嘖嘖，真帥，該招惹多少桃花啊。」韓曉霧在一旁吊兒郎當地道。

路遙突然有些緊張，不自覺地攥了攥裙子下襬，她看到兩個女孩站在林閑面前，其中一個紅著臉問他缺不缺舞伴……

林閑抿脣淡笑，柔聲道：「我有舞伴了，在等她呢。」

女孩的臉更紅了，朝他鞠個躬後連忙拉著自己的同伴離開。

路遙正想跟林閑打招呼，豈料又一個突然竄到她前面，格外有朝氣地道：「學長學長，你缺不缺舞伴啊？我很樂意給你當舞伴呀！」

路遙和韓曉霧對看一眼，現在的女孩子都這麼直接？

林閑擺出一貫的笑容，正要拒絕時，又聽那女孩道：「學長別這麼快拒絕我啊，你不缺的話我缺嘛，我其實還算可愛吧？你不虧啊！而且多跟幾個跳不是也挺有趣的嗎？」

路遙眨眨眼，看他不能再用招牌笑容與慣用的手法拒絕女孩子，她突然有點想笑。

路遙嘴角才剛牽起，就看到林閑望向自己了。

一觸及到他的目光，路遙突然一顫。

「快，美女救英雄的時刻到了。」韓曉霧居然直接把她推出去，路遙不常穿高根鞋，踉踉蹌蹌就這麼到了林閑面前。

見林閑和小學妹都看著自己，路遙尷尬笑：「呃……那個，抱歉打擾了……」

小學妹微蹙了眉，在她開口之前，林閑對路遙道：「路路啊，我等妳好久了。」

他看了一眼手錶：「妳看妳遲到了一分四十八秒，不考慮給我一個吻以示歉意？」

那語氣溫柔得能掐出水，還帶了點委屈和寵溺。

路遙無言，心想你就裝吧。

而小學妹第一次見到男神學長撒嬌，一時間有些不能適應。

林閑見路遙沒表示，他拉了她的手靠到脣邊，軟脣在手背上輕輕一碰。

路遙不負眾望地石化了。

只見林閑親完後瞇著眼，一臉饜足，他柔聲笑道：「既然妳不親我，那就換我親妳吧，反正都是我嘗到甜頭，也算是妳道了歉。」

小學妹自覺沒戲，摸著鼻子走了。

路遙臉上的紅霞甚至都蓋過韓曉霧給她染上的腮紅了，「你……你幹什麼呢！」

林閑沒有絲毫愧疚之意，他懶懶笑道：「朋友有難，應該救他於水火之中啊。」

路遙：「流……流氓！」

林閑覺得不妙，看她帶著怒氣卻還是軟軟的模樣，他感覺自己如果理智一斷線，就要把她揣進懷裡蹭一番了。

這妹子生氣的樣子怎麼這麼可愛呢？而且今天這副打扮，真像純潔無瑕的小白花，清秀的臉蛋加上靜美的氣質，要不要太好看！

林閑想也知道肯定不是她自己打扮的，他朝路遙身後的某人投去一個讚許的眼神。

韓曉霧輕輕勾脣，回他一個「不用謝了」的表情，就先閃進了會場。

路遙與林閑僵持著，十秒過後，路遙選擇轉身，準備拉韓曉霧一起進會場，顯然忘了自己的舞伴正是面前的林同學。

豈料她一轉身，卻發現韓曉霧已經不見了。

林閑好心地提醒道：「她先進去了。」

「你怎麼知道？」

「心電感應唄。」林閑還是笑咪咪的，看上去心情很好的樣子，「好了路遙，我們是不是該進去了？」他敲了敲腕上的手錶。

路遙不情不願地「嗯」了一聲，帶著鼻音的單音節軟得不像話。

林閑心臟爆擊。

他嘴角上揚的弧度越來越大，卻仍是故作淡定，語氣漫不經心：「走吧。」

路遙又「嗯」了一聲，提步就要進去。

「等等。」林閑突然拉住她，纖細的手腕柔弱無骨，宛若上好的白瓷，他生怕一用力就弄碎了。

「怎麼了？」路遙奇怪地看向他。

側首時，門口的光正好潑了她半面明朗，她的皮膚本就白皙，光一打下去，彷彿透明了一層。

林閑以前覺得冰肌玉骨這個詞太浮誇，現在卻覺得形容路遙再合適不過。

看林閑不說話，路遙更奇怪了：「林閑？」

見她眸子映著碎光，彷彿裡頭藏了流星河，林閑睫毛顫了顫，慢慢地收回目光。

「妳是不是忘了什麼？」林閑笑道。

「啊？」路遙疑惑完，就見林閑將她的手勾住自己的臂彎，她面上又是一紅。「這……」

「舞伴。」林閑面色正經，「挽手是標準姿勢，嗯？」

也不知道是不是刻意壓低了聲音，路遙被最後那一聲上揚的音酥得耳根子都軟了。

「喔……」她身子僵硬，挽著他的手的彷彿不是自己的手。

「路遙。」林閑突然嚴肅地叫了她一聲。

「啊、啊？」路遙神色閃過一絲驚慌。

「妳很緊張？」

「沒、沒、沒……沒。」那語氣連她自己都不信。

只見林閑伸出另外一隻手揉了揉她的頭髮，顧忌著髮型完整度，他的力道很輕。

「跟著我就好，不要害怕。」他嘴角的弧度柔柔的，眼底的光點也柔柔的，「自信一點，妳很漂亮的。」

路遙聽著他溫柔得能掐出水的聲音，心下一顫，彷彿有什麼東西浸潤而過。

她說不出任何一句話，就這麼愣愣地看著他。

林閑輕笑，「放輕鬆，妳的手好緊繃，不知道的人還以爲是我強迫妳呢。」

「那個……我的手可能有它自己的想法……」路遙的聲音小到不能再小。

林閑「哈」了一聲：「妳還挺幽默。」

她不擅長這種交際活動，會參加主要是被韓曉霧拖來的，想說從未經歷過，不如體驗看看吧。但嘗鮮歸嘗鮮，緊張的情緒還是難免，然而剛才林閑對她說完那句話之後，緊繃的感覺似乎消了大半。

她挽著林閑的手慢慢走進會場，好像跟著他的腳步，就能放心自在地度過接下來的時光，莫名地讓人感到安心。

「那個……我跟著你，會不會太高調啊？」路遙走了幾步突然問道，「你看，你一站出去就是衆人的焦點。」

「要不我去找個面具來戴？」林閑語氣輕鬆，眼底卻認真，門口確實有提供舞會面具。

「不、不用。」戴上面具就委屈這張好皮相了。

一陣音樂流瀉而出，全場瞬間靜默，主持人的聲音在柔和的音律中緩緩響起。

「要開場了。」林閑笑，「不知道跳開場舞的是誰，他們那時候找我，我拒絕了。」

拒絕得好，路遙心下給他一個大拇指。

突然一陣騷動，只見門口走來兩人，男的風度翩翩，女的貌美如花，兩人慢慢走到場中央，姿態優雅。

「是丘苒啊，眞漂亮。」

「那是法律系大三的學長吧？」

「眞是郎才女貌。」

「我怎麼聽說原本邀的是林閑和韓曉霧？」

「都被拒絕了吧，他們看起來風光，其實還挺低調的。」

路遙聽到旁邊幾個人在討論，心想韓曉霧才不是低調，她那是懶癌發作。

至於林閑……她悄悄瞥了他一眼，見他一手插進西裝褲口袋，一副風流子弟漫不經心的模樣。

嗯，好像也是懶。

林閑突然側首：「來跳舞了？」

路遙這才發現丘苒和法律系的學長已經開舞，其他人也陸續進入舞池。

路遙瞬間退縮了：「那個……我……不太會……跳舞……」

何止不太會，她是根本就不會。

「沒事，跟著我就好。」林閑淡淡一笑，牽起她的手。以被牽起的那隻手爲起點，有電流擴散到全身的血管，最後彙集到路遙左胸處，催化了心臟跳動的頻率。

林閑帶著她進到舞池，將她的手搭上自己的肩，而自己扶著她的腰，兩人的另外一隻手互相牽著。

「我往哪邊，妳就往哪邊。」

路遙點點頭，林閑看著她格外慎重的表情，有點想笑。

「開始啦。」他的聲音化在輕盈的背景音樂中，像是長風吹散流雲，雲絮散入煙塵。

路遙突然鎮定了不少。

但下一秒她就後悔了。

「啊，抱歉。」

「嗚……對不起。」

「呃……要不然不跳了?」

「林閑……」

路遙委屈巴巴地看著他，面上滿是歉意。

其實林閑也沒料到路遙的肢體不協調成這樣，跳十步大概有三步腳打結，三步踩到他的腳，兩步忘了反應，剩下兩步，大概是瞎踩剛好踩對的。

「沒事。」林閑見她一臉愧疚，極力克制自己不要笑出聲。

兩人退出舞池，找了一個角落看著場中央的男男女女們，舞姿搖曳，有一種優雅的狂歡。

「我……」路遙面色訕訕，「你要吃什麼?我去幫你拿吧。」

「妳拿什麼我就吃什麼吧。」

聽不出情緒，甚至他的目光還停留在舞池中央，路遙愧意更深，低落地走去餐點區。

她端了幾塊蛋糕回來後，見他的眼神還擱在舞池中，她順著他的視線一看，發現所及之處是一抹婉轉柔美，風姿綽約的身影。

是丘苒。

路遙突然想到剛開學的論壇事件，還有在便利商店聽到的丘苒的話，儘管林閑說他不認識她，但眼下這情況……

路遙更沉重了，看丘苒舞姿華美流暢，是男人都會想跟她跳吧，若不是自己這麼笨手笨腳，林閑肯定能有更愉快的舞會經驗。

想著想著，她眼眶突然湧上一股熱意，也不知道是怎麼了，她明明不愛哭的。

燈光爲了營造氣氛本就不明亮，再加上眼底悄悄氤氳的霧氣，交錯的人影融成了各式色塊，不甚清晰。

「咦？妳回來了？」

突然一把聲音砸下來，路遙硬生生把淚意憋回去。

「回來了怎麼不說一聲？」林閑看向她手中的盤子，笑著拿了一塊布朗尼，「妳怎麼知道我喜歡這個？」

「就……隨便拿。」

見她神色不對，林閑心下一緊：「怎麼了？」

路遙目光閃爍，咬著唇不說話。

「路遙？」林閑想了想，大概猜了七八分，沒想到小姑娘這麼在意，「跳不好沒事的，人又不是十項全能，我也不是對跳舞特別有興趣。」

路遙思緒偏離了又飄回來，不禁將心底的話脫口而出：「對不起……讓你有個這麼糟糕的跳舞經驗……你如果想跟丘苒跳舞就去吧，不用管我，我一個人吃點東西也滿好的。」

「丘苒？跳舞？」林閑一臉茫然。

「你、你剛才不是一直看著她嗎？」這下換路遙茫然了。

林閑看向場間找到了丘苒，順勢往那個角度看去，看到了自己方才關注的點。

林閑輕笑，路遙這委屈失落的模樣，他可以自作多情地理解爲吃醋了嗎？

「不是，妳誤會了，我跟丘苒不熟呢，哪會想跟她跳舞？而且我剛剛也說了，對跳舞沒什麼興致啊。」林閑說完又湊近她耳邊輕聲道，「妳往那個方向看去，那邊有一截布幕沒拉好，妳看看是誰？」

男生的吐息捲刮著耳梢，路遙心下顫了顫，勉強維持鎮定看向他所指的方向。

不看還好，一看差點嚇死。

舞臺邊角的布幕沒拉好，隱約能看見一男一女在後臺，不知道在說些什麼。

「是……」路遙滿臉驚詫。

「是不是很像顧清晨和韓曉霧？」林閑笑得曖昧。

因爲距離的關係不能完全看清楚，但路遙對韓曉霧再熟悉不過，她確定那女的是自家閨蜜，甚至還能感覺到他們之間的氣氛有些僵滯。

「這……他們在……」路遙一臉懵逼。

「妳說呢？」林閑曖昧一笑。

兩人不知道說了什麼，韓曉霧轉身就要離去，而顧清晨竟飛快地抓住她的手腕。

林閑好整以暇，而路遙一雙杏眼瞪得老大。

突然顧清晨像感應到什麼，側首瞟了眼會場，然後迅速地將簾幕拉好，半點縫隙不留。

兩人見狀都愣了一下，林閑心想顧清晨真是隻老狐狸，連被偷窺都能察覺到，路遙則是對於兩人會待在一起感到茫然。

路遙正想再問些什麼，卻見不遠處有個娉婷身影款步而來。

丘苒一襲藕粉色小禮服，裙襬設計成魚尾造型，腰間綁帶是高腰設計，比例特別好，一雙美腿白皙修長。

她在兩人面前站定，先向路遙微微頷首算是打過招呼，隨後看向林閑，嘴角一彎，漾出甜美的笑。

「林閑同學，我可以邀請你跟我跳支舞嗎？」她的聲音和笑容一樣，彷彿蘸了蜜的甜果。

這年頭積極主動的女孩多了去，對於丘苒邀請林閑跳舞，路遙不意外。

她站在一旁，面色看不出任何情緒。

周遭有些人看到丘苒和林閑站在一塊，都停下動作，準備接收一波八卦。

「不好意思，請問妳是……」林閑的語氣溫潤平和，是他一貫對待陌生人的模樣。

丘苒妝容精緻的臉上閃過一絲僵硬，她很快重整表情，溫柔笑道：「我是外文系二年級的丘苒。」

路遙見盤子裡的點心吃得差不多了，提步離開，打算再拿點東西吃。

林閑想說一個女孩子在大庭廣眾下被拒絕該有多難堪，本想將就與她稍微跳幾下，之後再找個理由脫身，卻看見路遙面無表情地離開。

「抱歉，我不太會跳舞，就不浪費妳的時間了。」林閑也沒等她回應，便跟上路遙的腳步。

丘苒的臉色已經不是用難看二字能形容的了。
林閑腿長，三兩下就到了路遙身旁。
「咦？」路遙微訝，「你不是去跟丘苒跳舞了？」
「我的腿有選擇性跳舞障礙，看到她的時候我就覺得要發作了。」林閑一本正經地胡說八道。
路遙傻眼歸傻眼，但心下突然生出一縷愉悅的情緒，她也不知道爲什麼。
「你來這邊不跳舞不會無聊？」路遙夾了小蛋糕和鹹派，看到不遠處有個角落，提步走去。
林閑跟上：「那妳來這邊不跳舞不會無聊？」
「我吃東西啊。」路遙指了指手上的盤子。
「那我也吃東西啊。」他也指了指她手上的盤子。
「我可沒拿你的份。」
「妳的份就是我的份。」
「我的份才不是你的份。」
「妳的份說它好想成爲我的份。」
林閑搶走路遙手上咬到一半的杯子蛋糕，結束一連串媲美三歲兒童的幼稚對話。
「林閑！」路遙瞪他，伸手要奪回屬於自己的蛋糕。
但兩人身高懸殊，路遙不僅拿不回蛋糕，還看著他將剩下的一半塞進口中。
路遙：「……」
林同學笑得猖狂。
路遙冷漠臉：「我們的友誼差不多到盡頭了。」
林同學笑得肆意又放浪。

路遙轉身就走：「真的到盡頭了，不接受反駁。」

林同學的笑容僵在臉上。

「路遙路遙路遙，我錯了，我不該搶走妳的蛋糕，我不該吃掉它，我不該笑得這麼欠揍！」林閑趕緊追上她，討好的語氣宛若皇后娘娘身後點頭哈腰的小林子，「我們還是朋友吧？」

「賠罪無效。」路遙依舊是那張招牌冷漠臉，她繼續走，走著走著就走出活動中心了。

「路路？路才女？路美人？路寶貝？」林閑一個跨步走到她面前，一臉諂媚，「路遙同學人美心善又有才華，氣質不凡溫柔可人，上天入地找不到第二個這麼完美的女孩，能遇到她的人都是八輩子修來的福氣。」

一番彩虹屁瞎吹完他還不忘賣個萌，眼睛眨著，睫毛如羽扇撲騰：「我們和好吧？」

見她沒反應，他拉住她的手晃啊晃，刻意變換了語氣，帶了點小少年感的奶音：「好不好嘛——」

路遙聞聲後，眼神動搖了一下。

林閑再接再厲：「友誼的小船我一個人划不來啊——」

路遙耳朵一軟：「閉嘴。」

林閑頓時收斂了聲音。

路遙又道：「放手。」

林閑飛快地放開她的手。

路遙滿意了：「我考慮一下。」

林閑面色一喜，接過她手中完食的盤子：「我幫妳丟吧？」

路遙從善如流地點點頭。

正好不遠處就有個垃圾桶，路遙看著林閑跑過去又跑回來，像隻忠心耿耿的拉不拉多犬，她覺得有些好笑。

冬日九點的夜色已深，十二月的晚風冰寒刺骨，路遙雖有帶外套，但爲了搭配禮服，只能穿保暖作用不怎麼樣，主要是賣外觀的小可愛外套。方才在室內有暖氣還好，一出來溫差極大，她被冷風吹得顫了顫身子。

林閑剛回來就看到這畫面，他脫下身上的西裝外套，皺眉道：「怎麼不帶大衣或羽絨外套？」

路遙又抖了抖：「想說宿舍離這邊近，冷一下又不會怎樣。」

她話語方落，林閑便將西裝外套披到她身上：「先將就一下，妳應該不想待了吧？我送妳回去。」

他又道：「冷一下是不會怎樣，不過就是感冒發燒，不舒服到懷疑人生，然後課也沒辦法上，再然後被老師約談，再再然後——」

「林閑。」路遙打斷他，「謝謝你。」

路遙的聲音細細軟軟的，一出口彷彿就會被夜風吹散，林閑感覺一顆心軟得亂七八糟。

在回宿舍的路上，路遙裝作不經意地問：「你這個月在幹什麼啊？好像很少看到你出現。」

「參與了系上一個項目，這陣子要弄出結果來，和組員忙得腳不沾地。」林閑嘆氣，十分無奈，「我的盛世美顏都因爲沒睡飽而蒙上一層灰了。」

路遙聞言抬首，看到他眼眶下的一圈浮黑。

夜風仍呼嘯著帶來寒意，路燈的暖黃色打在晚間小路上，拉出兩人並行的影子。

「喔。」路遙輕輕開口，她攏了攏西裝外套的衣襬，「那個……原諒你了。」

♪

江煙：年前那場漫展去不去？

路遙收到江煙的訊息時正在刷動態，她隨手點進去回覆。

路遙：一月中那場嗎？我考慮一下。

江煙正想回她一句「妳確定不去?」，字都還沒開始打，就見對方一連串訊息轟炸。

路遙：臥槽！妳猜我看到了什麼！

路遙：不用考慮了！我去！恨不得現在馬上去！

路遙：妳說閒哥發什麼瘋了？一向不露臉的他居然要參加線下活動？

路遙：啊啊啊！我那天要穿什麼啊？要不要戴口罩？如果要合影他會不會嫌棄我長太醜？

路遙：江煙，我好想哭喔，有生之年居然能見到男神，嗚嗚嗚QQ

路遙：這有沒有可能是假消息啊？畢竟閒哥這麼低調的一個人……

江煙見對方終於停了，她邊打字邊翻白眼，心想這兩個人玩男神迷妹play玩得不亦樂乎？

江煙打完回覆正要發送，才停五秒的某人再次訊息轟炸。

路遙：閒哥轉發漫展消息了！是真的！
路遙：誰都不能阻止我去見男神！激動死了，我要看到閒哥了！
江煙：您先冷靜一下；）

江煙也懶得和她瞎扯，直接切入主題。

江煙：我問妳就是這件事，我這裡有兩張公關票，一起去？
路遙：寶貝兒，您不是天使吧？
路遙：我愛您一生一世永不分離，嘻嘻嘻。
江煙：愛我還是愛半日閒？
路遙：這不是廢話嗎？當然是閒哥啊！

確認過眼神，是塑料姐妹花本花沒錯了。
江煙順手截了圖給困在項目研究中水深火熱的好基友。

江煙：〔圖片〕
江煙：有鑒於我江煙不僅漂亮氣質又大方，還是個照顧朋友的貼心小寶貝，這個給您打打氣，不用謝了。

長期累積下來的壓力與疲累，折騰得林閑滿面倦容，好不容易進行到一個段落，正想抓緊時間小憩一下，卻被江煙的訊息打擾。

他一開始有點火，然而在看到內容後，剛萌生的火氣瞬間就被澆熄了，他甚至感覺像打了興奮劑，再與研究項目大戰三天三夜都無妨。

林閑：回頭請妳吃飯啊。

江煙：不用，多幫我關注許復就好。

林閑：妳認真了？

江煙：少調侃我，就不說你跟路遙那傻子了；

林閑：想互相傷害嗎？我現在可是有粉絲愛護體的人！

江煙：粉絲愛能不能變成女友愛還不一定 :)

林閑：……二十年的友情夠久了，是時候破裂了。

江煙：呵呵，又是塑料姐妹情 :)

江煙：怎麼突然參加線下了？我還以為你打算永遠不露面。

林閑：要追妹子，必要時還是得犧牲一下的。

♪

半日閒要參加漫展的消息在粉絲群中瘋傳。

大家都知道，半日閒對自己的隱私管理是十分嚴謹的，圈子裡的人大多都會曬照，線下活動通常也不推拒，然而半日閒是少數幾個從未露面過的，之前的線下活動也都不參加。

沒有人知道他的真容，只聞他的宛轉聲線流傳於江湖之中。
如今半日閒破天荒參加了漫展活動，粉絲們都炸了。
路遙的心情好得不像話，這陣子她如沐春風，嘴邊總是抿著一抹淺笑。
就連前幾天有人弄翻了她糾結很久終於下手的高單價抹茶拿鐵，她仍是笑著向對方說沒關係。
路遙的脾氣好歸好，但並沒有好到被惹到了還能心平氣和笑著說無妨。
韓曉霧表示半日閒有毒。
時序轉眼間就到了期末考，期末考完便是寒假的到來。
路遙心心念念期待的漫展也即將來臨。

路遙：〔圖片〕
路遙：〔圖片〕
路遙：我明天穿哪套好？
江煙：妳終於要穿漢服了？就說妳買了不穿不是浪費錢又不善待中華文化嗎？
路遙：是是是，平常上課沒機會穿，本姑娘明天就要穿去見男神了。
路遙：別廢話了，哪套適合？
江煙：第一套吧，個人偏愛大唐風華，之前看妳試穿齊胸襦裙也滿好看的，我可以幫妳化個妝。
路遙：果然是我的煙煙小寶貝！我明天一早去妳家？
寒假時，學校宿舍並不開放住宿，路遙通常會因長假回到N市的家。但這次漫展在T市，再加上她要整裝打扮，必須提早搭車前往，還好江煙就住T市，也有個依靠。

路遙歡喜地收行李，懷著滿腔期待爬上床，耳邊是半日閒的歌曲繚繞，好不容易抑制住興奮，才終於沉沉睡去。

今天她又做夢了，是那個半日閒站在女宿前一排梧桐樹下的夢。

自從上次出現了林閑的臉後，路遙被嚇得不輕，之後就沒做過這個夢了。

時隔兩三個月，她沒料到會在這時候進入夢境。

夢裡的梧桐樹依舊是茂盛而葉色翠綠的，而少年也依然是白襯衫黑長褲，閒散愜意地站在樹下，面色暖融溫和。

陽光穿過枝葉間，篩出幾撥斑駁碎影。

斑斕的影打在少年身上，日光在他周邊暈出一層暖意，替他添了幾分慵懶魅力。

突然他側首面對路遙，其實路遙不知道他看不看得到她，畢竟自己始終都像一個旁觀者，不知是超脫於場景之外，還是本身就和他處於同一個次元空間。

她定睛一看，發現那張臉居然又模糊了起來。

路遙覺得奇怪，正在思忖之際，突然看到視線裡出現了一雙鞋子，這才發現原來少年不知何時已走到她面前。

她心下一顫，所以他看得到她？

然而當她抬頭一看，他臉上的霧又散去了，逐漸清晰的輪廓竟又是……林閑那張俊朗美顏。

彼時晨光正好，少年和少女相顧無言。

良久，路遙終於憋不住了，正要開口說話時，卻不知該叫他半日閒還是林閑。

儘管潛意識告訴自己眼前的人是半日閒，但這分明是林閑的臉啊，她有些風中凌亂。

突然少年伸出手，骨節分明的手指輕輕撫上她的臉頰。
只見視線中他清俊溫和的臉越來越大，路遙腦中一片空白，完全不知該如何反應。
就在路遙以爲他要親上來時，卻見他在離自己三公分處停了下來。
「笨——蛋——」
漫不經心又融著笑意的聲音實在撩人，帶著日曬的暖和，還有一種午睡剛醒轉時的小性感。
路遙被酥得耳根子一陣軟，三秒後才後知後覺地意識到了什麼。
等等，他剛才是罵了她笨蛋？
但她還沒來得及反應就醒了，鬧鐘在一旁響得歡騰。
路遙：「……」
誰能跟她解釋一下這都什麼操作啊！

♪

路遙到了江煙家，才發現她和林閑是鄰居。
「妳……和林閑住隔壁啊？」
江煙剛睡醒沒多久，嘴裡咬著一片白土司，含糊道：「嗯……」
路遙進到江煙家後，穿上齊胸襦裙，上襦是酡顏之色，下裙則是杏色，裙頭繡有木樨枝椏，桂瓣綴點靈動可人，橙色的繫帶垂落裙間，撞色效果十足。
江煙點點頭：「小寶貝妳眞好看，林……半日閒那傢伙看到妳這模樣要神魂顛倒了。」
「是我看到他才要神魂顛倒吧？」路遙眼睛閃亮亮的，「想到等一下要見到他，我就快喘不過氣了。」

「大白天的別亂喘好嗎？」江煙搬出化妝盒，準備幫她上妝。

路遙無語，妳才大白天的別亂開車好嗎？

一陣子過後，路遙看著鏡中人，不敢相信那美如天仙的漂亮女子就是自己。

喔，美如天仙是江煙版的浮誇說法，路遙頂多覺得自己離小仙女的境界近了一些些。

唐代的妝容太浮誇，江煙便幫她描了不浮誇版的蝴蝶脣，眼妝和腮紅都淡淡的，其一是為了凸顯脣妝的效果，其二是路遙那張溫良謙和的乖巧臉，太重的妝實在有些違和。她的眉形本就好看，江煙稍稍畫了下，變成了清新溫柔的柳葉眉，杏眼微微一瞟，美目含波，清純可人。

雖說漢服姑娘通常會留著長髮做各種髮髻造型，更顯古典婉約之美，但路遙頂著一頭短髮卻不會不搭，反添幾分俏皮可愛。

時間差不多了，她們收拾東西準備出門。

臨到門口時，路遙突然遲疑了一下：「江煙……我這樣會不會太引人注目啊……」

「引人注目是肯定的，但到了漫展現場比妳浮誇的造型多了去，而且這是我們的傳統服飾，五千年的文化底蘊，高調又怎樣？應該以它為榮。」江煙鼓勵道，「而且妳真的好看，我不說客套話的。」

路遙被她一串大道理說服，就放寬了心。

豈料一踏出門，隔壁的大門也打開了。

路遙和江煙看林閑一副要出門的打扮，林閑看江煙以及一身漢服造型的路遙，三人面面相覷。

路遙突然有些臉熱。

林閑是驚喜的，觀察平日社群的動態，他知道她對漢服情有獨鍾，只是沒想到她會真的穿上，而且……真的有夠好看……

「這是齊胸襦裙？」林閑問道。

「咦？」路遙驚訝，「你居然知道？」

林閑本想回「混古風圈的多少會對漢服有基本了解」，突然想到他的二次元身分還沒被捅破呢，便淡淡笑道：「之前那部長安訣不是很紅嗎？很多人開始討論起大唐服飾妝容，就加減get一些小知識了。」

他看著她的裝扮，古典溫雅中又帶著幾分俏麗。眉彎柔美如柳葉，眼底是一泓淺碧春水，含羞帶怯地蕩漾到心頭。一貫蒼白的脣此時點上了茜色，貝齒細緻如珍珠，兩瓣脣片如蘸了瑩露的花瓣，開合間靈動可愛。

林閑喉頭滾了滾，覺得自己再多看一眼，就要陷溺在她嘴邊那點梨渦之中。

「妳們要去哪？」林閑明知故問。

「漫展。」江煙配合他裝傻，「你呢？」

林閑把食指貼近脣上「噓」了一聲，一副神祕的模樣，「桃源之處。」

路遙江煙互看一眼，心想：說人話很難？

「對了路遙，妳先等等。」林閑突然說道，轉身進了門，等他出來後，手裡多了一個髮飾，「這給妳，老莊她不知道去哪抽獎抽到的，我看滿適合妳這身裝扮。」

那是一個髮夾，底部是銅金色的，嵌有白玉花瓣和貝殼花，上面綴了幾粒珍珠，有金絲流蘇垂下，做工精緻，滿滿古風韻味。

「這……」路遙不敢收。

「不用客氣，我媽她不會戴這個，放在那邊生灰塵，還不如給妳。」林閑伸手觸到她的髮絲，細心幫她別上，還滿意地點了點頭。

路遙的耳朵紅得不像話，好在頭髮遮了不少，沒讓她難堪。

「還挺好看。」江煙讚道，隨後似笑非笑瞟了林閑一眼。

因爲路遙的短髮沒辦法戴上金釵玉簪或步搖珠鈿等髮飾，所以她的髮型跟平日無異，而這髮夾一別上，整體有化龍點睛之妙，更顯風華。

「謝謝你啊……」路遙低低道，江煙給她抹的腮紅色號很淡，如今看來卻深了幾分。

「妳們快去吧。」林閑揮揮手，「不耽誤妳們了。」

動漫展一向人聲嘈雜、水洩不通，路遙和江煙不算是動漫迷，只是江煙混圈子，多少會接到一些遊戲、漫畫、小說的商業或是同人合作歌曲，對於這些不陌生。至於路遙，平日是有在看小說漫畫，但除了特別喜歡的幾個作者，並沒有到很狂熱的地步。

兩人晃到小舞臺區，此時周遭擠滿了人，臺上是一名女歌手在唱歌。

「是茗姐！」路遙眼睛一亮。

洛茗是路遙滿喜歡的女歌手，她的聲線大氣不羈，特別適合唱瀟灑肆意的山河風光，或是氣勢磅礴的鐵馬干戈之景。

她的現場演唱很穩，高音激昂直上雲霄，聽了很過癮。

路遙聽著聽著就說道：「我記得妳們有合作過？」

江煙點點頭：「千里江山亂。」

「那首挺好聽的。」

「廢話，不想想誰寫的曲子。」江煙驕傲地抬了抬下巴，「臺上這位剛給我發私信說想加唱這首呢，可惜主辦方不同意，說是時程會拖到。」

路遙：「……」是是是，江爺最厲害。

一天下來，路遙發現江煙是真的厲害。

一路上見到好幾個頗有名氣的Coser她都認識，還有唱見洛茗、半日閒都是她的好朋友。

單說她認識顧念之，路遙就打心底佩服了。

剛才兩人逛到一家做言情小說和輕小說做得特別好的出版社，有好幾本書都是排行榜前幾的。路遙正好看到顧念之的最新大作出了特裝版，想買一套回去收藏，之前在追網上連載的時候就滿喜歡這部小說的。

顧念之是位言小作家，最擅長寫懸疑推理言情，作品常年占據暢銷榜前三，甚至被翻成多國語言出版。

「妳也喜歡顧念之？」江煙見路遙點點頭，她隨口說道，「妳如果想要她的簽名，我可以幫妳弄來。」

路遙以為她在開玩笑，豈料江煙又道：「你們T大那個顧淸晨認識吧？顧念之是他的雙胞胎姐姐，他們也住明河社區，我們幾個從小就認識。」

路遙一臉驚訝，江煙年紀輕輕，人脈居然這麼四通八達？

江煙見她一副傻樣，忍不住大笑。

「走了，不是要看妳家男神？小舞臺區前一場活動剛結束，下一場就換妳家閒哥了，還不快去前排占位子？」

路遙聞言，「啊」了一聲，拉著江煙百米衝刺。

兩人在舞臺前等待，陸續有人靠過來了，有的帶著寫了「浮生一曲繁華夢，惟願偷得半日閒」手幅，有的拿著印了「半日閒」三個大字的扇子，隨著時間愈靠近半日閒的出場時刻，粉絲愈多。

路遙的心臟也隨著時間推移而越跳越快。

主持人上臺開場尬聊了。

路遙整個人精神都繃起來，體內血液奔騰的速度愈發迅速，儼然有要違規超速的趨勢。

「知道粉絲們已經等不及了，讓我們熱烈歡迎首次露面的知名古風唱見，半——日——閒——」

背景音樂響起，而鐫刻在腦海裡不能再熟悉的聲音也慢慢流瀉而出。

路遙心臟驟停。

江煙好整以暇地看著前方，嘴邊掛著笑意。

「嘲笑誰恃美揚威，沒了心如何相配……」

路遙懷著緊張又期待的心情，看著心心念念的那個人在優美的歌聲中緩緩步出，連眼睛都不敢眨，就怕眨眼的一瞬錯過了什麼。

然後，她徹底地傻了。

第四章　溫柔的摺痕

路遙離開漫展的時候，整個人是懵的。

江煙跟在她旁邊，嘴邊仍掛著笑，看起來心情很好。

然而很快她就發現不對了。

路遙雖然表情沒什麼太大的變化，但她整個人的氣息已經從茫然變成了陰沉。

她一路面無表情地回到江煙家，今晚她是要在這邊留宿的，儘管她現在實在不怎麼想看到江煙這混蛋。

江煙和路遙的關係再怎麼好，如今也有點怕了。

路遙很明顯……生氣了。

兩人在一個房間裡卻一言不發。

其實江煙好幾次都想跟她說話，只是她整個人散發著「誰來煩我誰死」的黑氣場。

路遙面無表情地接過江煙遞給她的棉被，江煙的床是雙人床，她不用打地鋪，拿過棉被就跳上床，縮進鬆軟的羽絨被窩裡。

「那個……我關燈了？」江煙小心翼翼地道。

一室靜默。

江煙嘆了口氣，關掉了大燈，不久後黑暗中亮起一抹昏黃，江煙把床頭的小夜燈打開。

路遙沒理江煙，她躲在被窩裡越想越氣，越想越懷疑人生。

想想今天在門口遇到林閑的時候，那對狼狽為奸的青梅竹馬竟一起裝傻。

路遙又想到了剛理清自己喜歡半日閒時，她是怎麼哭著跟江煙說多喜歡半日閒的，那時候她半點驚訝都沒有，甚至不為她的處境而難過，原來是半日閒本尊就在她身邊！

難怪第一次見面的時候，江煙看到林閑和她認識會這麼驚訝，她還以為她哪裡不舒服，原來從那個時候就瞞著她。

啊啊啊啊啊江煙妳這個叛徒！

路遙越想，胸口那團怒氣就越膨脹，最後她終於忍不住了，掀開被子就是一吼，「幹！」

江煙被突然闖進的高分貝叫聲嚇得一抖，她顫著一顆小心臟轉過身，只見黑暗中的路遙一張臉比周遭的黑還要黑，沉著臉色瞪著她，一動也不動。

江煙抱著棉被不敢說話。

路遙看了她許久，最後沒多說什麼，跳下床，直接走出房門，伴隨著她的腳步聲，還有門板被甩的震天聲響。

江煙摸摸鼻子，看著那扇無辜受罪的門板，心想還好今天家裡只有她跟路遙。

愣了幾秒，江煙才後知後覺地意識到什麼。

完了，路遙是那種幾乎不爆粗口的人，再不爽也只會在心底飛髒話彈幕，如今卻直接大罵出口，這已經不是生不生氣的問題，而是生很大的氣和生超級大的氣的問題啊！該怎麼辦啊……

她心急如焚，瞪著門板三秒後，摸出手機給林閑發訊息。

路遙離開房間後，走到屋外吹風。

她一時氣急，也忘了抓件外套，冬夜的風最為刺骨，她不禁顫了顫身子。

她瞪著那輪半隱在雲絮後方的月亮，忍不住又想起今天在漫展發生的事。

想到就氣……那時她眼巴巴地等著，滿心在想她朝思暮想的男神眞容爲何，她這麼喜歡的一個人究竟是什麼樣的。

結果呢？男神是出來了，但爲什麼站在臺上拿著麥克風的，是她再熟悉不過的人？

他稱號叫什麼來著？T大電資院院草？南校區男神？

誰來告訴她——爲、什、麼、是、林、閑！

當時的她簡直像被數道雷劈中，還以爲是出現幻覺，眼前空白了幾秒，等到視線逐漸清晰後，居然還是林閑。

而他唱歌的聲音，和那印在腦海裡的聲音一模一樣。

半日閒翻唱過這首歌，她還曾因爲這首的戲腔太好聽而循環了好幾遍，對於他的唱法和音色熟悉得不得了。林閑唱出來的聲音幾乎和錄音檔完全一樣，尤其是那段戲腔，如一根銀絲拋上高空，纖纖嫋嫋，宛轉動聽，驚豔絕倫。

她站在離他最近的第一排正中央，他輕而易舉地找到她，然後看著她，一字一句地唱完這首歌。

眼尾挑著，嘴角勾著，一副興致甚好的妖孽樣！

身邊是幾個小女生驚喜又花痴的聲音。

「臥槽，閒哥長這樣？會不會太帥了啊？」

「這不用包裝就能直接出道了好嗎？」

「啊啊啊啊啊啊半日閒我愛你！」

路遙除了震驚還是震驚。

像是有一朵煙花猝不及防在體內炸開，血液奔流的速度近乎光速，左胸跳動的聲音響亮如雷，她整個人暈乎乎的，完全無法思考。

她不知道自己是怎麼度過那段時間的，就這麼呆愣地看著半日閒，不，林閑，看著他又唱了兩首歌，之後和主持人對談，再與臺下的粉絲來張大合照，然後就下臺了。

回去的路上她從不敢置信變成逐漸接受，接受半日閒就是林閑，而林閑就是半日閒的事實。

林閑、半日閒……閑等於閒，閒也等於閑……

其實不是沒有線索，聽到林閑的聲音時，她也懷疑過，但當這種事情真的發生，還是很難輕易在短時間內說服自己。

而且這世界聲音相像的人這麼多，還有……誰會想到二次元男神跟自己的同學是同一個人啊！要腦洞有多大才能一猜就中！

路遙那時看了一眼江煙，見她心情愉悅，顯然是早就準備看這場大戲的模樣，她真的很想暴揍她一頓。

你們一個個都等著看好戲是不是！看我什麼都不知道的蠢樣很有趣是吧！

路遙越想越氣，但是又不能阻止自己一直想。

想到她粉了這麼久的男神就是林閑，她就有點懷疑人生。

太尷尬了，眞的太尷尬……鬼知道林閑在心裡怎麼想她的，看她這樣迷戀半日閒，估計爽得要飛天了。

這麼一想，路遙又不高興了，林閑這混蛋就是在看她笑話啊！虧她還眞心誠意把他當朋友！

嗚嗚嗚，這次眞的要說再見了，友誼的小船她一個人划不動了，太累了！

江煙也是，你們狼狽爲奸自己划得開心吧！我祝福你們！

路遙一個人坐在江煙家門口的階梯上風中凌亂，夜風冰寒刺骨，刮到皮膚上一陣一陣的疼，冷也漫到肌理去似的，凍得人忍不住打顫。

路遙思緒一次又一次地崩潰，沒心思去管生理狀況了，冷就冷吧，大不了感冒。

就在路遙內心兵馬慌亂的時候，就著門口那盞吊燈昏沉的黃光，隔壁棟的大門悄無聲息地……打開了。

林閑在收到江煙的訊息前，就知道大事不妙了。

那時他一站到臺上，一眼就看到了路遙。

她眉眼溫軟，頭上夾著他給她別上的髮飾，穿著漢服的模樣更添古典嫻靜，不難看出她滿臉的期待與緊張。

然後他就看到她臉上的表情，從滿滿的期盼變成不敢置信的震驚。

他起先覺得有趣，想過當自己的身分在她面前曝光後，她會是怎樣驚訝與興奮。然而活動愈接近尾聲，他愈覺得這事壞了。

他在她臉上看不出任何驚喜，只有滿滿的驚嚇，一副無法消化龐大訊息量的樣子。

林閑有些不能理解，自己喜歡的人就在身邊，難道不值得高興嗎？

回到家後他越想越不對勁，憋到睡前終於憋不住了，正想打個電話問江煙情況，就收到了來自好友的訊息。

林閑心下一沉，決定去看看路遙。

當他一打開門，便看見一道纖瘦的背影，白色的睡衣上映著門口那盞燈的昏黃，像是灑了的橙子酒，混入了幾分夜色。

林閑默默站在門口，她像完全沒注意到他，暗影圈繞著纖弱的身板，而她陷入了無邊無際的負面情緒中。

夜風呼嘯，路遙單薄的衣裳被吹得啪啪作響，她頭垂著坐在階梯上，就像一尊靜置的雕塑。

林閑心底似乎有一處被針扎了一下。

他覺得自己就是個混蛋。哦，江煙也是，他們都是混蛋。

他摸出手機給另外一個混蛋發訊息。

林閑：怎麼辦？

江煙：什麼怎麼辦！女孩子心情不好了，哄啊！

林閑：……

江煙身爲一個共犯還敢理直氣壯地教訓他？

林閑：哄妳媽，妳也幫忙哄啊！

江煙：我努力了！結果她聽我說一個字都不想啊！

林閑心煩地掐掉手機屏幕。他又站著看了路遙一會兒，最後還是提步走出去。

路遙低著頭，一下自我厭棄，一下苦惱生氣。厭棄的是自家男神在身邊這麼久，她卻完全沒有認出來，她都要懷疑自己是假粉了；生氣就是氣林閑和江煙瞞著她，自己被蒙在鼓裡的情況下做了這麼多丟臉的事，眞想變成一隻鴕鳥把頭埋到地底下，眼不見爲淨。

突然，她感覺身旁有人坐了下來。

她下意識要起身，豈料放在石階上的手馬上被按住了。

她轉頭去看，直直墜入林閑一雙漂亮的眼瞳裡。

路遙愣了愣，她原以爲是江煙，怎料是更不想面對的那個人。

她立即板起臉，眉頭蹙起，眼底滿是鬱色，一副厭世樣，擺明了不想看到他。

「別動。」林閑的聲音低低的，透著一貫的溫煦，「聽我說。」

路遙突然很想哭。

他怎麼能瞞著她，看她爲他瘋狂？怎麼能一人分飾兩角切割她的生活？怎麼能讓她又愛又恨抽離不了？怎麼能在欺騙她之後又溫溫柔柔地對她說話？

路遙眞的哭了，她覺得自己很沒出息。

那股悶在胸口的怒氣突然消散了，但氣消歸氣消，她還沒來得及感到放鬆，取而代之的就是排山倒海的悲傷。

她怎麼能這麼喜歡他呢……不知道他是誰的時候喜歡，知道他是誰的時候，還是這麼喜歡……

那時候意識到自己喜歡一個素未謀面的人，她有多麼痛苦，那是跌入萬丈深淵的絕望，是踩在懸崖邊，進退兩難的掙扎。

進了是跌入對半日閒更深的愛戀裡，也是對自己賜予苟延殘喘的機會，然而喜歡的人是從沒見過面的男神，這份感情注定沒有回報，因此實際上只是在拉長的時間線裡，變成一個逐漸腐爛的空殼。

退了是徹底斷絕與他的所有聯繫，不聽他的歌，不關注他的動態，不去想他，時間久了，他的輪廓自然會在光陰的流逝中漸漸淡化——可是她又如何能輕易割捨這份感情呢？他是她兩年多來的生活支柱啊……

而她最不想承認的是，在知道他是林閑的時候，她對他的喜歡，好像又更深一層……

她一直以為在面對林閑時的緊張與臉熱是因為不常接觸異性，但現在一想，若是換個人跟她互動，她會這麼戰戰兢兢嗎？若換一個人，她還會有那種全身像是過了一遍電流，或像被一團晨光捂住一顆心的感覺嗎？

不會。她幾乎馬上就能給出肯定的答案。

當她更深地剖析自己後，她發現面對林閑時的感覺，跟面對半日閒的感覺是一樣的，是心動。只是她不想承認，自己在同時間對兩個人產生了相同的感覺。她甚至刻意逃避，不去想跟林閑有關的任何事情，發現在意他時，就下意識地拿朋友的藉口來擋。

而現在，讓她的心怦然而動的兩個人，是同一個人了。

林閑看路遙又陷入自我的思緒漩渦中，他也不打擾她，靜靜地等著。

然而在看到她掉下眼淚後，他整個人都不能淡定了。

「路遙……」他的聲音聽起來很緊張。

路遙抽開被他壓著的手，聲音冷然：「我不想聽你說。」

她起身就要回屋裡，林閑動作更快，拉著她的手轉了一圈，順勢將她抵在門板上。

他一手撐在門上，一手扣著她的手腕，鼻尖幾乎要碰上鼻尖，距離近到可以看清楚他根根分明的眼睫毛。

「放開我。」她的臉上沒有一絲表情。

「不放。」林閑的語氣倒像在賭氣了。

「林——閑——」路遙拉長音念，突然頓了一下，直直看向他的眼睛，「還是應該要叫你……半日閒？」

林閑身體一僵。

路遙的聲音儘管帶著刺也依舊是軟綿的，卻軟得他有些痛，確切來說，不是自己痛，是爲她痛。

「隨妳。」林閑淡淡道。

路遙瞪著他，兩人都沒有再說話。

月亮從雲層後方漸漸露出，清輝絲絲柔柔地覆在他的頭髮上。

路遙心頭那股滅了的火又燃起了，她喜歡這個身分的他，也喜歡另外一個身分的他，但不代表當她發現兩個身分都是他的時候，可以這麼理所當然又毫無心理壓力地接受。她需要時間消化。

明明是曖昧的壁咚姿勢，兩人之間卻只有對峙的硝煙味，半點旖旎風光也沒有。

不知過了多久，路遙開口：「不是要說？說啊。」

林閑憋了好久，最後只擠出一句：「我不是故意的。」

「故意什麼？」

「故意騙妳。」

「哦。」

話題結束。

林閑見路遙繼續瞪他，眼神依然軟軟的，抿著的脣軟軟的，被風帶起的髮絲軟軟的，整個人都軟軟的。他的心也跟著軟得一塌糊塗。

算了，讓她氣吧，要打要罵衝他來，氣不消就繼續哄，哄到她開心爲止。

林閑快舉白旗投降，路遙心裡想的卻是：不是要解釋？這水平解釋個毛啊？連幼兒園的小屁孩都至少會編理由找藉口！

「我……我不是想看妳笑話才不告訴妳的。」林閑訕訕道，「就是覺得妳講到半日閒的時候很可愛，如果我突然告訴妳我是半日閒，妳肯定在我面前就會有包袱了，甚至可能不敢跟我說話。而且妳信不信還是個問題。」

「但你還是看我笑話了。」路遙癟了癟嘴，「而且你居然還裝作剛認識半日閒，覺得他的歌很好聽的樣子！」

林閑繼續道：「看到妳這麼喜歡半日閒我很開心啊，是眞的開心，後來想說可以用半日閒的身分討妳歡心，像是在直播的時候翻妳牌子之類的。不是惡意瞞著妳的，只是想要……找個合適的時間跟妳攤牌。」

林閑又補了句：「江煙她……也是我要她不要告訴妳的，依她的個性，眞的要憋死了。」

江煙啊江煙，我把責任往自己身上攬了，妳之後最好給我好好孝敬一番！

路遙不說話。

「所以……對不起。」林閑放下抵在門板上的那隻手，然後拉了拉她的衣角，「不知道妳會不高興，是我疏忽了，還自以爲是大驚喜……呵，他媽的驚喜……」

他低著頭垂著眼尾，又拉著自己衣角委屈巴巴的模樣，特別像隻惹主人生氣卻不知道該怎麼辦的小狗狗。

路遙不知道什麼時候氣又消了。算了，她就是沒出息。

「喔。」路遙沉靜地看著他，「說完了嗎？」

林閑點點頭，小眼神滿是期待。

路遙面無表情地從他手中抽出睡衣的衣角，又掰開他扣住自己的那隻手，推開傻住的某人，輕而易舉地進到屋裡。

關門，反鎖，結束。

她是消氣了，但她暫時還不想看到他。

林閑在門外徹底愣住，待被夜風吹得回過神，才發現自己的一顆純情少男心……碎滿地了。

被路遙那小妖精給掐的。

♪

路遙整個寒假都拉黑林閑，其實她早就氣消了，但就是不想理他，正好寒假期間不用家教，免去了見到那混蛋的機會。

尤其是看到漫展之後粉絲間瘋傳的半日閒真容，她腦海裡髒話彈幕滿天飛，更不想理他了。

閒哥的小老婆：天啊！不愧是我老公！

款冬花：您就是我的人間四月天〔給你小心心〕

今天閒哥發歌了嗎：奇怪，我明明是因為聲音喜歡你的，怎麼現在成了你的顏飯呢？

君不見T市閒哥天上來：臥槽臥槽臥槽，這顏值可以直接出道了吧〔淚〕

想要一隻貓：確認過眼神，這就是我要的人〔愛你〕

胡大白：原地死亡。

弱水三千：有聲又有顏，還是頂大的學生，這是上天私生子？

一打開社群軟體就要被他的照片刷屏，她後來乾脆不上線了。

雖然路遙忍住了不開社群軟體，不去看半日閒的動態，但她在堅持了三天後，還是沒忍住聽了他的歌。

路遙嘟噥了幾聲，不聽使喚地戴上耳機，覺得自己簡直是口嫌體正直的最佳範例。

半日閒的聲音在耳裡漫漶，字字含情，句句動心，她瞬間覺得人生都圓滿了。

好，她就是這麼沒出息，就是會爲了他的歌聲折腰，管他是不是欺騙她感情的混蛋……

路遙邊想，支著下巴的手不愼一鬆，頭在瞬間沒了支點，直直往書桌上撞去。

她揉著被撞疼的下巴，一臉生無可戀……她眞的瘋了吧。

「路路，吃水果了。」路媽媽打開她房間的門，輕聲喊道，「欸？妳下巴怎麼這麼紅？」

路遙哭喪著臉：「剛才撞到了。」

「這麼大一個人了，還這樣冒冒失失。」路媽媽抬起她的下巴，「我看看有沒有撞破皮。」

路遙看著母親，突然有些鼻酸。還是家裡好。

她伸手抱了抱母親：「媽，有妳眞好。」

路媽媽笑：「行了，突然矯情個什麼勁兒？」

儘管嘴上嫌棄，她還是回抱了她。

「對了，等下爸爸的合作方一家要來拜年，晚上會一起吃頓飯，換一套衣服吧，整天不出門穿這睡衣……」

路遙癟了癟嘴，拉了拉嚕嚕米的睡裙：「這很可愛啊，而且一點都沒有睡衣感好不好，休閒風you know？」

「妳要穿這個出去見人我沒意見，春光外洩的是妳，我不吃虧。」路媽媽打量了自家女兒幾眼，走出去了。

路遙疑惑地看看自己，才發現原來她沒穿內衣，某不可描述的點隔著布料現出隱約的輪廓。

眞的是親媽嗎？親媽不是都該防著護著，怕自家寶貝女兒受到侵犯嗎？

路遙不理林閑，卻沒有放生江煙。

路遙氣消後便繼續跟她聊天，只是千叮萬囑說不能將自己喜歡某混蛋的事讓他知道。

江煙心虛地想：可是我之前透露好多次了……

爲什麼路遙沒有屏蔽江煙呢？主要是因爲她們現在共同的敵人就是林閑同學。

前陣子江煙突然發現林閑將她小時候的糗事分享給許復，特別是最重大的那一條，簡直是她二十年來的人生汙點。

江煙幼稚園的時候皮得無法無天，有一回逗了路邊的野狗，反被野狗追著跑。她嚇得一把鼻涕一把眼淚，跑著跑著發現前面沒路，正好看到斜前方有個大桶子，上面還有個蓋子，想說以這桶子的高度，那隻狗掀不了，她便不假思索地跳進去了。

幼兒園老師見江煙許久沒回來，跑去附近找，最後在一個大廚餘桶裡面找到了她。江煙頂著滿身薰死人的酸臭味以及菜渣回到幼兒園，之後一個禮拜沒人敢靠近她。

這件事完全就是黑歷史，特別黑的那種，什麼點都可以踩，就是這個點不能碰。

結果這自作自受的丟臉事被許復知道了，江煙氣得也拉黑了林閑。

既然她們有共同敵人，那就是一個陣線了，路遙不是個記仇的人，便與江煙冰釋前嫌，重歸於好。欸嘿，女孩子的友誼就是這麼的可愛。

路遙耍廢了一陣，轉眼間也到了四點多。她估摸著合作方一家要來了，便換了件藕粉色的針織連衣裙，才剛打理好自己，就聽到母親的叫喚了。

路遙走到客廳，看到合作方一家正從門口進來，她跑去廚房端了些小點心，出來後卻愣了愣。

等等，那個坐在沙發上的人怎麼這麼熟悉？

居然是許復！

許復看到路遙時也怔了一瞬，黑框眼鏡的鏡面晃過一道光，表情又回歸平淡。

她對他淺淺一笑，他點了點頭以示招呼。

路遙跟著坐在沙發上，聽父親和許父寒暄，他倆講了一下話，便決定去吃飯了。

「我擅作主張地訂了一品居的位子，許總請。」路父笑道，比了一個「您請」的手勢，「一品居距離寒舍只有五分鐘的距離，不如我們走過去？」

許父有意與他聊得更深入一些，毫不遲疑地答應了。

路遙先去打開大門，站在門邊讓一行人通過，許太太經過時剛好抬頭看了她一眼，低聲說：「謝謝。」

路遙看著她溫柔嫻靜的臉，總覺得哪裡不太對勁，但也沒多想，趕緊鎖門跟上大家。年節期間就是冷，風刮在臉上，生生地疼。

路遙和許復並肩落在大人們身後，一時無話，兩人都是不多話的那種，沉默蔓延開來，與前面的長輩們形成強烈對比。

「還在放生林閑？」待一行人進到一品居的時候，許復突然道。

路遙沒料到他這麼直白，她抬起頭，面露疑惑。

「林閑是誰？」

許復：「……」像真的不認識似的。

他笑了笑，還在賭氣呢，看來某人要繼續被放生了。

路遙看著許復那張臉，突然一線思緒劃過腦海，她知道是哪裡不對勁了。

許復注意到她欲言又止的模樣，示意她接著說話。

「那個……這個問題有些失禮……」路遙雖是有想法了，但還是有些遲疑。

「沒事，問吧。」

路遙點點頭，有點不好意思：「那個，許復你跟你媽媽……」

長得完全不像。

雖然孩子總是會有比較偏像父親或母親其中一個，但還是會有跟另一人相似的點，然而許復跟許太太像是完全不同的兩個基因模板。

而且她留意到了，似乎從見面到現在，許復全程都沒有跟許太太有過互動對話。

許復語氣無波無瀾，「她不是我的親生母親。」

路遙愣了一下，隨即面露赧然之色：「抱歉……」

「沒事，我不在乎。」許復面不改色，十分冷淡，就像在陳述一件與自己無關的事物，「我爸媽早就離婚了，那是我爸的女朋友，這次來拜年需要一個女伴顯得比較得體，就叫上她了。」

路遙怔忡，又見他冷笑了一聲，道：「他有很多女友，她只是其中一個。」

服務生正好在這時幫他們帶位，許復說完便轉身跟上了。路遙看著他冷漠的背影，依然有些錯愕，遲了幾秒才跟上大家。

位子是長方形的六人位，路遙和許復坐對面。

路父和許父從合作案聊到商界情勢，再聊到國際近況；路母和許太太從孩子的教育聊到孩子的未來，再聊到孩子的終身大事。

路遙看見許復在聽到身旁女人講到「我們許復」的時候，輕輕勾起嘴角，滿是嘲諷。

路遙別開了眼，見許復也沒有要理她的意思，便摸出手機給江煙發訊息。

大人們聊得盡興，她和許復什麼都沒聊，兩人都低頭啪啪啪地打字。

路遙：猜猜我現在在跟誰吃飯？

江煙：林閑？

路遙：林閑是狗的品種嗎？我還是第一次聽到呢！

江煙：……

路遙：〔圖片〕

江煙：臥槽臥槽臥槽！怎麼碰上的！

路遙：他爸在我斜對面，想一窺未來公公的真容嗎？

江煙：還是別了，我暫時沒勇氣。

路遙：講的好像真的是妳未來公公的樣子：）

江煙：……想打架嗎？

路遙：想打妳而已^^

兩人鬥嘴歸鬥嘴，路遙還是神不知鬼不覺地拍了好幾個角度的許復照片給江煙。

江煙：小寶貝我好愛妳呀～

路遙：這不是廢話嗎？

江煙：……

這廂畫風是打鬧間帶著溫馨，另一廂卻是上層階級壓榨下層階級了。

許復：〔圖片〕

當林閑看到路遙眉眼低垂的模樣時，他倒茶的手抖了一下，茶水灑到杯外。針織裙為她添了幾分溫柔，鼻梁上難得架了一副眼鏡，更顯文藝氣質。他的路路怎麼這麼好看！

林閑：這哪裡來的！

許復：我們在一起吃飯。

林閑：我操！

許復：操誰？

林閑：操你！

許復：我對男人沒興趣，謝謝。

林閑：哦，所以是對江煙有興趣？

許復：……

許復：想要你家路遙的用餐照片嗎？

林閑：快給我！！！

許復：求我啊。

林閑：求你！爸爸！爺爺！阿祖！！！

許復：一張照片洗一次廁所。
林閑：成交。
許復：十張之後，一張照片一件江煙糗事。
林閑想到江煙拉黑他，在朋友與心上人之間掙扎了一下，最後選擇繼續賣朋友。
林閑：成交。
小公寓的家事是兩人輪流做的，許復這頓飯吃下來，免去了好幾個月的苦力活，再看向路遙覺得特別順眼。
兩人與好友交涉完，剛好餐盤裡的東西吃得差不多了，他們抬起頭看了眼彼此，想到對方被自己花式偷拍而毫不知情，不約而同地笑了。

♪

寒假在低迷的溫度與冷風的肆虐中呼嘯而過。
路遙躺在306寢的床上，無聊地滑著手機。
韓曉霧和程貝貝在討論某品牌新推出的喬喻聯名彩妝，喬喻是當紅的一線演員，迷妹無數，韓曉霧深陷喬影帝的深坑，這回看到聯名彩妝，印象中程貝貝對這個牌子是眞愛，她便藉機安利了一波喬喻，想要推她一起入男神的坑。

甄甜仍埋首於她的人類學書籍裡，路遙對美妝沒研究，對時下演藝圈也沒什麼關注，一個人默默滑手機，滑得沒興致時，江煙正好傳訊息過來。

江煙：妳隱居這麼久也該回歸了吧？過了一個寒假，面對林閑總該想開了？

路遙：我早就想開了好嗎？我只是暫時不想理他，OK？

江煙：不想理他？欸嘿！講白了是怕嘛！

路遙：怕個毛！我就算在這方面比較不擅長應付，但自己的心我還是摸得清楚好嗎？

江煙：哈！跟誰比較？小嬰兒？

路遙：……

路遙：要不我們來討論是您江爺面對許少比較怕呢，還是我路遙面對林閑比較怕？

江煙：好的，讓我們結束這個話題。哇，今天天氣真好呢，太陽好大喔。

路遙看著窗外的沉沉夜色，一臉無語，心想都天黑了，江煙那邊哪裡來的太陽？

其實她眞的想開了，但她這個人講好聽點是眞誠，講難聽點或許有人會覺得她傻。

她一開始認清了自己喜歡半日閒是因爲聲音，世上有千百種讓人心動的方法，而他用聲音讓她心動了。後來意識到喜歡林閑，則是因爲與他相處時很舒服，心情會無端變好，雖然她常常因爲一些因素而無所適從，但大部分的時間都是自在的，甚至他偶爾逗她，她也不會覺得反感。

可路遙知道自己的心意是一回事，有沒有要採取行動又是一回事。

她文靜內向，本身就不是個在感情上主動的人，也不是那種喜歡了就非要跟對方在一起的類型，總的說就是佛系戀愛觀。

能在一起當然很好啊，但她也不知道林閑喜不喜歡她，她認爲把這份感情收藏在心底深處也挺好，一個人細細品嘗其中的酸甜苦辣，箇中滋味只有自己知曉。有時候單戀也是一種美，像一朵開在冰山雪嶺上的花，漫天寒意中只有自己兀自盛放，卻能獨享這山巔之上的霜雪美景，還能看到旭日初昇時染上雲嵐和冰雪的霞光，雲巔上的流光溢彩，美得讓人驚豔。

所以，又有什麼關係呢？歲月漫漫，就算喜歡他的路很遙遠，但只要想到路的盡頭是他，途中再怎麼累，她都是甘之如飴的。

她一直是相信日久生情這回事的。

路遙看向窗外，女宿前一排的梧桐樹的枝椏早已光禿，它們在寒風中搖搖欲墜，夜色披在上面，平添幾分蕭瑟。

她突然就想到了她常常做的那個夢。

難怪夢中的半日閒會變成林閑的樣子，她大概潛意識裡早就希望他們是同一個人了吧。

路遙垂下眼簾，耳邊是半日閒的那首〈爭渡〉在播放著：「時光攔截年少，她仍伴他如故。歲月吻過鬢角，他會待她如初……」

你說，路這麼長，你走久了，肯定會知道我的心意，對吧？

縱然歲月輕飄飄狀似無意地吻過鬢角，我也依舊待你如初。

所以……慢慢來就好，我等你。

♪

路遙在下學期開學的第一天回歸了社群。

她刷完朋友圈的動態後，平心靜氣地點進浮生半日閒的主頁。平心靜氣？才怪。

她就是假裝自己是平心靜氣的模樣，好像內心就真的能平心靜氣。

路遙深吸一口氣。完蛋，這種近鄉情怯的感覺是什麼鬼……

最近一條動態是在昨天半夜十一點五十九分。

浮生半日閒：小貓不理我的第二十一天。

路遙疑惑，繼續滑，發現他每天都有發文，發的時間都在半夜十一點五十九分。每條貼文內容皆一樣，只有後面的天數不一樣，日期越往前，後面的數字越小。

路遙滑著滑著，漸漸覺得不對勁，心底有股癢意一直往外冒，像有一隻長毛狗狗毛茸茸的尾巴在她心尖上掃呀掃。

待她滑到「小貓不理我的第一天」時，她看了看發文的日期，心下憋著的一團熱意「咻」地衝到耳邊，逐漸漫開一抹暈紅。

果然，是在他的身分揭發，他們晚上還在江煙門口「談」了一下的那一天……的隔天。她拉黑他的第一天。

路遙耳邊的紅攀到臉頰上，原來她不理他這麼多天啦，還有……

「小貓」這個暱稱到底是怎麼回事！聽起來這麼曖昧！嚶嚶嚶絕對是她想多了！

路遙紅著臉將餐盤裡剩下的幾口飯菜解決掉，途中又想到之前半日閒發的各種「小貓文」，臉上的紅暈又更深一層。

我家小貓眞可愛……我家小貓萌萌噠……小貓軟軟的，想抱……

啊啊啊啊啊啊啊啊啊啊啊啊啊啊！小貓！居然！是！她！

路遙非但沒有大徹大悟的喜悅感，反而覺得不如不要發現這件事。

太羞恥了嗚嗚嗚……

路遙一個人越想越害羞，心裡胡亂地把林閑罵了個遍。

小什麼貓啊……林閑你這個臭流氓！軟你妹！誰想給你抱！就只敢在社群平臺上面發文！我不理你是不會主動來找我嗎……半日閒裝逼王！

路遙風中凌亂了一陣子，強行壓下心裡的千頭萬緒，裝作一副什麼都沒發生的樣子，起身要去回收餐盤。

豈料一站起來，就看見對面一個人一手插著口袋，朝自己走來，姿態閒適，好不慵懶。

路遙無言以對。很好，冤家路窄。

看著林閑慢慢走來，周遭的喧譁聲彷彿一下子絕塵而去，耳邊只聞他一步步走來的腳步聲，她好不容易沉澱下來的情緒又被一踏一踩的節奏給挑亂，像是每一腳都踩在她心尖上。

「路遙。」林閑笑咪咪地道。

路遙原本還想裝模作樣地假高冷，卻看他只穿著白襯衣，連一件外套都沒有，再看看別人都穿著厚帽T或是刷毛衣，她不禁問道：「你怎麼只穿一件襯衫而已？」

「妳不是喜歡？」林閑脣角輕輕勾起。

路遙：「……」江煙妳賣朋友賣得開心嗎！說好的同一陣營呢！

她看了他一眼，又垂了垂眼簾。

好吧……她眞的挺喜歡男生穿白襯衫。

而且林閑穿起來人模人樣的，又有顏值加襯，整個人直接高了一個檔次。

路遙心下給自己一記中指，聲控不夠，現在還要變成他的顏狗嗎？骨氣你在哪裡呀？快快回家呀……啊，忘了她本來就沒有。

她面色平靜：「不冷嗎？」

林閑漫不經心道：「還行。」

才怪……今日室外溫度十三度，室內也只比室外高個三、四度，要不是他平常有在運動，身體還算好，早就被凍死了。

沒辦法，誰叫他作死作到小姑娘拉黑他，只能出此下策使用襯衫誘惑了。

自己做的選擇，跪著也要把他完成。

「哦。」

「對了，妳什麼時候有空？我寒假去了日本玩，給妳帶了件手禮。」林閑無視她的冷淡，笑著道。

「應該都有空。」路遙說，「可以去家教的時候再給我啊。」

林閑一臉正經：「不行！老莊也有一份要給妳，我得搶先她一步！」

Excuse me？母子爭寵記？

路遙見他一臉沒事似地跟她聊天，突然想到了他在寒假時動態上的每日一文，心想他現在裝得風輕雲淡什麼事都沒發生，心裡說不定還在焦急呢。

怎麼辦？好像有點萌。

「要不然……今天晚上？」

「好！擇日不如撞日，撞日不如今日。」林閑順勢問道，「一起吃飯？」

路遙反射性地點了點頭。

林閑笑彎了眼，忍不住揉了揉她的頭髮：「六點我去妳宿舍樓下等妳啊，等下有課，先走啦。」

林閑走了沒多久，路遙才後知後覺地意識到什麼。

等等，她怎麼就答應他了！她記得她還沒有跟他破冰啊！還有剛剛那是什麼？一言不合就摸頭殺！她允許了嗎！

路遙摸了摸他剛剛揉的地方，臉頰漸漸升起熱度。

好吧……她勉強……允許吧……

晚上六點，路遙看到林閑準時站在女宿大門前。

他穿上了大衣，一樣是一手插口袋的慵懶模樣，標準閑式站法。

「等很久了嗎？」路遙小跑步到他前面。

「慢慢來。」林閑說，又是那副挑著眼尾的浪蕩模樣，「等妳等到天荒地老都沒問題。」

「講的好像你等到天荒地老我就會來似的。」路遙的下半張臉縮到圍巾裡，嘟噥道。

「什麼？」路遙的聲音小，方才又一陣風吹來，把她的聲音吹得七零八落，林閑沒聽清。

「沒事。」

林閑看她冷得一直搓手，心裡想的是把她的手牽到口袋裡捂暖。

他壓下綺思，一臉平和：「吃火鍋？」

路遙點點頭：「正有此意。」

兩人到了小火鍋店，冬天是火鍋店的旺季，店裡滿滿都是人。

他們等了一會兒終於有位子，在等上菜的期間林閑遞給她一個紙袋。

「給妳的。」

「眞的這麼好啊?」路遙也不忸怩，從善如流地接過來，「讓你破費了。」

「沒事。」林閑毫不在意，「那盒餅乾超棒，我給你們幾個都買了一盒，另外一盒巧克力棒也超好吃，還有那個抹茶和菓子，我猜妳這個抹茶控會喜歡，就給妳帶了一盒。」

路遙看著一袋的零食，身爲一個甜食黨，無疑被取悅了。

「謝謝你啊。」路遙抿著脣靦腆地笑了。

「嗯。」林閑應道，突然又小心翼翼地開口，「那……原諒我了嗎?」

路遙愣了愣，這才明白他的意思。

路遙:「……」傻子。

見她不說話，林閑心裡焦慮啊，正打算使出從沒失敗過的賣萌手段，就見她開口了。

「你哪壺不開提哪壺。」路遙一副高冷模樣，「沒原諒你，你現在還有機會跟我一起吃飯?笨。」

儘管路遙一臉嫌棄，林閑仍樂得笑彎眼。

最後那聲「笨」明明是濃濃的鄙視，他也不知怎麼的，硬是給它聽出了撒嬌味。

「是，我笨。」林閑點點頭，嘴邊是壓不下的笑意。

路遙覺得林閑太像她家隔壁鄰居養的拉不拉多了，如果林閑有尾巴，此刻可能正搖得歡快呢。

「行了，你一個學霸還笨，其他人都不用活了。」路遙擺了擺手，突然看到袋子裡還有東西。

「這什麼?」路遙拿出來，「護脣膏?」

「哦對，我看妳嘴脣常常乾裂，還容易沒血色，就給妳買了幾條護脣膏保養一下。」他又補充道，「我請示過江煙的!她說這牌很好用。」

路遙眨了眨眼，抬手摸了摸自己的嘴脣。唔……好像眞的有點乾。

心下湧上一股暖意，熱燙滾過血管，漸漸流向四肢百骸。

「謝謝你……」這個冬天，還是挺溫暖的。

林閑好心情地翹了翹嘴角。

兩人吃完飯要離開時，在門口遇到了一個熟悉的人。

「林閑。」丘苒甜甜笑道，「你也來這裡吃飯啊。」

林閑愣了愣，遲疑道：「丘……苒？」

丘苒點點頭：「嗯，你吃完了嗎？要走了？」

是「你」，不是「你們」，某人全程被無視。

路遙在一旁有些尷尬，見丘苒還想跟林閑聊天，她拉了拉他的衣角：「要不……我先走？」

「哎？我跟妳一起走啊。」林閑順勢抓住她的手。

路遙心跳漏了一拍。

「那個，我們先走啦。」林閑向丘苒說。

「哎！我……」丘苒還想說些什麼，卻見林閑拉著路遙走了，壓根兒沒回頭看她。

丘苒皺了皺眉，好看的臉蛋蘊滿怒氣，只能看著他們越走越遠，在夜色中徒留一道背影給她。

這時她的朋友正好走過來，奇怪道：「欸？我剛剛來的時候看到我們林男神呀，但他身邊那個是中文系的路遙？」

丘苒臉色越來越難看。

「我看他們好像還牽手了？小苒妳不是跟林閑……」

丘苒沒理她，轉身進了火鍋店。

「欸，小苒……」

她看著她的背影，才後知後覺地意識到什麼。小苒她……臉色很可怕啊。

♪

T大的校園論壇今天又爆發一件大事。

帖子內容在說原PO和她朋友去吃火鍋，遇到了她朋友的男朋友和另一個女孩牽手經過。剩下就是在罵原PO朋友的男友表面上風風光光，實際上有多渣多沒良心，而她朋友滿腔真情喜歡他多久呀，回去時又有多難過到吃不下飯呀……諸如此類。

文末還友情提示了一下男友同學是南校區的，千里迢迢玩妹玩到校本部，還兩個妹都同一學院的，也不怕被抓到。

一樓：讓我大膽猜測一下，南校區的部分是不是電資院？資工系？

二樓：讓我大膽猜測一下，資工系的部分是不是L同學？

三樓：我猜點別的，L同學是不是特別帥？

四樓：粉轉路，男神竟然是這種人。

五樓：所以另外兩個是外文系和中文系？

六樓：之前有個男神送女生回宿舍的帖子鬧得沸沸揚揚，沒猜錯的話主角大概也是這三個人。

七樓：CR和LY？

八樓：樓上簡單粗暴，我喜歡。

九樓：為C女神打抱不平！渣男滾出校園！

十樓：LY知道自己是小三嗎？

十一樓：等等等等，所以CR真的有跟男神在一起過？我到底錯過了什麼？

十二樓：樓上我跟妳有一樣的疑惑。

十三樓：那之前舞會上是怎麼回事？我看那時候男神的女伴是LY呀。

十四樓：搞不好那時候就撕破臉了，CR被當眾拒絕臉色難看。

十五樓：LY看著文靜乖巧，沒想到是這種bitch？

十六樓：搞不好LY才是正宮呢。

十七樓：男神有承認過他跟CR或LY在一起嗎？

十八樓：只有聽說過CR喜歡男神，但沒聽說過LY喜歡男神，更沒聽說過男神喜歡誰。

十九樓：就愛瞎傳謠言，不會直接去問本人？

二十樓：等主角們澄清吧，劈腿對名聲影響挺重的，不太可能放任它亂傳。

二十一樓：欸嘿，不管是CR還是LY我都不在乎，這裡高舉許林CP的大旗！！！

二十二樓：媽的，怎麼歪樓啦？這裡偷偷站林許，陽光攻X悶騷受敦敦敦（小聲）

路遙一早起來還有點懵，窗外的陽光柔柔地灑進房內，鋪了她半身暖融，這樣溫煦的暖意，讓她迷迷糊糊間想到了昨晚手裡的溫度。

整個夜色似乎都被燒燙了一個洞。

想著想著臉又紅了，林閑怎麼可以這麼自然地牽起她的手？經過她同意了嗎！

她搓了搓雙手，彷彿還能感受到他手掌包覆住自己手的熱意，那酥麻連同溫暖一同攀上肌膚，從指尖擴散至全身上下。

重點他拉著她離開丘苒面前還不放手，就這麼將她牽回女宿舍樓下。

路遙捂住臉，心跳又紊亂了。

這時寢室的門突然被打開，風風火火衝進來的依然是程貝貝。

「出大事了！」程貝貝大叫，又是三步併兩步爬上路遙的床，「路路還睡！睡什麼睡！」程貝貝把路遙拉起來，將手機遞過去。

哦，校園論壇事件。

路遙茫然地任由她將自己拉起，覺得這個場景似曾相識。

路遙接過程貝貝的手機，看了一眼後無奈地抽了抽唇角。

嗯，校園論壇事件2.0。

「妳怎麼又遇上這種事了！」程貝貝滿臉焦急。

路遙把帖子瀏覽了一遍，神色平靜，看到最後歪樓的過程時，稍稍扯了扯嘴角。

「妳妳妳妳怎麼還事不關己的樣子！沒睡醒嗎？他們罵你是小三哎！」程貝貝都要急哭了，天知道她剛才一打開手機看到的就是這個，嚇得直接離開排了快半小時的知名小籠湯包店的隊伍，馬上衝回來關心路遙。

路遙默不作聲，眼神從手機屏幕移到程貝貝的臉上。她眼底的情緒晦暗不明。

「清者自清。」路遙的聲音平穩，一派沉靜，「我沒事。」才怪。

林閑很不爽。

他什麼時候成了丘苒的男友？還劈腿？劈了路遙？

這什麼樣的劇本啊！講的好像路遙是小三一樣，先不管那個丘苒是從哪裡蹦出來的，他從頭到尾眼裡都只有路遙好嗎？

捧在心尖兒上的姑娘就這樣被他們亂七八糟抹黑，眞是流年不利遇上神經病，他寵都來不及了，那群吃瓜群衆倒噴幹話噴得開心。

管你什麼鍵盤俠蝙蝠俠小飛俠，敢欺負他家寶寶的都是王八蛋！

校園論壇事件固然讓他不爽，但讓他心情大打折扣的是因爲另外一件事。

他好不容易才和路遙和好啊，豈料隔天馬上就爆了這事，他還沒來得及開心，路遙又不理他了。

已經兩天了！杳無音訊！

媽的，好不爽，明天就去表白好了。

林閑蹺起二郎腿靠在客廳的小沙發上，一張俊臉陰沉著，平日的陽光氣息全然不見。

許復端著一張冷漠臉經過，隨口丟了一句：「不爽就去把帖子黑掉，坐在那生悶氣有屁用。」

林閑邊翻白眼邊道：「老子就是要看這對智障閨蜜能作出什麼妖來，作大了才有我收拾的價值。」

距離帖子發布已經過了兩天，也不見丘苒出來澄清，帖子下方的留言越來越多。

身爲在這個話題裡的林閑和路遙都是被抹黑的角色，若林閑出來說他不是丘苒的男友，大概沒幾個人會信。而若是路遙說她沒跟林閑在一起，就更沒幾個人會相信了，沒在一起會吃飯又牽手？

綜合以上原因，只有在這輪風波裡的「受害者」丘苒出來說明才比較能讓大家信服。

但她卻把這個楚楚可憐的受害者形象演得出神入化。

林閑之前對丘苒無感，僅止於不太熟的同學的關係，但現在是徹底厭惡了。

誰讓她在那邊亂帶風向！這麼喜歡給自己加戲不會去戲劇學院？沒見過這麼愛演又礙眼的人。

林閑越想越不爽，抓起手機直接打給丘苒。

呵，不澄清不就是要讓大家以爲我眞的是妳男友嗎？想玩是吧？老子讓妳看看誰更會玩。

丘苒接到林閑電話的時候很驚訝。當然，還有那麼一點驚喜。

他問她在哪兒，她回答在女宿舍，他說他直接過去找她。

雖然知道他是爲了何事而來，但丘苒還是懷著一點小心思，儘管現在已經不早了，外頭除了路燈也沒什麼亮光，她仍換掉居家服，仔細把自己打扮了一番，甚至連卸掉的妝都重新補上。

她下樓時林閑已經在那兒等了。

「不好意思讓你久等了。」丘苒面露赧然，「這裡這麼黑，又冷，我們換個地方？」

「不用，就在這裡說吧。」林閑淡淡道，「這麼晚去了別的地方，妳一個女孩子走回來會危險。」

丘苒睫毛顫了顫，抿脣笑道：「不會……」

「作爲一個有修養的男人，送女孩子回去本該是禮貌。」他一臉平和，「但是……」

「沒關係，不……」她撫了撫耳邊鬢角，故作羞赧地將髮絲勾到耳後。

林閑面無波瀾：「但是妳，我嫌麻煩。」

丘苒的手僵在耳邊。

「被風吹一下應該還好吧？」林閑繼續說，「反正妳臉皮這麼厚，禦寒作用大概很不錯？」

丘苒的笑凝固在嘴角。

「我……」她驚慌地看向他。

「我的時間很寶貴，我們速戰速決吧。」林閑臉上看不出什麼情緒，明明是一張和往常般平易近人的臉，卻讓丘苒有些怕。

林閑彎了彎唇。

她不敢說話，先前醞釀的氣勢盡數消滅在他嘴邊勾起的弧度裡。

「我不想知道我怎麼變成了妳男友，反正事實妳我心知肚明。我就一句話，請妳朋友把帖子撤掉，重發一篇文澄清來龍去脈。」

丘苒咬了咬牙，看著他：「你也說了那是我朋友發的，我怎麼能干涉她的言論自由？她愛發就發，愛撤就撤，我管不著。」

「沒有妳的默認她會這麼不經思考地發上去？」林閑挑眉，聲音冷了幾分，「她可能不知道妳在舞會上被我拒絕的事？呵，有這種朋友眞是不容易，好好把握啊，說不定哪天妳跟她說妳是書卷獎得主第一名，她也會毫不遲疑地相信呢。」

丘苒本想嗆回去，然而在聽到「書卷獎」三個字後，瞳孔猛地收縮，心中一涼。

「你怎麼知道？」丘苒聲調驟然拔高，在靜謐的夜晚中印下一道淒厲的抓痕，宿舍外的梧桐樹上原先棲了幾隻鳥，此時紛紛飛入夜色之中。

林閑一手插口袋，漫不經心道：「也不想想老子什麼專業的，調妳檔案只是幾分鐘的事。」

丘苒攥緊了衣襬，臉色難看得很。

那是她的黑歷史。

大一的書卷獎名單本來沒有她，然而在頒布前她透過了管道提早得知了名單，發現自己不是得獎者後，便動用了家裡的資源對學校施壓，換掉了其中一個得獎者。

表面上是丘氏企業慷慨贊助教育事業，爲T大捐出一棟樓，而丘家千金風風光光作爲書卷獎得主受到他人讚賞。講白了就是利益交換，或者說是賄賂。

很多人想要拿卷主要是奔著獎金去的，但丘苒根本不稀罕書卷獎的獎金，那幾千塊丟到他們家的企業金庫裡只是被埋沒的沙礫。

她想要的是名聲，那些推崇稱羡的目光可以大大滿足虛榮心。

她苦心經營外文系系花兼學霸的形象，不能就這麼沒了。雖然她成績不差，但書卷獎就是學霸的象徵，若是因爲一個書卷獎而人設崩塌，那她做的努力都白費了。

而她後來意外得知被換掉的那個同學是低收入戶家庭，經濟狀況拮据，爸爸一人擔了好幾份工，家裡還有一個弟弟和重病在床的媽媽，他努力拚成績就是爲了拿獎學金回去資助家中。

丘苒那時愧疚了一瞬，一轉身跟朋友說話就把這事拋到腦後了。

如果這件事曝光，她將會受到什麼樣的眼光與譴責？

人設崩壞就算了，以後她還會被貼上各種自私無情、不擇手段的標籤，走在路上人人厭棄。

從衆星拱月的系花變成大家唾棄的系邊，從天堂掉到地獄，這滋味……她心下顫了顫。

「知道該怎麼做了？」林閑嘴角噙著一絲笑，眼底卻比刮骨夜風還要冰冷。

丘苒攥著衣襬的手更緊了，一陣風呼嘯而來，將她的頭髮吹得亂七八糟，她狼狽地點了點頭。

林閑掉頭就走。

走了幾步突然想到什麼，又轉過身看向她，面無表情：「以後別出現在我面前。」

說完馬上轉身離去，彷彿再待一秒都嫌浪費生命。

一路上他內心小劇場正在上演——

老子要去哄女人了，誰擋誰死！

唉……這可眞是路漫漫其修遠兮，追個小姑娘還道阻且長呢。

哎喲喂！路遙要是知道我一理工男這麼有文學造詣，肯定驚訝地瞪大那雙漂亮水靈的杏眼。光是腦補就好可愛，想親。

丘苒凝視著逐漸融入夜色的背影，眼眶掉出幾滴淚。

她喜歡他這麼久，只是想要他多注意點自己，爲什麼會流落到這般田地？

她甚至比路遙還早認識他！

那年高二，他們參加了一個營隊，幸運的被分到同一小隊。

她在那之前就已經知道他這號人物，T市一中的校草學霸，多項理科競賽得獎者，程式設計大賽的首獎。

作爲顏好智商高的男神，林閑在高中時期就網羅了各校女孩的心，丘苒也不例外。她常常想著林閑是一個什麼樣的人，她念的是T市女中，兩校離得近又關係好，偶爾在放學路上會看到他，常常都是一個人懶懶地背著書包，面色清朗俊逸。

她沒想到會跟他參加同一個大學營隊，更沒有想到會被分在同一個小隊。

他眞的很好，溫溫柔柔的，特別喜歡笑，跟小隊組員的互動也和諧，總能炒熱氣氛。

這麼好的他，住在自己心裡這麼久的他，如今雖然沒對她露出什麼表情，但她知道他心裡肯定是嫌惡的。

可是爲什麼呢……爲什麼偏偏是路遙？

又一陣風吹過，月光清冷，拂了她半身淒淸。

早知如此絆人心，何如當初莫相識？

♪

當韓曉霧聽到路遙主動說要去酒吧時，咬餅乾時差點咬到自己的手。

路遙神色平靜，看不出波瀾。

韓曉霧對著她的臉愣了三秒，一個拍掌爽朗道：「走！」

「帶上貝貝和大甜甜！」韓曉霧把身上的居家服換掉，迅速化了一個妝。

路遙在306寢的群組裡標記了程貝貝和甄甜，讓她們到MIRAGE。

MIRAGE就是路遙撞見林閑在臺上唱歌的那個酒吧。

程貝貝：妳是假的路路吧！還是精分了？精分出了一個狂野路遙？

甄甜：速到。

路遙依舊古井無波地看完群組訊息，韓曉霧也梳妝打扮完了，兩人並肩走出宿舍大門。

夜色深沉，月光清雋，風過了無痕，心湖卻微瀾。

路遙瞥了梧桐樹下的兩個身影一眼，慢慢收回目光。

MIRAGE氣氛慵懶舒緩，不會過於吵鬧，有三兩好友聚在一起喝酒聊天的，也有一個人坐在吧檯自斟自飲的。復古的爵士樂調節著安靜與嘈雜的比例，與空氣中的酒精因子碰撞出絲絲迷離。

「想喝什麼？」韓曉霧問路遙。

「都可以，妳點吧。」路遙揉了揉額角，往後一靠，整個人陷在沙發裡。

韓曉霧不久後拿著兩杯調酒過來：「嘗嘗這個。」

路遙接過，輕輕地抿了一口：「挺好喝。」

玻璃杯中的液體微微搖晃，在昏黃的燈光下折射出點點光斑，酒液瑩潤，她越看越覺得醺然。第一次知道只看不喝也能醉人。

路遙盯著調酒看的時候，甄甜和程貝貝一起來了。

「路路！路路！」程貝貝面露憂色地坐到她身邊。

路遙掀了掀眼皮：「妳們隨便喝，今天我請客。」

程貝貝瞪大雙眼，一臉驚嚇：「不是吧！真的被那件事打擊到了？整個人都壞掉了啊啊啊啊啊！我的路路啊……」

路遙沒理她，又抿了一口酒。

甄甜：「是被抹黑謠言打擊到呢？還是被丘苒是林閑女朋友這件事打擊到？」

路遙垂著眼簾不說話。

甄甜笑：「妳自己心裡清楚。」

路遙拿著酒杯的手指緊了緊。

「我的遙啊。」韓曉霧嘆了口氣，「既然這麼在意，爲什麼不直接去問他呢？」

路遙眼睫毛顫了顫，低著頭怯怯道：「我……怕。」

「怕什麼？他又不會吃了你。」

「而且我看林閑跟丘苒是眞的不太熟，只是丘苒喜歡他是公開的祕密罷了。」

「不是……」路遙抬起頭，眉宇間褶皺出山川，看上去可憐兮兮的，「我不敢問啊，如果她眞的是他女朋友怎麼辦？不問就不知道，不知道至少能裝作沒這回事。」

她突然想到之前在便利商店，聽到丘苒說林閑私底下溫柔愛笑，她的語氣盡是親密。

還有，剛才出宿舍看到的兩個人影，不是林閑和丘苒是誰?他們這麼晚了還待在一起……

路遙不敢再想。

之前一直以爲自己是佛系暗戀，眞遇上了才知道，她根本不想要他跟任何人在一起。

愛促使了自私和占有的蓬勃生長，她只想要林閑身邊的那個人……是自己。

而韓曉霧一看路遙那樣子就知道她在瞎想什麼。

每個人都看得出林閑對妳有意思，就妳一個看不清!

若是林閑和丘苒是情侶關係，他怎麼可能舞伴邀妳不邀丘苒!怎麼可能當著她的面牽妳的手!

怎麼可能各種花式對妳好!瘋啦，戀愛中的少女都是瞎子嗎?

啊幹，好像不小心罵到自己了。

韓曉霧在心裡翻了個白眼。

要忍住要忍住!她正傷心難過呢，閨蜜之間要友愛互助和平!

路遙糾結糾結著就哭了，程貝貝抱著她哄。

韓曉霧又嘆了口氣，路遙的脾氣她清楚，在感情上特別被動，容易陷入鑽牛角尖的境地，還會自動屏蔽外界訊息，沉溺在更深的自我糾結裡。

韓曉霧和甄甜互看了一眼，從對方的眼中讀到同樣的資訊。

路遙一打開那個情緒開關，似乎就開始放飛自我，什麼也不說就是悶頭喝，邊哭邊喝。

程貝貝急死了，見韓曉霧和甄甜都沒有表示，她差點氣哭。

「讓她發洩一下吧，應該壓抑很久了，何況……」甄甜勾了勾脣角，「解鈴還須繫鈴人。」

果然，路遙喝一喝就ㄎㄧㄤ掉了，抱著韓曉霧就是哭，嘴裡還胡亂念，從幼稚園說到小學說到國中，再從國中說到高中說到大學。

路遙分享完她的人生經歷後，突然手一鬆，歪著頭靠上沙發睡著了。

「嘿！」韓曉霧笑咪咪地拿出手機，播了一個號碼，眼尾盡是狡黠，「您的繫鈴人上線中！請查收。」

林閑接到韓曉霧的電話時，正躺在床上想著該如何把路遙哄回來。

欸嘿！就是這麼巧，馬上一個機會送上門。

林閑趕緊把自己收拾好，套了個風衣外套就走出房門。

許復在客廳吃著泡麵，見他要出門，奇怪道：「都十二點多了，你出去幹麼？」

林閑這時已經走到玄關，他聞言後回眸一笑，笑出了讓六宮粉黛盡失顏色的妖魅笑容，看得許復一陣惡寒。

尾音上捲，字裡行間都是笑意，「哄、女、人。」

林閑到了MIRAGE時，韓曉霧和程貝貝已經在門口等了。

「路遙呢？」林閑小跑步到她前面。

「別急，等等就把她送給你。」韓曉霧慢條斯理，姿態看著端莊。

「有什麼條件，說吧。」林閑是個聰明人，一聽就明白。

「等一下打個電話給顧清晨，讓他來接我。」韓曉霧撫著指甲，悠悠笑道，「啊不，撿我。」

林閑爽快道：「沒問題。」

程貝貝在一旁傻眼，明明計畫裡沒有這段，要的只是讓林閑平安把路遙帶走，怎麼一個個都愛給自己加戲呢？

要是路遙知道這兩個人狼狽為奸賣朋友，友誼的小船肯定又要翻了。

韓曉霧領著他到她們的位子。

「男神，你可要好好照顧路路，要是又讓她哭或是對她做什麼，我可饒不了你！」程貝貝語重心長，文末覺得似乎不夠有氣勢，又補充了一句，「小心我放出大甜甜揍你！」

林閑看了甄甜一眼，嚴肅地點點頭。

甄甜無言以對。

林閑被輪番威脅下，終於將肖想許久的軟玉溫香抱到懷裡，路遙身子骨軟得不可思議，歪著頭靠在他懷裡睡著，看了他的心都軟了大半。

「放心。」林閑說，神情認真，「我會好好照顧她的。」

不只現在，未來也是。

韓曉霧笑，揮了揮手作勢要逐客：「走走走，路遙小朋友任你宰割，記得幫我call老師就好。」

韓曉霧看著隨便，其實比誰都要正經，路遙是她最好的朋友，如何能讓她陷入危險？她是相信林閑的人品才交給他的，兩人之間還有疙瘩，不如趁這個機會解開心結，皆大歡喜。

看著林閑抱著路遙離去的背影，韓曉霧支著下頷，輕輕地笑了。

林閑把路遙抱到酒吧門口時，感覺懷裡傳來一聲嚶嚀。

軟軟的，綿綿的，棉花糖似的。

路遙醒了。

她窩在他懷裡，白皙的臉蛋上暈了一層紅，醉人的酒色從臉頰漫到眼底，溼漉漉的，像是蘊了一汪水，時而清澈時而迷離。

林閑心下一動，「醒了？」他的聲音不自覺地柔了大半。

路遙瞇眼，神情迷茫：「你是……誰呀……」

林閑學她瞇著眼，語調微微上揚：「妳說呢？」

「我不是跟小五她們在喝酒嗎……」

燈影迷濛了黑夜，一塊一塊的光斑交錯在天邊，小姑娘的輕喃飄在耳畔，化在風裡……

路遙撫上他的臉，眼睫顫顫，蹙了蹙眉。

「你不是小五啊……」她揉了揉他的臉，「小五在哪……」

林閑任由她的爪子在臉上胡作非爲，低聲道：「妳家小五把妳給賣了。」

「哎？」路遙上下眼皮將觸未觸，半闔的眼睛浮上一絲困惑，「賣了？」

「嗯。」他低頭，鼻尖碰著她的鼻尖，嘴邊彎起一個弧度，「賣給我了。」

路遙眨了眨眼，小心翼翼地道：「眞……賣了？」

林閑「嗯」了一聲，漫不經心。

她又眨了眨眼，眨出了幾點水光：「可是、可是我不認識你呀……」

一陣風飄忽而過，他在她「你是誰？」、「我們現在在哪裡？」、「你到底是誰？」、「你說話呀……」的碎碎念當中，慢慢磨著耐性。

「我是誰，妳眞的不認識？」林閑瞇了瞇眼，上勾的尾音溢出了絲絲危險。

路遙懵了一下，搖搖頭。

他定定看著她，見她只是迷茫著眼呆著，他挫敗地嘆了口氣。

連我都不認識了……之後再跟妳好好算帳！

路遙發了一會兒愣，漸漸眼底又是更沉的一波醉意席捲而來。

林閑抱著她走在深夜的街上，身形映著路燈拉出了頎長的影子。

月光清白，淌在屋檐像是將落未落的綢帶，打在舞動的葉間又似跳躍的飛霜。

不知道過了多久，路遙小小聲地問：「那她……把我賣了多少錢啊？」

林閑愣了愣，停步。

「五塊錢。」他隨口胡謅。

路遙眉間再次摺起，她嘟囔：「小五是傻嗎？再怎麼樣我也值個……」

林閑看著她扳起指頭數，反覆又凌亂，神情卻認眞。

最後她抬頭，臉色正經：「値個三十二塊吧……」

林閑被氣笑了。

「敢問這位小姐姐，三十二這數字怎麼來的呢？」三十二塊連杯手搖店的珍珠奶茶都買不起！

「十加二十二呀……這樣不是三十二嗎？」路遙理所當然地道，說完卻又開始困惑，「爲什麼是十跟二十二啊？哎……」

林閑眼底蓄起笑意，十和二十二……是他的生日日期啊。

他一時沒忍住，飛快地在她額頭上親了一口，克制又隱忍。

路遙眼底醉意越來越重，她暈乎乎地問：「你爲什麼要親我呀……」

林閑沒說話，提步繼續往前走，終於走到他和許復合租的小公寓樓下，小姑娘安靜許久後，又開口了。

「你喜歡我嗎？」聲音輕如棉絮，軟若白雲。

他心下一陷，正要點頭，她又啓脣：「可是我不喜歡你。」

林閑臉都綠了。

然而他仔細一想，路遙的確沒說過喜歡林閑，她口中喜歡的對象自始自終都是半日閒。儘管兩個都是他，儘管她已經知道林閑就是半日閒……

媽的，好不爽哦！怎麼回事！

「你喜歡我也沒用啊，我又不喜歡你。」路遙繼續道，語重心長，「所以，不要再偷親我了。」

林閑抱著她，臉色難看到極點。

喝醉就變話癆，喝醉就不認識他，喝醉就講一些他不愛聽的話……

就在林閑極力克制自己不要將路遙丟地板上時，她又開口了。

「你不要這樣看著我呀，看久了我也不會喜歡你。」她的聲音響在平靜的夜色中顯得格外的脆，「我喜歡的是林閑……」

月色輾轉了半邊天，林閑的心在頓時間軟得一塌糊塗。

♪

路遙睜開眼睛，隨著窗外陽光鋪灑而來的，是腦仁上的疼痛。

她懵了好久，待頭疼舒緩了一些，才驚覺這裡不是宿舍。

她揉著眼睛起身，身上是宿醉的酒味，味道實在不好聞。

路遙皺了皺鼻子，檢查自己全身上下完好無缺後，面色平靜地去開門。

在陌生環境中看著鎮定，其實不然。

她強行偽裝的臨危不亂，在打開門走了幾步，看到躺在沙發上的林閑之後，盡數粉碎。

臥……槽。

她明明記得，昨晚和韓曉霧她們一起去MIRAGE喝酒，喝一杯……喝兩杯……喝三杯……後來的事兒她就沒什麼印象了。

所以，韓曉霧、程貝貝和甄甜呢？弄丟三個朋友，然後換來一個男神？

怎麼辦，聽起來好像滿划算的……不對！重點是林閑爲什麼會在這裡！還有這裡究竟是哪裡！

路遙的睡意實實在在地被趕跑了，半絲半縷都不留。

她呆站了一會兒，腦袋一片空白，過了一陣，她輕手輕腳地走到正熟睡的某人旁邊。

他的睡顏安然，平時那種散漫勁兒在睡著時收斂許多，暗灰色的連帽衣將他裹住，一條小毛毯鬆垮垮地掛在曲起的左腳上。沙發旁邊是落地窗，冬日暖陽穿透玻璃板，輕巧地覆上他的眉眼，暖融而溫煦，整個人看起來乖巧得不可思議。

路遙不自覺地吞了吞口水。

她鬼使神差地伸出手，想要撈一把綴在他額前碎髮間的晨光……

指尖距離臉頰三公分，林閑倏地睜開雙眼。

路遙嚇得趕緊縮回手，卻見他又緩緩地閉上眼睛。她愣了愣，正要鬆口氣，突然手腕上一緊，只見閉著眼的某人正抓住她的手，稍稍使力一拉，她便跌到了他的身上……

林閑仍閉著眼，另一隻手卻準確地找到了她的腰，輕輕摟住，然後一個翻身，她轉眼間已在他身下。

路遙大腦斷線！連害羞都羞不起來。

只見壓在她身上的某人此時悠悠睜開雙眼，明淨澄澈的眼瞳猶有一絲睡意，就這麼定定地凝視著她。

良久，他嘴邊彎起了一抹淺淡的弧度，好看得讓路遙有些移不開視線。

路遙的目光從他的眼睛晃到挺直的鼻梁，下移到線條流暢的脣，然後在喉間微微凸起的骨塊停留了一會兒，又在鎖骨處徘徊……

近距離欣賞盛世美顏，她覺得有些口乾舌燥。

「看夠了，嗯?」林閑慵懶的聲音響在耳邊，帶著剛睡醒時的低啞，酥得她面色一紅，終於記起來要害羞了。

路遙白皙的臉蛋唰地一下覆上了紅豔，熱度一點一點上升，催化了左胸跳動的頻率。她的眼睛眨了又眨，眨了又眨……

兩人的身子貼在一起，體溫隔著布料渡到彼此身上。

兩人之間是近乎停滯的空氣，只有彼此交纏的鼻息，暈開絲絲沉默。

林閑壓下燥意，他報復似地掐了一把路遙的腰，神情是一貫的漫不經心。

猝不及防的被這麼一掐，癢意透過他的指尖傳遍全身，路遙「啊」了一聲，蹙眉瞪向他。

林閑心下又是一軟，面上仍是強撐著：「櫃子裡有毛巾，衣服先穿我的。」

「什麼?」

「是誰昨晚喝得亂七八糟，現在身上都是酒味?」

路遙捂著臉蜷起身子。帶著酒臭味還和林閑貼這麼近，丟死人了……

林閑笑盈盈地起身，額角是強忍著身下脹意而析出的細汗，面上依舊是一貫的慵懶平和。

路遙立刻從沙發上跳起，逃也似地奔回林閑的房間。

林閑看著路遙匆匆而去的背影，眼底笑意漫流。

許復一大早便出門了，林閑直接進了好友房間裡的浴室，擰開水龍頭，轉到冷水的方向。

時節還是晚冬，冰涼的水當頭澆下，他喉頭一滾，溢出一聲低嘆。

路遙洗漱好，一出林閑的房門，就見他懶懶地坐在沙發上，雙腿交疊，好不愜意。

她猶豫了一下，還是走過去。

「拿著。」林閑看到她過來，伸出手，手中躺著一只護唇膏。

「之前不是送過我了嗎？」路遙接過時不小心碰到了他的手，涼意透過肌膚相觸而滲到她手上。

「前幾天去藥妝店幫老莊買東西的時候送的。」

「你自己留著吧。」路遙把護唇膏放回他手中，「之前的還沒用完，而且用完了我可以自己買的。」

「我看起來像是會用這東西的人？」林閑挑眉，突然想到什麼似的，眼尾一彎，又是揉著風流的笑意輕輕漾出。

路遙覺得不太妙。

只見他好整以暇地接過路遙遞回去的護唇膏，摘掉蓋子轉出膏體，另一隻手倏地扣住她的後腦，整個人慢慢貼近……

「我來幫妳擦呀——」林閑眉眼彎彎，將護唇膏抵上她的唇。

兩人的距離猝不及防地拉近，路遙嚇得反射性往後退，奈何後腦勺被扣著，再怎麼使勁將重心往後放，也只是退到沙發邊緣。

兩人的姿勢又成了他半壓著她，裹著曖昧的模樣……

路遙背靠著沙發扶手，林閑的手仍穩在她的頭上，她微仰著頭看他，而他也稍稍垂首望著她。

感覺空氣一瞬間凝結，過了三秒，林閑打破沉默。

「別動。」他出聲道，還是那股子散漫樣，眼裡的浮光淌著笑意。

他拿著護唇膏，開始描繪她的唇形，柔和的，緩慢的，小心翼翼的……

那溫柔似水的模樣，彷彿古時候的閨房裡，夫君抬手蘸了一抹口脂，將那嫣紅染上妻子的嘴脣……

路遙的心跳聲大如雷響，她感受著他縈繞在周邊的氣息，男性荷爾蒙交雜著剛出浴的肥皀香，特別勾人。

她覺得呼吸有些困難。明明塗護脣膏的時間不到十秒，卻長如一個世紀。

「你……」

「好了！」護脣膏的最後一點抹過脣角，他的聲音也響在她耳畔。

林閑滿意地看著：「抹得眞均勻。」

路遙的臉燙得不像話，那熱意似乎隨著兩人靠近的時間長，逐漸蔓延至全身。

「那個……」路遙弱弱地開口。

「嗯？」林閑拋了個上揚的音，短短的音節裡融著無邊笑意。

路遙突然意識到什麼，好不容易建立起來的防禦牆再次潰不成軍。

啊啊啊啊啊啊啊啊啊啊啊！酥！爆！

這是林閑啊！是半日閒啊！是她粉了好久的男神啊！

路遙看著林閑那張清俊的臉離自己這麼近，還有撩到不行的醉人嗓音搔著耳畔，她覺得頭有些暈。這是夢吧……

見小姑娘不說話，林閑奇怪道：「路遙？」

「你……你……是不是該……起……起來了？」她頰上的紅幾乎能滴出血。

「哦——」林閑狀似恍然大悟，尾音拖得老長。

他看著小姑娘又羞又侷促的模樣，軟玉溫香在懷，實在捨不得放開。

林閑頗爲遺憾地要放開路遙，卻在起身那一刻注意到那瑩潤的脣，輕輕地抿了抿。

因爲剛上了護脣膏，嘴脣顯得尤爲潤澤，光打上去，薄薄的一層閃著光點，剔透如清晨裡的露水。

「林閑？」路遙見他起身的動作停住，她疑惑道。

脣瓣翕合間，像是淌著晨露的花瓣。

林閑清楚地聽到了，腦子裡那根繃著的理智線，「啪」地一聲，斷了。

路遙清楚地感受到了嘴上的觸感。

突如其來的，軟綿的，微溫的……蜻蜓點水。

林閑沒控制住自己，當親上路遙的那一刻，才意識到自己幹了什麼。

輕輕地啄了一下，迅速離開。

路遙懵著，林閑輕咳了一聲，正襟危坐。

晨光正好，少年少女並肩坐著，默不作聲。

不知道過了多久，路遙才小小聲地開口。

「你的手……怎麼這麼涼？」話一出口，她自己先愣了一下。明明要問的……不是這個。

林閑也愣了一下，隨後又換上那散漫的樣子，勾起脣角，「剛才沖了冷水澡。」

路遙詫異：「十幾度你沖什麼冷水澡？不怕感冒？」

林閑嘴邊弧度更大，聲線慵懶：「不沖冷水就滅不了火呀……」

路遙似懂非懂，沉默了一會兒又道：「你剛才……」

語聲細小，帶著不確定和膽怯，天知道她心理建設了多久才鼓起勇氣。

「我剛才？」他重複了一遍，面有惑色。

路遙：「……」戲精本精說的就是您！

「路遙。」林閑突然道，語氣認真。

「哎？」路遙被他出其不意的正經模樣唬住了。

「妳有意見？」

「什麼？」路遙愣了愣，把他的話再咀嚼一次後，隨即炸毛，「欸不是，什麼意見不意見，重點是誰准你親我了呀！經過我同意了嗎？」

林閑笑，克制住自己想上去捏她一把臉的衝動，小姑娘杏眼圓睜的模樣實在可愛，耳廓紅的部分不知道是氣的還是羞的。

他斂起肅色，懶懶地靠上沙發，又是一派閒散模樣。

「我親親我女朋友還要經過妳同意？」眼波漾著，幾度風流。

「當然要經過我同意……」路遙順著道，突然意識到什麼，聲音拔了個尖，「等等，你說什麼？誰、誰是你女朋友了！」

「路遙同學。」林閑微笑，傾身拉近與她的距離，「撩完就走？撩完就不認帳？」

路遙沉默。

「妳這樣跟那些無情的渣男有什麼不一樣？」

林閑又朝她靠了靠，鼻尖幾乎要碰到鼻尖。他彎著的眼裡有星星。

路遙猶疑地問：「我昨天喝醉的時候是不是做了什麼……」起音本就不大，而後聲音越來越小……

他勾起脣角：「是誰昨天說……喜歡我的？」

路遙一怔，理解話中意思後，豔紅猖狂地入主臉頰。

「我喜歡的是林閑……你是誰呀……」他學著她的語調，揶揄道，「你快把他叫來啊……」

「你……」她捂著面，手掌隔開他貼近的臉，「你別說了……」
眞的都不記得了……
林閑繼續笑，輕勾著的嘴角看著輕佻，卻不讓人反感。
他掰開她的手，微沉著聲在她耳邊道：「我同意了啊！」語聲繾綣，低醇著捲刮上耳梢。
路遙被酥得顫了顫，被他抓著的手燙得不像話。
「同意什麼……」
聲音像是陷進一團棉絮裡。
「同意妳……當我的……女朋友啊……」
氣聲慵懶，刻意的斷續，尾音拉得綿長。晨光在空氣中躍動，裹著懸浮的細塵，飄悠迷離，彷彿能迷人眼。
路遙心尖一顫。
「林閑！」她驀地提高聲音，掙開他的箝制。
「嗯？」他順勢放開她，似笑非笑。
「你讓我一個人待著。」路遙神色正經，頰上未散的紅暈卻軟化了緊繃的氣息，「我想靜靜。」
話落便提腳要離去。
「等等等等，路遙小朋友。」林閑在她轉身的那一刻抓住她的手，「直接在妳男朋友面前說想另一個人，妳還有沒有良心？」
「誰？」路遙又被他繞懵。
「靜靜啊。」理所當然的語氣。
路遙：「……」靜你奶奶！

路遙進門時順手反鎖了門，她躲在林閑的房間，一點都沒有鳩占鵲巢的愧疚感。

她想了很多，從高三初遇他的歌聲，漸漸沉迷，而後深情不負；再到大二第一次在公車上遇見他，誤打誤撞日益熟悉，生活多了點調料與期待；還有前陣子從對他的感情中恍然大悟，抽絲剝繭後沒有蛻變新生，反倒是抽筋剝骨的疼噬入全身細胞；再來是最近，知道了他就是他，也摸清了自己對他的心意，豁然開朗。

半日閒與林閑交錯疊影，這個人盤結在她近三年的生命中，深根成歲月裡最溫柔的摺痕，光是簡單憶起就足以暖燙心口。

路遙把自己關在林閑房裡一個下午，房間主人倒也沒來打擾。

夕陽將地平線吻得越來越深，路遙的思緒也隨著那吻越來越沉……

這時候手機鈴響，半日閒版的〈千夢〉劃開夕暉，將光塵染上了慵懶醉意。

「路路路路！快去看學校論壇！」路遙一接通，程貝貝激動的聲音便清晰地傳來，「丘苒澄清了！」

路遙掐斷電話，一進校園論壇就看見置頂的澄清文。

她點進去，神色平靜地讀完。

內容大抵是在說丘苒和林閑毫無關係，只是她單純仰慕他，造成大家誤會，也對當事人形成了名譽上的毀壞，非常抱歉等等。至於路遙和林閑的關係，還是待當事人親自說明……

官腔歸官腔，她還是窺到了字裡行間幾不可見的誠意。路遙心口堵塞的悶氣驀地煙消雲散。

這時房間的門把突然轉動，路遙驚了一跳，看到轉開門後靠在門框上的某人，「你怎麼開門的？」

林閑漫不經心地將鑰匙拋到空中，再接住。

路遙覺得自己問了個智障問題。

「你……」

「看到學校論壇了？」他打斷她。

「嗯。」她微垂著眸。

「妳昨天給我添了很多麻煩。」他卻沒有繼續校園論壇的話題，一貫帶著笑容的臉上面無表情，「以後還喝？」

「對……對不起……」路遙攥緊了衣襬。

林閑仍懶懶地倚在門邊：「對不起有用？」

「對不……」路遙無助地望向他，「唔……」

林閑見到那溼漉漉的小眼神，差點沒將她揣進懷裡疼。

「過來。」

路遙戰戰兢兢地走過去，離他一步之遙時，林閑拉過她的手腕，順勢將她抵在門板上。

「給妳個機會……」他笑，嘴唇貼近她耳畔，低聲道，「贖罪。」

男生的吐息纏著耳梢，細細密密的癢勾著轉著，撩人心弦。

路遙屏息，身子繃得緊。

林閑勾著脣扣住她的下巴，微微抬起：「怎麼樣？考慮好了嗎？」

「你、你還沒說……要怎麼樣……贖、贖罪。」周遭都是他的氣息，她渾身發熱，緊張得很。

「就只有這次機會嘍，不把握住我可不知道之後會發生什麼事……」林閑無視她的意見，逕自說道。

後面幾個字的語速越來越慢，含著氣聲，分外誘惑。

路遙明知他之後也不會做什麼事，但還是自動跳入他挖好的坑裡，就像個航海的旅人，明知海妖的歌聲致命，卻仍是尋著那誘人的聲音前去……

「嗯。」她的聲音小如蚊吶。

林閑聞言，嘴角的弧度愈發上揚，稍稍用力便將她攬進懷裡。

他的另一隻手撫上她的頭，把那柔順的頭髮揉得微亂。

路遙聽到頭頂上傳來一聲「眞乖」，嗓音低沉，滿滿的寵溺。

她以爲臉頰的溫度已經到達極致了，沒想到伴著那聲「眞乖」，感覺臉上又燙了幾分。

她被抵在他胸前，悶悶地道：「你還沒說怎麼贖罪呢，不要一直藉機吃豆腐啊。」

林閑放開她，嘴邊噙著一抹邪笑：「妳以爲我眞要吃，妳還能完好無缺地站在這裡？」

路遙抿嘴，耳根子燙得過分：「流氓……你這種人怎麼就成了校園男神呢！」

林閑聳聳肩，一副無所謂的模樣：「長得好看怪我了？」

路遙瞪了他一眼，不說話。

林閑看著小姑娘又羞又氣，沒忍住笑出了聲。

他坐到電腦前，滑鼠按了按，一串音符流瀉而出，路遙聽到這熟悉的前奏時，沒搞清楚他想幹麼。

「畫一筆，炊煙十里。依偎著，人間朝夕……」林閑就著伴奏唱了起來，聲線宛轉，尾聲含著煙氣，格外酥人。字句間連綿有致，實中帶虛，虛中又摻著實，朦朧處像是江南的煙水飄渺，秀逸又清雅。

路遙聽他唱完整首〈千夢〉，差點又聽到哭。

眞的好聽到她要原地自爆了……而且現場聽起來更有感情，更加動人心弦。

林閑等最後一個音符消逝在空氣中後，朝她揮揮手：「過來。」

被美聲收買的路遙聽話地走過去。

林閑等她靠近後，手又是一拉，把她拉到自己腿上坐著。

「你怎麼這麼愛動手動腳……」路遙嘴裡碎念著，好不容易散了的紅又悄悄聚回耳根。

林閑一隻手從後面繞到前面扣住她的腰，把她的身子穩住。

「客官，此曲滿意否？」

「滿意。」路遙順勢道。

「那奴家可否討個賞？」

「可——」她打住，「欸不對，你一下叫我贖罪一下又叫我打賞，到底想幹麼？」

「哦。」林閑把頭靠在她的肩窩，笑道，「贖罪的方式是做我女朋友啊，後來我覺得還是要表現一下誠意，所以就唱了〈千夢〉給妳聽，討賞的內容也是做我女朋友。兩者合併，妳不吃虧，怎麼樣，夠誠意吧？」

路遙傻了。

「你、你真的喜歡……我？」語氣遲疑又不確定。

「妳哪隻眼睛覺得我不喜歡妳了？」他咬了一口她的脖子，「誰不喜歡一個人還會親他抱他啊！」

「你又沒說過！」路遙反駁完也有些心虛，強撐著氣場繼續道，「你看夜店那些人也是剛認識就摟摟抱抱——」

「路遙。」林閑打斷她，「我喜歡妳。」

猝不及防的表白，路遙有些暈眩。

林閑扣在她腰上的手緊了緊，笑道：「欸，表示一下啊。」

路遙的臉紅如一顆熟透的大蘋果。

「我、我、我……」

「嗯？」

「喜……喜歡……」

「喜歡誰？」

「你……」

「零零碎碎的沒聽清啊，重複一遍。」

「我……我喜……歡你……」

「什麼？」

「我喜歡你！」

路遙被逗得受不了，索性破罐子破摔吼了出來。

「嗯，我也是。」林閑笑彎了眼，在她耳邊壓低聲音道。

路迷妹再次被酥到不知天南地北今夕何夕。

路遙看著他的眼，幾乎要陷進那滿溢的溫柔裡。

「再看就親妳啦。」林閑笑，眼尾的弧度很迷人。

路遙馬上捂住自己的嘴，眼神游移。

林閑見狀再次笑出聲，這姑娘實在誠實又可愛。

「忘了告訴妳。」他拉開她捂住嘴的手，臉探到她面前，笑容漾得大大的，「不看，也是要親的。」

路遙坐在林閑的床上，聽著浴室傳來的水聲，臉頰泛了一層紅。

想到他說要再去沖一次冷水澡，再想到方才坐在他腿上……路遙瞬間就懂了。

大冷天一次又一次的沖冷水澡，是在滅火呢……

想到這一層，她的臉又熱了。

路遙覺得自己也需要降降火。

實在是……太不眞實了呀……她剛才居然跟林閑……接吻了……

她跟校園男神林閑接吻了……她跟自家男神接……吻……了……

她覺得林閑說她是他的女朋友，比林閑是半日閒還要讓人難以置信。

林閑是她的男朋友，林閑又是半日閒，所以，半日閒是她的男朋友……啊啊啊啊啊啊啊啊啊啊啊啊啊啊啊！

路遙知我意：論男神如何變成自己的男朋友:)

沒多久，下面的留言炸了。

韓小5：所以我說你們有沒有做措施啊？

此江煙非彼江煙：臥槽，我的小寶貝怎麼就被一個大豬蹄子拐了呢！

貝貝很可愛不接受反駁：男神必須對路路很好很好呀！

甄甜一點都不甜：早該成了，拖這麼久，路遙妳腦子沒壞？

許復：感謝您為民除害，增進社會公共利益。

路遙剛看完留言，林閑就出浴室了。

見他一副神清氣爽的模樣，明明人家衣冠楚楚，但她還是忍不住……臉紅了。

路遙和林閑吃完晚餐就回宿舍了，回去後被韓曉霧三人押在椅子上拷問，強調無數次沒發生某不可描述之事，而她們終於相信後，路遙心力交瘁地爬上床，準備滑滑社群動態療癒一下身心。

豈料一打開社群軟體，第一條就是半日閒的文。

浮生半日閒：你們閒哥今天心情好，轉抽五人送最近很紅的木口家護唇膏，明晚十點開獎（太開心）

路遙很順手點讚轉發，正要評論的時候才意識到這位男神同學已經是自家男朋友了，感覺留言什麼的好羞恥哦，算了不留了。

她又仔細想了一下，今天在他家，他給她擦的那條護唇膏的牌子，貌似就是木口？

路遙眨了眨眼，再搓搓自己的臉，耳根子有點燙。林閑這廝真的很會……

雲破月：抽我抽我抽我！

想要一隻貓：484追到小姐姐了！

天天浪天天笑：閒哥大手筆，抽我！

胡大白：今天的閒寶也好可愛哇！我都這麼誇你了，不抽我就是小壞蛋！

等路遙刷完一輪動態再重新整理後，就見自家好基友轉發了半日閒的文。

此江煙非彼江淹：雖然有點不情願，但看在有人收了這混世魔王的份上，還是加碼抽一個寶寶送我的簽名照好了〔doge〕

粉絲看到和半日閒關係最好的江爺轉發，還附上了激情滿滿的一段話，大家都炸了。

簽名照？江同學您就繼續自戀吧！

閒哥的小老婆：雖然感覺心在淌血，但還是卡位求內情呀QQ

弱水三千：江爺每次都不會讓人失望〔二哈〕

君不見T市閒哥天上來：臥槽這段信息量過大了啊啊啊啊啊啊！

乳酪蛋糕：同卡位求內情！

珊珊33：同卡！

款冬花：卡！

路遙讀了一下書，再洗了個澡，回來就見江煙的轉發下方評論炸掉，她突然覺得壓力山大……

路遙：江同學我告訴妳，把我爆出來小心我拉黑妳！

江煙：沒事，要爆也要讓林閑那傢伙親口爆不是？我才不想搶了他的戲份。

笑。

路遙和江煙瞎聊了一陣後，又見特別關注的通知彈了出來，她點進去一看，不知道該哭還該

浮生半日閒：江同學的簽名照太辣眼睛，我知道沒人想要，於是我再加碼明天晚上八點直播唱歌〔二哈〕

接著路遙又發現原貼文下面有一條「484追到小姐姐了！」的評論被推到熱評，仔細一看是江煙點了讚，再仔細一看，原來半日閒也點了讚……

這兩人眞的不知道低調二字爲何物。

粉絲們在看到半日閒按了那條熱評的讚，等於是默認有主之後，一方面紛紛哭著喊失戀，一方面又祝福男神和小姐姐要幸福。

路遙哭笑不得，其實換作她是他們之中的一員，肯定也是一樣的反應，搞不好還會更瘋狂……

然而現在那位小姐姐是自己，她大概是被發配了一部神仙劇本吧……

她打電話到林閑那邊，第一聲都還沒響完，對方就接了。

「怎麼了寶寶？才分開沒多久就想我了？」

路遙在心底翻了個白眼，「想多了你。」

「想多了？想多多呀？」林閑賤賤地說，「就知道妳捨不得我。」

是指「你想太多了」而不是「想你想多了」啊！什麼思考迴路啊！

調戲成功，林閑在那端笑彎了眼，經過他身旁的許復心裡默念著談戀愛的都變成地主家的傻兒

子。

「你不要把我曝光啊。」路遙說，「我不想太高調。」

「好。」他微微壓低了聲音，語聲纏在她耳廓，幾分繾綣幾分笑，「我也不想把妳拱出去，這樣妳才會是我一個人的。」

路遙心臟爆擊需要補血，她漲紅著臉，聲音小到不行：「不要一言不合就開撩啊……」

林閑腦補了一下她害羞的樣子，嚶嚶嚶好可愛哦，他的路路怎麼這麼可愛！

「明天晚上要不要一起吃飯？」他又補了一句，「來小公寓。」

路遙猶豫，才剛在一起就三不五時去對方家，會不會太不矜持啊？而且許復也在，是不是會打擾到他……

「不用擔心許復的存在，他基本沉浸在自己的世界裡。」他完全知道她在顧慮什麼。

「吃完飯差不多就可以直播唱歌了哦，這次是眞的現場，不再是隔著網路的現場……」某人誘惑著。

聽到這句，路迷妹不愧身爲半日閒的腦殘粉，明明知道林閑在挖坑給她跳，還是歡天喜地跳了下去。

「好。」路遙燙著臉道，聲音低弱，不仔細聽根本聽不見。

林閑見目的達成，他勾了勾脣，十分滿意。

隔天路遙到小公寓樓下，林閑接她上樓叫了外賣，是韓式拌飯，再加上一份海鮮煎餅，路遙食量不大，這樣就足夠兩人吃了。

「要不要喝草莓牛奶？冰箱裡剛好有草莓跟鮮奶。」林閑把餐點擺好後問道，「雖然我不會做菜，但在做飲料方面我還挺有天分的！」

看著他驕傲的表情，路遙莞爾：「嗯，我期待。」

在林閑榨草莓牛奶的時候，路遙就坐在餐桌前等著。

她看著他忙活的背影，心下一片暖。

雖然對於他倆關係的轉變還是有些不敢相信以及不習慣，但是兩人這樣待在一起，也沒做什麼特別的事，時間的流動都因此變得舒緩，而歲月也溫柔了起來。

是因爲這個人的關係吧。

從在網路上接觸到他的聲音，中間經歷了一些波折，到現在兩人成爲情侶，好像只要與他有關，日子都能從平淡中析出繽紛。像是一杯無味的牛奶，在加入了草莓後，變得酸甜有味，更加可口。

畢竟，當初就是那個聲音，讓她的整個世界，都柔軟了起來……

林閑榨好草莓牛奶，轉過身就見路遙盯著自己看，而她像是被抓包，趕緊別開眼神。

「欸，我不介意被多看一點啊。」林閑笑嘻嘻地遞給她一杯草莓牛奶，「想看哪裡？任君挑選，滿足妳。」

路遙：「……」給你一個梯子你就能上天。

路遙喝了一口草莓牛奶，酸酸甜甜的草莓味裹著奶香在舌尖蔓延，她驚喜道：「好好喝！」

「是吧是吧，我榨的飲料可是連許復那挑嘴的麻煩精都讚不絕口哦。」

路遙又喝了一口，笑道：「你以後失業了就開飲料店吧，這應該是我喝過最好喝的草莓牛奶了。」

林閑照理來說應該會回「妳男人這麼厲害怎麼可能會失業」，可此時只見他盯著路遙，默不作聲。

「林閑？」路遙疑惑，卻見他突然起身，走到自己身旁。

他微微傾身，她只看到他嘴邊掛著一抹笑意，隨即嘴脣上便觸到一層柔軟。

路遙懵了。

林閑貼著她的脣，伸出舌尖在她的上嘴脣滑了一圈，弄得她身子一陣酥麻，反射性地抓住了他撐在餐桌上的手。

林閑喉嚨裡溢出一聲低低的笑，他輕輕吮著她的脣，再摩挲了幾下，然後格外留戀不捨地放開她。

小姑娘的嘴脣太甜，還喝什麼草莓牛奶哦，啃她的嘴巴就好了。

「你、你、你……」路遙的臉早已紅透，腦子糊成一鍋粥，中文系學霸的語言組織能力面臨障礙。

林閑好整以暇地走回她對面的位子坐下，一邊欣賞她臉紅的模樣，一邊夾了一塊海鮮煎餅到她碗裡。

「來，再不吃就要涼了。」林閑笑道。

「你……」路遙還當機呢，也沒去動筷子，就是盯著他。

「寶寶，想要我餵妳可以直接說，不用害羞，我超級樂意。」林閑眼底的笑意越發猖獗，他作勢要夾起她碗中的海鮮煎餅。

「不是！」路遙急道，「你、你、你幹麼一言不合又親上來！」

林閑一臉無辜：「我是在幫妳清奶泡啊。」

「哎？」

「妳剛才喝完草莓牛奶後，嘴巴上沾了一層奶泡。」

路遙愣了愣，隨後捂著臉挫敗道：「你可以跟我說一聲，我自己擦掉……」

林閑見她這模樣，終於笑出聲：「這麼好吃的東西我爲什麼要讓給衛生紙？」

她那時上嘴唇浮了一層奶泡，沒注意到又彎著眉眼繼續和他說話，那模樣像隻小奶貓，差點把他萌成一灘水。

天知道他要是沒克制住自己，這頓晚餐還能不能順利進行都是個懸案。

林閑繼續笑，路遙頭是垂得更低了，心下鑼鼓喧天，好不激動。

舔奶泡……什麼的……好……撩……

她感覺再這樣下去，就要因爲心臟重擊而被送到急診室去了。

晚上八點，林閑架好設備，開啓B站直播間。

林閑：「晚安啊，想不想我呀！」

路遙坐在他旁邊，不由得升起一絲微妙感。

平常死守直播的對象現在就在身旁，然後對著網路上的大家……好詭異。

「你們吃飯沒呀？開場曲唱什麼好呢？」

路遙說不出這是什麼感覺，她看著林閑電腦螢幕上的彈幕，想到自己曾經是這群人的一員，像個嗷嗷待哺的雛鳥等著被翻牌子，她就覺得很神奇。

還有，以前隔著耳機才聽得到的男神的聲音，現在居然就在耳邊，距離大概一把尺的長度而已，要不要這麼刺激……這才是眞正的現場版啊！要被酥死了！

「你們刷啊，我挑一首來唱。」林閑說完看了路遙一眼，只見小姑娘一臉奇妙又興奮地看著他，他差點沒笑場。

麥克風在旁邊不方便說話，於是他對她笑了笑，又捏了一把她的臉頰肉，再送給她一個wink，然後用口形問：「想聽什麼？」

路遙接收完他一連串的騷操作後，眨了眨眼，也用口型回：「琵琶行。」

林閑點點頭，朝她比了個OK的手勢，隨後笑著對麥克風道：「我挑好啦，等我找個伴奏嘿！」

嘿，就是這麼的黑箱。

當前奏開始時，公屏逐漸趨於安靜。

琵琶樂音落在空氣中像是珠落玉盤，滾動間叮咚響起，脆生生的；也像是流水潺潺，流動間濺聲四起，水波蕩漾。

伴奏勾勒出的意境，宛如真的有歌女撫著琵琶，轉軸又撥弦，修長的指輕攏慢捻，而泠泠弦音劃開寂靜的夜，就像她挑動了琴弦，打碎這一場繁華。

「潯陽江頭夜送客，楓葉荻花秋瑟瑟……」

歌聲甫出，便將眾人帶到那夜裡的畫舫，月色浸在江面上，水紋摻著霜華，慢慢勾出離別愁緒……

「大弦嘈嘈如急雨，小弦切切如私語……」

戲腔宛轉，在幽然綿長的段子中倏然高亢，好似清晨時突然闖入的鶯啼，打破了小巷間的安寧。

「五陵年少爭纏頭，一曲紅綃不知數……」

「夜深忽夢少年事，夢啼妝淚紅闌干……」

「同是天涯淪落人，相逢何必曾相識……」

曲調是輕快與惆悵交錯著，歌聲與琵琶音輾轉，演繹了琵琶女和詩人的惺惺相惜之感。

半日閒的聲線是慵懶微醺的，他唱的琵琶女似乎也帶著一抹漫不經心的氣質，格外風流。然而那該有的離愁別恨卻半分也不少，像是早已看透紅塵的歌女，身在繁華間應退自如，彎唇一笑能勾魂，纖指一捻能媚人，卻在別人看不見的眉眼處覆著滄桑，心下徒有空蕩。

可以和任何人親近，卻沒有人能夠接近她的心。

最後一個音唱完，公屏靜止了三秒，隨即是大片的彈幕蜂擁而至：「媽呀神仙唱歌！」、「耳朵懷孕了你要負責！」、「課代表在這裡，歌名〈琵琶行〉，作詞就是唐代那個白居易！」、「太好聽了吧……神仙下凡辛苦了嗚嗚嗚QQ」

林閑喝了口水潤潤嗓子，才剛放下水杯，感覺袖口被拉住，一轉頭見路遙睜著水亮的大眼凝視著自己。

他把麥克風移到離自己稍遠的地方，避免聲音透過麥傳到大家耳裡：「路遙？」

「閒哥，翻這首吧！翻一個錄音版的出來！真的太他媽好聽了啊……」路遙一激動，不只叫出了林閑二次元的綽號，甚至還爆了粗口。

林閑愣了愣，隨即憋笑憋到快內傷。

這姑娘真是一開啓迷妹模式就棄人設於不顧啊，完蛋，怎麼越看越可愛！

「既然寶寶都這麼說了，我有什麼好拒絕的？」林閑點了一下她的鼻尖，「馬上把這首提上日程，直接插隊，下一首就錄這個。」

路遙摸了摸鼻子，耳根微紅，咧嘴笑了。

林閑把麥克風拉回來：「下一首唱什麼好呢？唱什麼呢唱什麼呢？唱——什麼——呢！」

一句問話調子起伏有致，音節忽長忽短，自帶旋律。

公屏：「閒哥又開始浪了呀～」、「皮皮閒上線中！」、「閒哥唱個一夢江月吧！」、「春曦女孩能擁有姓名嗎？」……

「來看我浪的你們更浪吧，還好意思說我呢。」林閑笑道，「一夢江月好聽啊，但我不太會唱。春曦，我在練了，等我哪天心情好就錄啊。」

林閑唱完幾首後便開始聊天，而昨天社群動態上那輪炸帖必定是主題。

「爲什麼開心？就……開心啊。」

「欸欸欸欸那條評論是我手滑點到的……江煙？江煙爲什麼點讚？去問她呀，問我幹麼！」

「江煙轉發說有人把我給收了？什麼？誰知道啊！她腦迴路不正常。」

「啊……哈哈……」

「好好好，就是如你們想的，滿意了？」

「對……就是……嗯，追到小姐姐了。」

果不其然，公屏上彈幕刷刷地跑：「哪個小姐姐這麼有福氣啊！」、「媽，你女兒失戀了。」、「小姐姐上輩子是拯救了銀河系吧！」、「欸嘿，我就是那個小姐姐！」……

林閑偷偷瞥了路遙一眼，只見她眼神停在電腦螢幕上，嘴角彎得大大的，眼睛裡有光。

林閑忍俊不禁，飛快地在她額角親了一口。

路遙嚇了一跳，嗔怒地瞪了他一眼。

林閑笑著繼續道：「行了行了，你們閒哥有主了，不要再調戲我了嘿！小姐姐看到會吃醋哦。」

路遙聞言後露出了「聽你在屁」的表情，順便擰了擰他的臉頰肉。

同是迷妹出身，隔著螢幕調戲男神這事她也沒少幹過，怎麼可能剝奪他們的樂趣！

林閑吃痛地叫了一聲：「欸欸欸小姐姐說她不在意，不過你們也別太過火啊，有婦之夫是不能隨便調戲的！我只給她調戲！」

公屏上的彈幕也從「小姐姐好有威嚴啊。」、「振興夫綱時間到！」、「妻管嚴半日閒哈哈哈哈哈哈」變成「天啊閒哥寵妻狂魔！」、「我D媽呀好撩哦！」、「這是什麼神仙愛情！」……

路遙看到彈幕後笑出聲，隨即像是怕自己的聲音透過麥克風傳出去，又馬上捂住嘴巴。

林閑笑看她一眼，又道：「好了好了，現在是唱歌時間，點歌點歌啦！」

林閑靜靜地看彈幕跑了一下後，開口道：「相信我，你們絕對不會後悔今晚拋開聚會、丟下朋友、捨棄加班、拒絕讀書來聽這場直播。」

他笑了下：「就當作是……安慰你們失戀的補償吧。」

「她……是悠悠一抹斜陽……多想多想，有誰懂得欣賞……」

第一句剛唱出來，公屏安靜了三秒，隨即像是核爆一般，彈幕以驚人的速度刷刷刷地跑：「癢！！！」、「有生之年系列啊啊啊啊啊啊！」、「是誰當初信誓旦旦說自己是清純少年絕對不會唱小黃歌的！」、「果然有主就不一樣了，連小黃歌都會唱了！」……

路遙也呆住了，驚訝地看向林閑。

我去，居然唱了〈癢〉！啊啊啊啊啊啊啊啊她要被撩死了！

林閑面不改色地繼續唱：「來——啊，快活啊——反正有大把時光——」

咬字迷離，尾音含著煙氣似的，像澡堂裡飄在空中迷濛的水氣，若隱若現。而拉長的音節處適時地上捲，直勾得人心癢難耐，耳根子發燙。

路遙馬上腦補出一個美少年側躺在貴妃榻上，衣領微斜，露出半邊白皙的肩。脖頸到鎖骨的線條流暢優美，胸膛半露，再下去一些堪堪被衣衫給遮住，隱約可望，卻始終不可及。少年姿態慵懶，眼尾挑著，嘴角只一邊輕輕勾起，幾分邪氣幾分媚。

接著，他緩慢啓脣，語聲繾綣：「來啊……來快活啊……」

路遙想著想著臉就紅了，看了一眼林閑，只見對方正好也睨著她，嘴邊掛著一抹笑意，繼續唱：「反正有大把風光……啊……癢……」

「啊」字像是一尾流風慢慢地拐過了巷口，再繞過了孤松，隨後彎彎繞繞著攀上雲端，又裊裊娜娜地融入煙塵。一個字輾轉了幾個音高，彷彿在心尖處或輕或重地捻著，連接後面的音，行雲流水般迤邐成春宵晚景。

而那一聲「癢」宛若歌女的呵氣如蘭，繡口一吐，煙氣便伴著低吟聲潛入那芙蓉帳，暖意薰身，纏綿悱惻。

路遙表示林閑那騷裡騷氣的唱法，再加上剛才隨意的一個笑瞥，她的心臟快要瀕臨爆炸的點了啊……

「越慌越想越慌，越癢越搔越癢……哎……呀……」

低吟處聽著漫不經心，卻又被那帶著懶意的媚色撥動了一池春水，宛若有人在耳邊細語輕喃，時不時地再輕輕一喘……

太性感！太撩！！太酥了！！！

最後一個音落下後，公屏又失心瘋了：「媽呀聽得我都癢了啊啊啊！」、「我感覺我都要高潮了TTTT」、「媽媽就是這個男人！他色誘我！」、「騷得我差點卵子衝腦……」、「小姐姐知道你在外面勾引粉絲嗎！！！」、「反覆去世的我:)」

林閑唱完後發現路遙不知道什麼時候戴上了耳機，眼睛直直地盯著手機屏幕看，但又好像沒有聚焦的點，而小臉則是憋得通紅。

他一愣，對著她道：「寶寶妳戴耳機聽什麼？」

他剛才唱得這麼賣力！居然不認真聽！果然都是騙到手就不珍惜了嗎！啊啊啊寂寞啊……

路遙摘下耳機，抿了抿嘴，小聲道：「你直播唱歌啊……」

林閑接過她手中的耳機，三百六十度翻看了幾遍，也沒看出哪裡特別，於是十分不解地道：「我就在旁邊唱給妳聽，妳還戴什麼耳機聽直播？」

「這樣聽比較有感覺！」路遙理直氣壯地反駁，話一出口突然意識到了什麼，小臉更紅了，「就……輕吟……還有……喘……的……部分……」

聲音愈來愈小，頭也垂得愈來愈低。

林閑眨了眨眼，笑了。

天啊，這個姑娘到底是什麼絕世可愛小寶貝！好想揉好想抱好想親！

林閑春心蕩漾了一會兒，重新看公屏後，才發現彈幕畫風變了，不知道什麼時候從各種沒節操調戲男神的話，變成了……嫂子好。

「閒哥剛才是不是在跟小姐姐說話！」

「閒哥叫嫂子寶寶好酥哦哦哦哦！」

「哇哦哦哦哦好像聽到小姐姐的聲音了！好軟好可愛！」

「嫂子好！小弟來給您請安！」

「所以閒哥是在嫂子旁邊唱〈癢〉嗎！」

「瘋了吧，什麼神仙情趣！！！」

「為毛感覺嫂子好軟萌的感覺，我脫粉一下去萌嫂子～」

林閑：「……」

路遙：「……」

剛才忘了把麥克風移開……再說話了……

「嗯，對，別調戲你們嫂子了，她容易害羞。」林閑輕咳了一聲，一本正經開口道，「然後剛才說要脫粉我轉粉小姐姐的，提醒你們一下，因為她是我的，所以你們還是我的粉哦。」

林閑又和大家聊了一會兒，最後唱了幾首歌就結束了直播。

平常直播結束公屏刷的都是「晚安～」、「閑哥麼麼噠！」、「閑寶快休息呀。」這類溫馨的彈幕，豈料今日畫風突變，公屏往一個自由奔放的康莊大道邁進。

「我怎麼覺得閑哥今天比往常更迫不及待下線呢？」

「肯定是去找小姐姐啦，跟我們玩哪有跟小姐姐好玩啊：」

「晚安閑哥！祝性生活快樂！」

「閑哥不要折騰嫂子到太晚啊！嫂子這麼可愛，我會心疼！」

「性福，美滿，安康。」

路遙咬著唇看完彈幕，她紅著臉半是嫌棄道：「你的粉絲怎麼這麼沒節操……」

林閑聞言，嘿了一聲，笑道：「妳不也是其中一員？」

路遙無言以對，差點忘記自己也是半日閒的迷妹，這些事以前都有她的一份。

「對了。」林閑把麥克風等設施收好後，伸手將路遙撈到自己腿上，極其自然又輕而易舉。

「怎麼了？」

他先蹭了蹭她的鼻尖，再埋到她頸窩，像隻小狗狗一樣貪戀地嗅著她的香氣。

「林閑?」路遙被弄懵了，但看著他一副撒嬌的樣子，便情不自禁地抬手揉了揉他的短髮。

林閑在她頸窩處低低笑著。

「欸。」路遙推了推他，「又在想什麼有的沒的?」

林閑把臉微微抬起，將嘴脣貼到她的耳畔，輕輕吹了一口氣。

路遙感覺身子軟了大半。

林閑又笑，揉著笑意的聲音響在耳邊，再加上吐息繚繞，酥得她耳根子又燒又燙。

「用耳機聽比較有感覺?」

路遙腦袋近乎空白，她呆滯地點了點頭。

「那麼……還有更有感覺的……」林閑輕輕含住她的耳朵，「有沒有興趣嘗試一下?」

路遙回到宿舍後，整個人心不在焉的。

「我的遙啊，這個在特價，要不要跟我們一起湊免運?」韓曉霧和程貝貝湊在一起滑手機，她轉頭向路遙喊了一聲，「我記得妳之前說想吃這家的抹茶千層?」

韓曉霧等了五分鐘不見她回，又問道：「怎麼樣?想吃什麼?」

「什麼?」路遙宛如大夢初醒，側頭看向她，「妳剛才說什麼?」

韓曉霧這才發現她眼神茫然，明顯和她不在一個頻率。

「我剛才問妳要不要一起訂森森家的甜點。」韓曉霧湊到她面前，「算了，先別管那個，我總覺得妳從林閑家回來就不對勁。」

「有嗎?」路遙眨了眨眼，一雙杏眼映著燈光，看起來特別無辜。

「妳平常這時候不是應該在看什麼睡前詩集或寫手帳嗎？再不然就是滑手機，刷刷妳古風圈什麼的嘛。結果妳洗完澡到現在過了半個多小時，妳知道妳在幹麼嗎？」

「幹……麼？」

「發呆！」韓曉霧翻了個白眼，「妳坐在書桌前發了半小時的呆！」

「哎？真的嗎？」路遙驚訝。

這時候程貝貝也跑過來，一臉不懷好意：「路路，是不是在男神家的時候發生了什麼？」

路遙沒回答，耳根漸漸浮起的淺紅卻出賣了她。

「喲喲喲！快快從實招來！」程貝貝興沖沖地道。

「是不是開車了？」韓曉霧眼裡盡是狡黠，「怎麼樣？林閑活好不好？」

「怎麼不說話？不會是不行吧？」

「林閑空有那副好皮囊有什麼用？體力不好就輸了啊。」

室友腦子裡都是某不可描述之事，該如何從她們手中逃脫？在線等，挺急的。

路遙再三強調自己和林閑什麼也沒發生，好不容易才逃離韓曉霧和程貝貝的逼問，她立刻爬上床戴起耳機，照例刷了一下動態，版上有七成都是在說半日閒和小姐姐的事，雖然大家不知道小姐姐就是她，但她還是覺得害臊，便匆匆下線。

她邊看顧念之剛更新的文，邊聽半日閒的歌，心情放鬆，差不多追完今天更新的份就可以睡了。

豈料看到一半，聊天軟體的通知突然跳了出來。

她點進去，原來是林閑給她傳了語音訊息。

路遙小臉一熱，想到方才他貼在她耳畔，半誘惑半認真地調戲她，她就有些不敢點進那則語音訊息。

在林閑說完「有沒有興趣嘗試一下」後，路遙腦內「轟」的一聲，大腦宣告斷線，被那微微壓低的慵懶嗓音撩到差點爆體而亡。

她「唔」了一聲，抬手環住他的脖頸，整張臉埋到他的肩窩，不肯抬起頭來。

林閑見調戲成功，心情好到想去操場跑個十圈。

路遙耳朵泛紅，被他含住的那一處更是紅豔欲滴，再加上她整個人攤在他身上，他感覺體內某處像是被挑起了火。

路遙的耳垂好軟，嘴唇也好軟，全身上下都是軟的，就像一隻雪白的小奶貓，差點把他的心萌化成水。

他壓下那些心浮氣躁，笑著道：「我開玩笑的呢。」見路遙無動於衷，他又道：「當然妳想嘗試，我也是可以勉爲其難地滿足——噢！」

「妳」字尚未落下，就被脖子上她一口咬住的痛感給住了嘴。

「閉嘴啦！」路遙瞪他一眼，從他身上跳下，把自己的東西收拾好便要走了。

林閑把路遙送回宿舍後，回到家就先洗了個澡。

他看著鏡中脖頸上清晰的牙印，忍不住嘖了一聲，接著勾起一抹笑意。

洗完澡後，林閑拿起手機錄了一段歌，隨手便發給了路遙。

路遙在內心糾結了千萬遍後，還是沒能抵擋好奇心，點進了語音訊息。

然後她覺得，耳機買太好，也是一種罪過……

一點開聽到歌曲的前奏時就覺得不太妙，果不其然，不負眾望的，接下來便是一陣嬌喘……

路遙「啊」一聲，整張臉埋到枕頭裡。

耳機裡的喘息還在繼續，一聲聲短促的氣音捲刮著耳梢，帶著微微禁慾的小性感，勾連出絲絲誘惑。

「引誘誰去摘下禁果，甜蜜滋味偷咬一口……」

「停下來，已經快停不下來……」

「別掩飾讓人意亂情迷的smile……」

尾音拉得長，往上飄了一會兒，帶著稍稍的顫音，與習慣性咬字的氣聲融在一起，聽著特別銷魂。間奏的地方也沒放過，是一連串的輕吟和喘息，時而輕時而重，時而短促時而綿長……

在伴奏收尾的地方，加上了一段笑聲，輕輕淺淺，像是禁錮了許久終於得到釋放的解脫，也像風流無邊的浪子淺笑著獲得了滿足……

「脫下白襯衫，最後的紐扣解開它，快感get從此不顧一切，還在猶豫什麼darling……」

第二段有一節是類似說唱的念白，那醉人的嗓音壓沉了聲線，氣聲處更顯迷離，伴著打點清晰的伴奏，彷彿有些迫不及待的渴求。最後的笑腔更是邪氣十足，直勾得人酥骨銷魂，不知今夕何夕。

「將不安的情緒碾至粉末，抹上你胸口印上最鮮豔的紅……」

「拋棄所有，只想擁有此刻……」

路遙也不知道自己是怎麼把整首歌聽完的，邊聽腦子裡還不斷勾勒出一些不可描述的畫面，感覺體內憋著的一團火正瘋狂地燃燒……

路遙坐起身，心中顫巍巍的，臉上染著紅暈，宛若枝頭桃花嫣然盛放。

韓曉霧這時正好爬上床，看到她面色通紅，隨口問道：「妳的臉怎麼這麼紅？」

「沒、沒事……」路遙有些語無倫次，「就是……有、有些熱……」

韓曉霧奇怪，心想冬天哪裡來的熱，卻也沒繼續問下去。

「呼……」路遙鬆了口氣，好一陣子才冷靜下來。

這時某人正好傳了訊息過來。

林閑：寶寶，喜歡嗎？

路遙已讀，暫時不想理他。

林閑見她不回他，又傳了語音過來。

路遙點進一聽，內容與文字訊息一模一樣，把她好不容易整頓完的心情輕易挑亂。

「寶寶，喜歡嗎？」聲音有意還是無意地壓低，幾分慵懶幾分溫柔，還蘊著幾不可察的笑意。

路遙快哭了，可以不要這樣折騰她嗎……

路遙：這麼晚了唱什麼威風堂堂！

林閑：不是說用耳機聽很有感覺？加碼再贈送一首啊。

路遙：唱一首癢還不夠嗎？威風堂堂什麼的……

林閑：癢是唱給大家聽的，威風堂堂……

他打了一半就不打了，又傳了個語音訊息過來。

「只唱給妳聽呀……」是低沉中揉著性感，漫不經心處摻著認真。

路遙感覺快失血過多而亡……我死了你就沒女朋友了，確定還唱？

時節流轉，學期已過了大半，眨眼入夏。

五月，梔子花開了，路遙的一篇散文被選爲優質文章刊登在文學雜誌上，林閑跟著研究生做的項目被評爲金獎。

兩人校區不同，大多時候都各忙各的，偶爾下課後才約出來吃飯。

路遙是系上營隊籌備組的一員，距離暑假剩一個多月，股員們都忙得腳不沾地。

不知道是這屆大一的股員素質普遍低落，或是心不在焉，教學企劃刪刪改改。她身爲課程股股長，協助學弟妹腦力激盪，也退回他們交上來的教案幾次，來來回回，索性和另一位股長依他們的基礎構想改寫，因此這段時間常常熬夜。

今天要去幫林白上課。

昨天又是一夜無眠，只在早八前睡了兩小時左右，路遙眼皮很重。

她收拾好東西，正好林閑打了電話來，問她要不要一起去林家。

她「嗯」了聲，走出房門時遇到回來的韓曉霧，見她滿面倦容，韓曉霧心疼地抱抱她。

路遙扯了扯脣角，回抱她。

走到宿舍樓下，便見對面的梧桐樹下，林閑倚在摩托車旁，看著她笑。

夏夜的清風撫過他髮梢，把額前的碎髮吹得微亂。

路遙心下一暖，知道他一定是早就到了這邊，才打電話給她的。

也沒想過如果她臨時有事不能跟他提早回家怎麼辦。

林閑看著好幾天沒見的小女朋友眼下一圈浮黑，心疼得不得了，彎身親了親她的眼角，幫她戴上安全帽。

「少熬夜，身體要顧。」語氣半責備半寵溺，他把她的手拉到腰前，「抓好了。」

路遙靠著他的背，卻悄悄紅了眼眶。

這些日子壓力太大了，要兼顧課業和營隊的籌備，還有林白家教的備課，偏偏股員問題多，她累積了不少重擔。

但她又責任心極重，凡事都要盡善盡美，一絲輕率也不允許。

既然都要做了，為什麼不把它做到最好呢？

這樣的心態給她加上不少壓力，又不想讓家裡和朋友擔心，便也不向他們抱怨什麼。

方才韓曉霧一抱，再加上林閑的溫暖舉動，她覺得療癒了一些，像是有了支撐一般。

畢竟誰不是被生活壓榨著呢？熬過去就雨過天晴了。

路遙把眼角的酸澀壓下，抱著身前人的手緊了緊。

夏日的晚風揉著暖意，盈盈淺淺，拂了兩人半身清煦。

到了明河社區，第一個見到的卻是顧清晨。

看著從林家隔壁房走出來的男人，路遙乖巧地打招呼：「顧教授好。」

顧清晨頷首，淡淡地看了路遙一眼。

「女朋友？」聲音像在冰河深處的碎石裡砥礪了一遍，三分低啞七分寒。

林閑攬住路遙，笑道：「我都有主了，哥你什麼時候才要交女朋友？」

顧清晨睇了睇眼，毫無感情地扯開脣角。

「再拖下去就要變成大齡剩男嘍！」林閑朝他走遠的背影喊，「那天我還聽老莊跟明姨在討論要讓你去相親哦──」

路遙看著顧清晨漸漸隱沒在夜色裡的身影，突然想到了她家那位閨蜜，也不知道追顧教授追得怎麼樣了……

進門前，她拍了拍自己的雙頰，好讓氣色看起來精神些。

「莊姨。」路遙抿嘴笑道。

「路路啊，吃飯沒？」莊甯招呼道，「上星期沒來，小白可想妳了。」

這時林白正好經過玄關，見到路遙後小眼神都是光，他驚喜道：「路姐姐！」

路遙揉了揉他的頭髮，笑得溫柔：「我也想小白呢。」

「欸。」林閑倚在門框懶懶地道，「我還是不是你們的兒子、哥哥啊？怎麼一看到路遙就一個勁地湊上去，把我放在哪裡？」

莊甯斜了他一眼：「你有路路可愛？」

林閑搖頭，他沒法反駁，在他眼裡路遙就是世界第一可愛。

「有路路貼心？」

林閑想了一下，正要回應，只聞母親一聲「沒有」。

莊甯擺擺手，「這就對了，別指望路路在的時候，我還會多看你一眼。」

林閑無言以對。

路遙憋著笑，在莊甯和林白看不到的地方勾了勾林閑的小指。

林閑一瞬間晃了眼，趁其他兩人在廚房的空檔，捧起她的臉親了一口。

本來只想嘗個甜頭，豈料貼上那柔軟的脣後便像被下了蠱，愈發捨不得離開那甘甜。

幾番廝磨，直到聽聞耳邊一聲輕咳。

路遙像是受驚的小貓，整個人縮到他懷裡，死都不肯抬頭。

林閑往聲源一看，尷尬了。

「克制點啊。」莊甯板著臉，「我和小白還在呢。」然後又眨了眨眼，表情愉悅：「什麼時候把路路拐走的？我都不知道。」

「兩、兩個多月前……」林閑臉皮厚，尷尬了幾秒又恢復平常漫不經心的模樣，他勾了勾脣，「是不是特別開心？妳兒子把妳喜歡的女孩拿下了。」

莊甯「嘿」了一聲：「我只是在想，路路她什麼都好，怎麼看男人眼光不太好呢？」

林閑：「……」

♪

T大一隅的小池塘，新荷彷彿昨日初綻，南風伴著細碎的光陰吹呀吹，碧波微漾間，眨眼已殘瘦。

路遙在圖書館裡做中文營課程最後的彙整，再過幾天就是營隊了，工作已到收尾階段。

身旁是窗戶，她喜歡靠窗的位子，那種陽光隔著玻璃輕輕鋪在身上的暖融，一股子的慵懶和煦。

路遙拿起電腦旁的《葉珊詩集》隨意翻著，不知是被玻璃稀釋掉灼熱的陽光顯得過分懶洋洋，還是無意間在等著什麼，她有些心不在焉。

詩集翻了大半，越翻越沒耐心，當指尖觸到尾頁的邊緣時，手機屏幕亮了，來電顯示是熟悉不過的名字，心中懸宕的感覺瞬間消失。

她走到室外，接起電話，男生好聽的聲音傳入耳裡，像是捻了一縷夏末的黃昏，帶著微微的散漫。

「等一下要去錄新歌，想不想參觀？」

路遙垂著的眼簾一掀，眸子裡閃著光，「好。」

「那我手邊事忙完就去接妳。」林閑敲鍵盤的聲音零零碎碎的，「讓我猜猜，這幾天是不是都窩在圖書館了？昨天睡了幾小時？」

「六、六小時。」

「嗯？」一個上揚的音節，辨不出情緒。

「……四小時。」路遙喪著臉，終究不敢謊報軍情。

林閑嘆了口氣：「暑假期間只睡四小時，身體會搞壞……」

路遙頓時乖巧安分如被長官整治完的小兵：「我答應你，營隊結束後我就先睡個三天三夜。」她又補充：「沒做到我就不能去找你。」

林閑應了一聲：「眞乖。」

掛完電話後，他才突然意識到哪兒怪怪的。

不對啊，如果她沒做到的話就不能見他，最後先憋不住的肯定是他，這豈不是變相在懲罰他？

晚上兩人先去吃了飯，才到錄音室。

這間錄音室是孟成光家裡開的，孟成光有個堂姐和朋友合資開了間音樂工作室，林閑只要有錄歌需要，都會來租借錄音室，順便凹孟成光的親友價。

孟成光的堂姐叫孟盈，租借次數多了，彼此也熟了。

「喲，林閑啊。」孟盈留著跟路遙一樣短的眉上劉海，後邊的頭髮卻剪得比一些男孩子還要乾淨俐落，「給你用B房，江煙他們幾個已經在裡面等了。」

「好！」林閑打了個響指，「盈盈姐，妳的頭髮怎麼越剪越短啊？沒看到妳的臉我都要以爲是哪個新來的帥氣boy了。」

「怎麼樣？好看吧？」孟盈笑，眼尾蕩出一絲痞氣，又看向安靜的路遙，「女朋友？不快點給我介紹介紹。」

「妳好，我是路遙。」路遙嘴角抿著靦腆的笑。

「路遙知馬力那個路遙。」林閑補充，「路路，這是孟盈，孟成光他堂姐。孟成光還記得？」

路遙點點頭，是上次在MIRAGE遇到的他朋友。只要是關於他的，她都能馬上記起來。

「眞可愛。」孟盈笑嘻嘻，「快進去吧，江煙從剛才就一直念你呢。」

林閑牽著路遙到B房，象徵性地敲了敲門，「嘿」一聲引得裡頭幾個人往門的方向看去。

「閒哥不行啊，別仗著自己長得好看就遲到哦。」一個深褐色中長髮的妹子喊道，眼睛大大的，髮尾內彎，格外俏皮可愛。

林閑望了一眼牆上的時鐘，翻了個白眼：「我準時呢，是你們太早來了。」

這時坐在地上的男子彎了彎脣，他梳著一綹小馬尾，目光越向他身後：「畢竟我們沒有對象可以一起共進甜蜜晚餐呢，單身狗只能早早工作嘍。」

鋼琴彈到一半的江煙聞言也收了手，往門口看去：「哎？路遙怎麼也來了？」

「哦哦哦！這就是路遙小姐姐嗎！」中長髮妹子聞言後興奮道，「閒哥快介紹一下！」

「久聞不如一見。」坐在地上的小馬尾也起身，整了整衣著後朝路遙笑道，「路路好啊，我是何蕭。」

「我是限限，我是限限！路路還記得我嗎？」中長髮妹子跳起來，三步併兩步到了路遙面前，咧嘴笑得燦爛，「路路感覺好文靜啊，怎麼會被閒哥騙走了呢？」

「欸！講話注意點啊。」

限限沒理他，又道：「妳說！是不是閒哥威逼利誘脅迫妳跟了他！儘管告訴我，我幫妳打擊報復！」

「那個……」路遙有些不好意思地笑了，「其實我是他的粉絲……來著。」

限限漂亮的大眼眨了眨：「啊？」

「是真的。」江煙的聲音悠悠傳來，「不是路人粉，是真愛狂熱粉，每天都在喊要嫁給他的那種。」

路遙偷偷覷了林閑一眼，只見後者似笑非笑地望著她，她耳朵一熱，警告地看了江煙一眼：「江煙。」

江煙對她吐了吐舌頭，一臉得意。

「好了好了，來錄歌吧。」林閑拍拍手。

何蕭在T市工作，限限則是T市人，聽到林閑今天要錄歌，便一起來了。前者負責這次歌曲伴奏中的笛子，而後者單純就是來旁觀的。

江煙身為作曲者，自然也在現場。

路遙第一次到錄音室，看什麼都稀奇，江煙遞給她一個耳機，示意她戴上。

路遙看著林閑站在麥克風前，調了調高度再戴上耳機，身姿清俊，舉手投足間仍帶著慣有的漫不經心。

「路遙。」他的聲音響在耳畔，宛如酒釀的夜色，低沉綿醇。

路遙隔著玻璃板看向他。

林閑嘴邊漾出一抹弧度，那笑意漫漶至眼底，淌著浮光像是早晨天邊溢出的第一抔曦色。

「聽好了。」

錄音室的燈是黃光，橙黃色鋪在身上，像是替他鍍上了一層金邊。脣瓣翕合，眉目間藏著暖意。

「舊時月色，算幾番照我，梅邊吹笛……」

熟悉的音色微沉著響在耳邊，不急不緩，低慢地鋪開曲中意境。

有別於往常午後日曬般的慵懶，此時的聲線彷佛融入了些許清雋，是夜裡引觴微醺後的漫不經心，醇厚的酒液析合著懶散，釀出了三分清冷月色。

「江國，正寂寂。」

驟沉的嗓音溫厚，聲線似是浸入那摻著月光的酒色裡，寂靜的江南水鄉處，氤氳了大半寒瑟飄離。

「嘆寄與路遙，夜雪初積……」

醉人的歌聲仍潤著耳，路遙心下一動，看著林閑的目光更顯綿柔。

「長記曾攜手處，千樹壓、西湖寒碧。」

「又片片、吹盡也，幾時見得。」

尾音在脣齒間碾磨了一陣，吐息時迷離了煙塵。

路遙凝視著林閑，眼神卻像是越過他，望進了他身後的星辰大海。

直到耳機裡傳來一聲輕咳，路遙才如夢初醒，將目光重新聚焦在隔了一層玻璃板的林閑身上。

「好聽嗎？」

路遙點點頭，嘴角牽起時眼尾也順勢彎下，笑得溫婉。

林閑也笑，眼裡淌著明亮而溫暖的碎光，路遙彷彿看見剛才看到的他身後的星河，在一瞬間聚攏於那雙眼眸中，熠熠生輝。

江煙朝他揮揮手，示意他出來。

她把自己頭上的耳機拿下來，遞給他：「你聽聽看，我覺得挺好的，難得可以一遍過。如果你覺得沒有什麼大問題，基本上就按這版了，後期再修一下就好了。」

林閑聽歌的時候，路遙扯了扯江煙的衣袖：「爲什麼突然想幫這闋詞重新譜曲啊？」

江煙聞言先是淺淺一笑，眼底透著那麼點意味深長：「林閑有一天突然拿這闋詞來問我能不能替它譜曲，我想說他怎麼突然有閒情逸致去看宋詞了，不過我也沒嘗試過古詩詞的譜曲，覺得新鮮就答應了，這首沒意外就是春日游下個月首發的新歌。」

路遙看著林閑認眞聽錄音的側臉，嘴邊的笑怎麼壓都壓不住。

彷彿有人捧來一罈蜜釀，將她整顆心泡入那醇甜中，甜得發脹。

在林閑唱出第一句的時候，她就覺得這歌詞有些耳熟，聽了一陣子，才想起這是南宋詞人姜夔的〈暗香．舊時月色〉。江煙重新替它譜上曲，用現今流行的音樂模式，給古典詩詞賦予了新生命。

路遙以前讀過這闋詞，詞人在詠梅的同時寄託了回憶，在過去與現在中往返搖曳，意境空靈清虛，想念戚然綿長。

那句「嘆寄與路遙」，是詞人看著那片片落梅沾雪，想要折一枝梅寄託情意，可嘆路途遙遠，那相思只能消融於雪水中，終究無法傳達給心上人知道。

本意是傷感而淒情的，帶著冬日的冷色調，字裡行間盡是惆悵。

可當林閑唱出這句時，路遙看著那神情專注的臉，他眼底似是有脈脈溫情輾轉，隔著一川煙草浪跡，在孤寒的白雪中不動聲色地漫成一池淺碧溫柔。

她聽懂了他掩藏在歌曲間的涵義，小心翼翼而不露痕跡。

嘆寄與路遙……

寄與路遙……

路遙……

不同於詞人因路途遙遠而寄於無果的相思，他想表達的很簡單、很明確，卻大概只有她能知曉。

寄與路遙……如同字面上淺白而直觀的意思，路遙明白，他想要的是——

把情思寄與她。藉著一首歌的時間，讓那些真情切意化在曲調詞行裡，他唱給她聽，隱晦卻又清晰。

他啊，要把自己的滿腔情意，透過這首重新譜曲的宋詞，寄託給她。

落梅寂無聲，染雪送芳情。

林閑極具巧思地顛覆了原作的意義，在成功傳達出自己的情意時，彷彿也替那位在雪中賞梅低嘆的詞人，圓了他的遺憾……

路遙想，這樣的他，她如何能不愛？

她坐在一旁看著四人討論歌曲，心下像是飄了一朵朵白雲，軟綿綿的。

內心的情緒太過豐盈，感覺此刻不說什麼渾身都不對勁，她索性摸出手機打開社群軟體。

一鼓作氣打了一長串字，重頭看了一遍又刪得徹底，反覆刪改後，只將那些玲瓏心事化成一行早已鏤刻在心上的句子。

路遙知我意：浮生一曲繁華夢，惟願偷得半日閒。

她知道在這個年紀說未來太過脆弱而不切實際，然而此時唯一的感受如此清晰不可忽略。想和他細數未來的光陰，想勾勒他與她的餘生漫漫，想一直這麼走下去，共賞過眼風光。

浮生大夢一場，紅塵陌路上，幸而有你相伴。

世事紛沓，若能夠與你共度那半日之閒，便是一生的幸運了……

「路遙。」林閑突然出聲，向她招了招手，「走了。」

路遙壓下眼角的酸澀，走到他身邊時主動把手放到他的掌心中。

林閑頗意外地看了她一眼，見小姑娘面色淡然自若，他眼底笑意漸深。握緊她手的同時，另一隻手捏了捏她的鼻尖，惹得她小臉皺成一團。

「欸！這裡還有三個單身狗呢，能不能出去再秀恩愛？」限限眼尖地注意到兩人的動靜，捏著嗓子陰陽怪氣地道。

江煙突然想到剛才那首詞裡面有「路遙」兩個字，身爲林閑從小玩到大的玩伴，該有的默契還是有，對他的心思也摸了個大半。

她翻了個白眼，自言自語：「我居然還寫歌幫他討小女友開心？瘋了吧眞是……」

請叫她最佳感情催化劑，比二氧化錳還厲害的那種。

第五章　流年換渡共撐篙

中文營前陣子終於結束，路遙好不容易從高壓中解脫，身心得以放鬆，回到N市的家享受了一段清閒時光。

暑假過了大半，眨眼已近尾聲，江煙問路遙要不要一起去旅遊，路遙答應了，想說在暑假結束前，用一個活動為這個夏天畫上句點也挺好。

這件事被林閑知道後，他一邊嚷嚷著「江煙，我們十幾年的交情，妳拋棄我良心不痛嗎」，一邊賣萌打滾再哽咽著「路遙，妳棄自家男友不管」，最後成功蹭上兩個女孩的小旅行。

三人討論規劃了一下，最後決定去K市兩天一夜。

K市傍海，有一片海水浴場，夏天去正好合適。最近那有一處經都市計劃後打造成的文創園區，有些特色市集，附近還有夜市，能逛的地方不少，行程豐富。

出發前一天，江煙旁敲側擊地問了許復會不會去，過了很久，林閑回丟了兩個字：他懶。

江煙覺得自己問話前的心理建設，問話時的小心翼翼，問話後的悵然遺憾，彷彿沾上了許復二字，便是徒勞。

夏天的夜色總是絢爛，星子綴得一片黑幕豐盈起來，點點星光伴著一流月華鋪開天際。

有人揣著失落入睡，有人興奮得睡不著。

路遙翻來覆去，想到明天要跟林閑、江煙出去玩，她就像隔天要戶外教學的小學生一樣興奮。和自己喜歡的人們一起玩，總是令人充滿期待。

因路遙住在N市，林閑和江煙都在T市，最後決定直接在K市的火車站碰面。

三人會合後，研究了接下來的路線，正要動身時，突然林閑越過江煙看向她身後，驚訝道：「許復？」

江煙茫然地轉過身，看到那穿白襯衫戴黑框眼睛的標配後，差點嚇死。

不是說好不來的嗎？

林閑抽了抽嘴角：「你怎麼來了？不是說沒空？」

許復面色沉靜，一點都沒有自打臉的尷尬，他揚了揚掛在脖子上的單眼，淡然道：「分給你的時間的確沒空，但對於攝影取素材，那大大有空。」

林閑：「……」好，您就繼續裝逼吧。

半晌，江煙微垂著眼簾，語氣清淡：「走吧。」

一行人先去飯店放行李，減輕行囊負擔後，接著動身前往海水浴場。

路遙和江煙勾著手走在前面，林閑看著她們的身影，對許復說：「其實你來了也好。」

許復順著他的目光看過去，最後視線定在把長髮紮成丸子頭的女生身上。

「爲什麼？」他看著江煙的明媚模樣，心裡清楚，但還是鬼使神差地問出口。

林閑瞥了他一眼，笑得歡快：「這樣我才不用一個人睡雙人房啊！」

許復：「……」突然好想再開一間房自己睡哦，反正他什麼沒有，錢最多呢！

到了海水浴場，江煙把外衣一脫，露出裡頭穿的煙藍色比基尼，襯得肌膚白如凝脂。

她不吝於展露好身材，一米六八的身高比例堪稱完美，前有料後有翹，腰細腿長，羨煞旁人。

江煙拎了一件罩衫套在身上，兼顧造型同時也防曬，接著戴上墨鏡，氣場全開。

路遙沒穿泳衣，只穿了簡單的T恤和短褲，頭上戴著一頂草帽遮陽，拉著江煙就往海的方向跑。

路遙不常穿短褲，平常都穿直筒褲或寬褲，林閑難得見她穿一次，被那白皙的腿給迷了眼。

待林閑回過神後，發現兩個女孩早已跑遠，再看看許復：「不去玩？」

「我拍照就好。」許復靠在躺椅上，陽傘下的陰影遮了他大半眉眼。

林閑不置可否，將身上的T恤脫掉後，踩著夾腳拖往路遙和江煙的方向走。

路遙和江煙撈水互潑，誰也不讓誰，突然看到不遠處走過來的林閑，一個閃神便被潑了滿臉。

「看誰呢？」江煙促狹道，「能有我好看？」

林閑走過來正好聽到這句，順口接道：「我家路遙可比妳好看多了。」

江煙朝他翻了個白眼，隨即「嘖」了一聲，上下打量他：「喲，前陣子不是才說吃多了，現在馬上就練出線條了？」

林閑「切」了一聲：「拜託，我是誰，練回來只是幾分鐘的事。」

路遙第一次看到裸著上半身的林閑，耳根暈著紅，眼神不知該放哪兒，有些無所適從。

下午的海水浴場人多，陽光半熾烈半溫和，海水被光線照得閃閃發亮。周遭人聲嘈雜，幾個女孩看到了林閑，在一旁竊竊私語著。

江煙瞇了瞇眼，慵懶地伸了懶腰：「我去喝口水遮個陽啊，你們兩個慢慢玩。」

路遙臉上浮紅，林閑覺得可愛，捏了捏她的臉頰。

「你男朋友被旁邊幾個女生覬覦呢，不宣示一下主權？」他在她耳邊低聲道。

其實路遙也聽到了，心裡咕噥，覬覦別的男人也不會小聲點……但誰讓她交了一個顏值逆天的男友呢？

「宣示什麼主權啊……」路遙的聲音細如蚊吶。

林閑勾著脣，聲音越沉：「那我幫妳宣示一下。」

旁邊的女孩們，最後推出了一個綁著兩串辮子的出來。辮子女孩紅著臉瞪了身後的朋友們一眼，怯生生又期待地向前走了幾步，正想要開口說什麼，話語卻突然卡在喉嚨中。

她準備搭訕的高顏値小哥哥，正一把攬住原先離他幾步遠的女生，兩人身體貼近，小哥哥彎脣笑得酥人。

她看著那笑容愣了愣，轉身回到朋友旁邊，一臉哀怨……

林閑一隻手攬著路遙的腰，一隻手撩起她的瀏海，薄脣一印，輕輕地在她額上落下一個吻。

路遙被親得一懵，愣了半晌後癟了癟嘴：「大庭廣衆……低調點啊。」

「要不然妳親回來？」林閑挑眉，一副任妳爲所欲爲的模樣。

以爲我不敢呀……

路遙腹誹著，墊起腳尖在他下巴上親了親。

「喀擦」一聲，路遙慌忙轉過頭，就見許復拿著單眼對著他們，江煙站在他旁邊，好整以暇地吸著手中的冰汽水。

「哎？」路遙意識到什麼，慌忙地要去抓許復手中的相機。

江煙在一旁涼涼道：「那一臺好幾萬。」

路遙的手僵在半空中。

林閑把路遙拉回來，對好友打了個響指：「年度最佳取景，回頭傳給我啊。」

許復挑了挑眉，笑得沒心沒肺：「看你表現。」

「許復許復，刪掉吧刪掉吧刪掉吧！」某人樂著呢，路遙卻急了。

江煙說風涼話信手拈來，「嘖嘖嘖，看不出路遙這麼主動啊，難得攻了一次。」

「江煙妳閉嘴啦。」路遙瞪了她一眼，又瞪了罪魁禍首林閑一眼，繼續向許復勸說，「刪吧拜託，許復……」

「寶寶妳別費力了，許復有個毛病，拍過的照片都不刪，因爲他覺得自己拍的照片都是神仙作品。」

江煙聞言，樂了。

「嘿，那許復你拍我呀！」她跳到許復面前瞎擺了幾個pose，騷氣十足。

許復面無表情地舉起單眼，對著她按下快門。

可能是沒料到他會眞的拍，江煙當場石化了。

路遙也有些意外，看著揣著相機雲淡風輕走掉的許復，心裡想了又想，沒摸出半點頭緒。

「許復的心一般人看不透，連我跟他處了這麼久，也沒有自信掌握。」林閑看她這樣，笑了，「他們的事情妳就別管了吧，總會有結果的。」

晚上幾個人去逛了夜市。

「路遙路遙，想不想吃臭豆腐?」

「哦哦哦!這個生煎包超好吃，來，啊——」

「親愛的，聽說這家黑糖粉圓很有名，要不要喝?」

林閑看江煙拉著路遙到處竄，再看看身旁面無表情吸珍珠的許復，他心情突然有點複雜。趁著江煙在排隊，走到路遙身邊。

「很好吃?」林閑看她戳著紙袋裡的地瓜球，挑了挑眉。

「還不錯。」路遙戳了一顆送進口中，「要不要吃?」

林閑賤兮兮地笑道：「妳餵我就吃。」

「哦，那就別吃了吧。」路遙冷酷地道，作勢要去江煙旁邊。

「哎哎哎，別這樣，我要吃！」林閑趕忙拉住她，「怎麼捨得讓我家路路操勞呢？我自己吃，絕對沒問題。」

路遙被他逗笑，索性戳了一顆遞到他嘴邊。

「怎麼樣？」

「還行。」林閑嚼了嚼，忽地眼尾一勾，笑著看向她，「沒妳好吃。」

路遙露出招牌冷漠臉。講的好像你吃過一樣……

夜市逛完後一行人回到飯店，許復淡淡地說了一聲「晚安」就進房間，林閑站在門口，看著路遙進到房裡，小眼神百般不願。

今天的路路都被江煙承包了啊啊啊，江煙妳這傢伙，兄弟的女人也敢碰！

江煙感受到了他的怨氣，關上門前衝他得意一笑。

承包了怎麼樣？我晚上還要跟你女人睡呢！

林閑想把江煙叉出去餵狗。

看著那扇門毫不留情地關上，他拿出手機點開社群軟體，在發文欄打字：今日份的閒兒有小情緒了QQ

正要按發布的時候，突然眼前的門開了。

「哎，你還在。」路遙抿著脣靦腆一笑，「太好了。」

林閑眼睛一亮：「怎麼了？」

「沒什麼，就想說跟你說個晚安……」路遙摸摸鼻子，眼簾微垂，聲音愈發微弱。

她旋身關門，轉回來的時候不小心絆倒了腳，踉蹌了幾步，最後摔向林閑。

林閑扶著她的腰穩住她身子，眉眼彎彎，笑意裡揉著邪氣：「喲，這麼急著投懷送抱啦？」

路遙從他懷裡抬起頭，瞪了他一眼，小眼神溼漉漉的，不僅沒有威脅到，反倒讓林閑心下軟了大半。

他把她壓進懷裡，嗓音沉沉：「讓我抱一下。」

路遙抬手圈住他的腰，臉埋在他胸前，隱約間似乎聽到了心口跳動的頻率。

走道裡沒人，空氣中的每個分子都裹著靜謐。

不知道過了多久，林閑放開她，吻了吻她的嘴角。動作輕柔如棉絮，路遙神思一晃，只見他離開她的唇，嘴邊掛著好看的弧度。

林閑揉了揉她的短髮，眼底漫著溫柔。

「快去休息吧，晚安。」

路遙睡前滑了一次手機，就見浮生半日閒發了一條動態。

內容是一張海邊的圖，海水在陽光下泛著波光，湛藍色一路綿延到海平線，與天空漸漸融爲一體。

配圖文字很簡單，就四個字：歲月靜好。

路遙看出來那是白天去的海水浴場，她淺淺笑了，點讚轉發。

路遙知我意：有你一切都安好。

林閑看到她這則轉發後，嘴邊的弧度怎麼壓都壓不平，惹得許復用一臉關愛智障的表情問他：

「顏面神經失調了？需不需要幫你找醫生？」

林閑不在意好友的鄙視。他家路路都主動來找他了，他還能有什麼小情緒！

次日，路遙被一陣敲門聲吵醒。

她半睜著眼起身，見身旁沒人，想到江煙有晨跑的習慣，昨天就先說了她今天早上會去跑步，不用等她吃早餐。

路遙看了一眼時間，這才早上八點半呢，這麼早有何貴幹呀……

她心下奇怪，揣著一點被吵醒的起床氣，順了順被睡亂的頭髮，起身去開門。

豈料吵醒她的竟是自家男友，路遙見林閑站在門前，懵了一下。

在看到他那張眉眼帶笑的俊臉時，她一瞬間就沒了脾氣。

她暗罵了自己一聲沒出息。

「還沒醒？」

路遙掀了掀眼皮，睡意沉重：「你這麼早來幹什麼呢……」

她有認床的毛病，昨天到了三點多才睡著，現在真的是想睡得不得了。

「原本想找妳去吃早餐的。」林閑掃了一眼室內，「江煙不在？」

「她去晨跑了……」路遙意識漸漸被睡意侵占，她直接扎進他懷裡，抱著他的腰含糊道，「我還想睡呢，早餐你自己去吃……」

林閑一把將她抱起，在那聲「抓好了」中，他托起她的臀，而她順勢環住他的脖頸，兩條腿夾住他的腰。

林閑把路遙抱到床上，替她掖了掖被角，在她額上落下一個吻：「睡吧。」

然而路遙卻抓住他的手不放，身子往旁邊挪了挪，半瞇著眼軟軟道：「陪我睡一下。」

林閑有些意外，心想小姑娘黏人勁兒上來了，撒起嬌來也沒在害羞。

路遙難得主動一回，林閑哪有拒絕的道理，他從善如流地爬上床，大手一攬把她揣進懷裡。

路遙縮在他懷裡覺得特別有安全感，嘴角微翹，在他胸口蹭了蹭，然後安然進入夢鄉。

林閑見她這模樣，心下像是陷入一團棉花，軟綿綿的。

林閑盯著路遙久了，慢慢的也有睡意襲來，他抱著她的手臂緊了緊，闔眼小憩。

窗簾是拉開的，室內也漸漸染上了早晨的顏色，陽光輕盈地覆上兩人的身軀，靜悄悄鋪開一室暖融。

路遙醒來後已將近中午。

「嘖嘖嘖，偷渡男人進來，寶貝妳很可以啊。」江煙靠在小沙發上滑手機，見路遙起身，眼神往她身上飄了飄，又把目光定在她身旁的林閑身上。

林閑淺眠，一聽到動靜便醒了。

「江煙啊。」他眨了眨眼睛，把未消的睡意掩在深處，瞇著眼笑了笑，格外自然地道，「早啊。」

江煙：「……」

路遙跳下床，耳根子微紅著跑去坐在江煙旁邊。

「別別別生氣，我還是愛妳的！」

江煙看著她特別誠懇的模樣，把笑聲憋在喉嚨裡，板起臉：「所以？」

「所以我愛妳！」

林閑聞言後挑了挑眉：「路遙，妳在妳男人面前說愛別人，膽子很大呀。」

江煙斜了他一眼，學他挑眉看她：「路遙妳眞是個多情種，這萬花叢中過的呀，對得起良心嗎？」

他倆一搭一唱的，路遙想洗白也洗不清，生無可戀地走進浴室：「你們慢慢玩，我自閉了。」

等路遙進去後，江煙「噗呲」一聲笑了出來：「你怎麼找了一個這麼可愛的女朋友？」

林閑好心情地勾了勾嘴角，往門口走去：「這就是我跟妳不一樣的地方。」

江煙抄起一旁的靠枕砸了過去。

林閑輕鬆側身，靠枕直直往門板上飛去。

豈料此時門突然打開，依慣性定律行動的靠枕順勢就……砸到了來人的臉上。

「你們——」靠枕從許復臉上滑下來，他閉眼緩了下情緒，微笑，「午餐要吃什麼？」

江煙和林閑看到來人後，很有默契地愣住了，尤其江煙更是石化了一般，久久不能反應過來。

許復把鼻梁上被打歪的眼鏡扶正，眼神掃過尷尬指數突破天際的江煙，再看向正一臉看好戲的林閑，他繼續微笑，重複了一次：「午餐要吃什麼？」

剛才他敲門沒人應，發現門沒鎖便逕自打開，誰知道一打開門就是一個東西朝他臉上飛來。

江煙覺得此時自己就是「尷尬」二字的代言人，她看著許復微彎的脣顫了顫身子，那微笑著實笑得她心底發寒，瞬間就怕了：「那個……你們決定就好，我、我去一下廁所……」

林閑笑得沒心沒肺，格外好心地提醒道：「路遙在浴室裡哦。」

江煙放在浴室門把上的手一抖，看著他微笑：「眞是謝謝你哦。」

林閑學她不眞誠的微笑：「不謝。」

路遙這時正好梳洗完畢從浴室出來，江煙看到她彷彿見到救星從天而降，捧著她的臉飛快地親了一口，彎身竄進浴室。

路遙還搞不清楚狀況，露出困惑的表情。

吃完午餐後，大家便動身前往文創園區。

正好今天有市集，路遙對這種文創小物很有興趣，這個攤位看看，那個攤位瞅瞅，小眼神中盡是喜悅。

走著走著許復便消失了，可能對市集沒什麼興致，去別處拍攝取景了。

路遙停在一個攤位前，正糾結要買哪一卷紙膠帶。

「我有個辦法。」林閑眉眼處綴著陽光，笑得慵懶，「妳買那個紅的。」

「那藍的呢？」路遙蹙了蹙眉，她的毛病之一就是選擇障礙，「藍的也很好看。」

「我還沒說完呢。」林閑看著她，眼底的笑意摻著幾分狡黠，「妳親我一下，我買藍的送妳。」

路遙：「……」

「要不然妳讓我親一下，我買藍的給妳？」

她看著他賤兮兮的笑容，淡定地道：「感謝您精闢的見解，可以滾了。」

攤位的小姐姐表示自己猝不及防被塞了一大口狗糧。

江煙在一旁等路遙，索性拿出手機開始自拍，拍完後想到似乎很久沒有更新動態了，於是隨便挑了一張發上去。

此江煙非彼江淹：和朋友們到K市溜達，文創園區美美噠。@路遙知我意@浮生半日閒〔圖片〕

布丁好好吃：失蹤人口終於回歸、、

落花流水皆無意：江爺終於記起自己的帳密了啊〔doge〕

珊珊33：我早上才去的文創園區……命運就這樣讓我們擦肩而過〔淚〕
藍藍想吃草莓雪糕：自拍正面無碼好評〔喵喵〕
夕陽無限好：江爺什麼時候有新作品呀？
及川徹我可以嗑一輩子：哇哦哦哦閒哥也在嗎！
乳酪蛋糕：路遙小姐姐上輩子是拯救銀河系了嗎？我也想跟男神女神出遊！
黑研絕世愛情：果然神仙的朋友也是神仙，上次那首的文案我超喜歡呀，表白路遙小姐姐〔比心〕

結束文創園區的行程，一行人便各自回去了。

路遙回到家後，疲勞感湧上來，這兩天玩得太開心，幾乎把疲累的感覺丟得老遠。

她把行李大致收一收就去洗澡了，洗完澡後躺在床上滑手機，打算刷完動態就睡。

路遙漫不經心地滑，在腦袋裡把在K市的時光複習了一遍，最後想到自己乾脆把兩卷紙膠帶都買下來，某人還是趁她不注意時親了親她的嘴角，惹得江煙翻了個白眼。

窗外月色正好，她無聲地笑了起來。

笑完後正好滑到江煙今天發的貼文，她隨手點進評論區圍觀了一番。

豈料這一看，路遙睡意盡失。

♪

最近「半日間的女朋友」這個話題在圈子中掀起了一波熱度。

半日閒有女友這件事，粉絲們也知道一段時間了，就是半日閒本人除了剛追到小姐姐時的那一場直播，之後從未在任何平臺撒過狗糧，也沒有曝過女友任何資訊或是他們如何在一起……所以粉絲們也不知道究竟拿下自家男神的神祕小姐姐是何許人也，一切可謂是十分低調。

直到江煙發了那張照片。

那張江煙在文創園區的自拍，標註了浮生半日閒和路遙知我意。

有眼尖的粉絲發現那張照片除了江煙本人，還拍到了一男一女站在攤位前挑商品，男生側頭看著女生，兩人的手緊緊牽著。

想要一隻貓：大家有沒有覺得後面的小哥哥長得很像閒哥？

以這條評論爲起點，大家開始蓋樓，抽絲剝繭，多日來探尋的眞相逐漸浮現。

君不見T市閒哥天上來：臥槽那就是半日閒啊，跟那天漫展不同的只有衣服！

春花秋月何時了：快看閒哥那個小眼神！我酥了！！！

虛晃：啊啊啊啊實力羨慕旁邊那位小姐姐了1551。

科基的小屁屁：那個手！居然是牽著的！

岩及快去結婚吧：所以旁邊那個是閒嫂嗎〔doge〕

天長地久金茶蛋：等等等等，所以閒嫂就是路遙知我意？

昨夜星辰恰似你：樓上真相啊，江爺除了閒哥和路遙小姐姐就沒有標記其他人了。

兔赤一生推：我去，我才剛來就撞上這掉馬甲的大事？

冬瓜檸檬加珍珠：路遙知我意不是閒哥的粉絲之一嗎？

喬少娶我：回樓上，路遙知我意和江爺關係也很好的，可以去兩人的主頁看看～

於是路遙知我意是半日閒女朋友的事在粉絲中渲染開來，逐漸擴散至整個圈子。

如果是半日閒的老粉，肯定知道路遙知我意這號人物。半日閒貼文底下總是能看到她的評論，一開始這支帳號和任何一支帳號一樣，都是半日閒無數迷妹中的一個，留的言往往沉寂在茫茫粉絲的評論大海中，沒有脫穎而出。

然而有一天，路遙知我意的評論突然被翻牌了。

一次、三次、五次……最後變成只要這支帳號有留言，半日閒就會回覆。

那陣子春日游剛好發新歌，文案便是路遙知我意寫的，大家以爲這個人只是迷妹勝利組的代表，幸運能與男神合作，甚至成爲了朋友，所以並沒有想太多。

這件事受到短暫地討論後，便消亡在網路的無垠資訊中。

直到現下，他們的事遭粉絲扒出來，突然之前發生的所有事情都有了理由去支持。

其實粉絲們主要關注的點不是自家男神女友是誰這件事，他們最有興趣的是，路遙知我意原本是半日閒的迷妹，除了一個小小的合作之外，怎麼突然就成了他的女朋友了？

路遙對於自己的身分被發現感到很心慌。

江煙注意到這件事時便馬上刪了那條貼文，卻不能避免有網友儲存了那張自拍，以及截取評論樓的圖。

江煙對路遙很抱歉，她知道她低調慣了，突然成了大家茶餘飯後的談資，被別人指點的壓力在一瞬間傾壓而下，那感覺不是普通的無所適從。

路遙其實不怎麼怪江煙，雖說這件事的確是因她而引起的，但她本質是無意的，並且也在第一時間進行了處理。

悠悠之口無法杜絕，何況是在這個資訊流通的時代。

她知道大家只是純粹八卦，沒有其他意思。如果換作是她站在他們的立場，肯定也是這樣的。

但是突然就赤裸裸地曝光在大眾面前，像是被剝光了衣服丟到大太陽底下，那熾熱燒灼得她體無完膚。她不像林閑或江煙已經算是半個公眾人物，那種不適應感以及對他人想法的在意，像枝蔓一般纏上她的身軀，慢慢收緊，而她在這種束縛中漸漸地動彈不得，造成了不小的心理壓力。

甚至她已經收到幾個人的私訊騷擾，或謾罵或威脅，不堪入目的字詞撞入眼簾，像是高速子彈一般，在心底炸成了一個血窟窿。

儘管告訴自己不要去看網上的評論，但依舊沒能阻止自己點進社群軟體的手。

她馬上就爲自己的手賤後悔了。有人去翻了她以前那篇「論男神如何變成自己的男朋友 :)」的動態紀錄。

6666：如何變?走後門唄 :)

xswl：果然有關係就是不一樣啊，男神都能變成男朋友了、:

言下之意就是因爲她認識江煙，便有意透過江煙去勾搭半日閒，最後成功上位。

路遙盯著轉發，不做任何回應。

與其說是盯著，不如說是沒有意識地聚焦在一個點上。她的眼神空洞，像是森林深處的幽潭，看不清掩在一片死寂之下的是什麼，只有沉沉的冰冷煙氣瀰漫。
不知道過了多久，她把目光移開，同時掐掉手機屏幕。
幹。
心底像是堵了一團浸水的棉花，脹塞得難受，想要把那堵塞之物取出，卻又不知何處是突破口。時間一久，棉花吸了更多的水分，體積愈加膨大，於是心下的空間愈發逼仄，堵得她幾欲窒息。
她煩躁地爬上床，想用睡眠逃避一下現實，然而事總與願違，一閉上眼想到的就是那些偏激粉絲的惡意騷擾，怎麼樣也不能安心入睡。
那梗在胸口處的穢氣不知何時會平息，一如網上那些紛紛擾擾的流言，不知何處是個盡頭。
就在再一個輪迴的數羊後，手機鈴聲突然一響，她蹙著眉起身，拿起被她丟在遠方眼不見為淨的手機，看了看來電通知。
是林閑。
「路遙。」他的嗓音透過手機傳到耳裡，沒來由的便讓她浮躁的心境沉穩了一些，「還好嗎？」
她搖了搖頭，搖完才想到他看不到，又低低地道：「不好。」
只要在他面前，她下意識地就會放下所有的心理壓力，坦誠面對自己真實的情緒，從不掩飾和逞強。
「網上那些，都看到了？」
「嗯。」
「別胡思亂想，好好睡個覺，醒來就沒事了。」林閑話語溫和，看著電腦屏幕的眼睛卻是蓄著冷意，在看到某些評論時，眉宇幾不可察地一皺。

「我睡不著。」路遙在他掛電話之前喊住他，「陪我……說些話。」

林閑指尖一頓，在安慰女友以及處理事情兩者之間權衡了一下，最後選擇了路遙。反正不差這點時間，哄小姑娘要緊。

「寶寶。」林閑換了一隻手拿電話，身體往後一靠，姿態漫不經心，語氣倒是認真，「妳說，我聽著。」

窗外夜色濃重，小姑娘輕薄的嗓音響在耳邊，彷彿隨時會被外頭深重的黑給吞噬掉。

「收到了一些訊息，說我和你不配。」

「他們說我是靠關係上位的婊子。」

「爲什麼這個世界充滿著惡意呢？大家難道都可以對一個素未謀面的人具有強烈的敵意嗎？」

「你那麼好……那麼好……」

「好悶。」

「壓力很大，明明知道不要去看可以省點兒心，但還是忍不住去關注。」

「我是不是……眞的像他們所說的，配不上你啊……」

他聽出了她語氣間的壓抑，被抑制住的哽咽卡在喉嚨裡，不上不下的位置一如她現下的處境，進不了、退不得。

她的聲音逐漸消融在沉重的夜色裡，話筒對邊是一陣沉默。他知道她沒有哭。

「路遙。」林閑安靜地聽她自個兒講了一陣後，終於開口，「聽好了。」

「首先我是林閑，其次才是半日閒。」他的嗓音打破沉默，清冽如碎冰擲入虛空，逼得她從逐漸陷落的負面情緒中回過神，「半日閒只是網路上披的一層皮，妳知道的，皮是可以剝掉再生的，所以只要我樂意，隨時可以把這個身分丟掉。」

他從她方才的語無倫次中聽出來了。

原來她潛意識裡一直認爲自己配不上他，可能連她自己都沒發現。

或許是粉絲心理作祟，覺得他是半日閒、是愛豆，於是在無意識的情況下把自己放低，又把他捧高，漸漸的差距越來越大，而她越來越沒自信。

「還有，我知道叫妳不要在意別人的想法是不可能的，沒有一個人可以對自己的惡意評論完全淡然處之，除非麻木，除非看透紅塵。然而這兩者也是在歷經了無數傷痕與瘡疤後，漸漸形成的自我防禦機制。」路遙聽他說話，他的聲音是那樣的溫潤，像是山間的細流緩緩淌過心澗，流動間帶走了那些刺痛肌膚的碎石砂礫，「雖然不能做到不在意，但妳可以適時的篩選過濾。所以，不要只看到那些不支持的評論，想想別的，還是有很多人祝福我們，記得之前來我家聽直播時的彈幕嗎？還有說要脫粉我轉粉妳的呢。」

「更何況，我們的關係從來不需要他人的支持與否，我愛喜歡誰就喜歡誰。」他頓了頓，似是輕笑了，「妳要知道，從來都只有妳……能定義我們之間的關係。」

路遙心下一顫。

彷彿早春的花苞怒放前的那一下輕顫，是一瞬間的能量蓄積，而後盛大綻放。

「路遙的男朋友……這個身分，我可是費盡千辛萬苦才得到妳首肯的啊……」

首肯、首肯。他語氣虔誠得不可思議。

路遙走到窗邊，聽著聽著，突然想掬一捧窗緣摻落的月光，看看是它溫柔，還是耳邊說著話的那個人溫柔。

「所以快去睡吧，醒來就沒事了。」

「有我在呢。」

夜闌人靜，社群平臺上卻不平靜。

至少有關注浮生半日閒的都不怎麼平靜。

浮生半日閒：經過這兩天沸沸揚揚的流言，想必大家也知道了，對，她是我的女朋友。

我們是在現實中認識的，她一開始甚至不知道我就是半日閒，一步步走來都是建立在三次元的生活上。另外，那些酸民差不多可以閉嘴了，要說在三次元中的先後順序，她認識我還早於江煙呢，什麼靠江煙走後門認識我的，你們把江煙那傢伙想得太高大上了；如果硬要說我們在二次元中有什麼關係，那就是她早就在三年前透過網路認識我，而我在三年後遇見她並喜歡上她，為了討她歡心，在她不知道的情況下花式翻她牌子。

是的，就是這麼任性且黑箱，如果看不慣想脫粉的請儘快，江湖再見慢走不送。還有，我喜歡的女人，我愛怎麼寵就怎麼寵，我就是每一眼都覺得我們上天入地找不到比對方更合適的人了。我和她之間的事你們管不著！

最後，她低調慣了，有自己的生活節奏，希望大家不要太打擾她，這裡有個盛世美顏半日閒可以關注呢，再不濟還有隔壁棚的江煙啊。

祝大家平安喜樂幸福美滿啊，這世上這麼多美好的事，多去看看，不要糾結於這種無關己要的小事上。

明天發新歌呀〔給你小心心〕@路遙知我意

大家在看到這條貼文後直接炸開了鍋，不到五分鐘底下評論已經破百則。

天天浪天天笑：有的人就是只會透過敲鍵盤尋求存在感，這種人直接忽視就好。
今天開哥發歌了嗎：拍拍開哥，拍拍路遙小姐姐，祝福你們呀〔鮮花〕
想要一隻貓：開哥不喜歡大家過問三次元的事，大家不要騷擾呀～
雲破月：我去，我愛怎麼寵就怎麼寵那句，整個霸氣測漏哎唷喂〔害羞〕
弱水三千：老夫的少女心啊……
乳酪蛋糕：盛世美顏還不發照，差評。
及川徹我可以嗑一輩子：希望你們兩個都能好好的呀～
春風得意馬蹄疾：那盛世美顏半日開什麼時候會露臉直播呀，每天都期待著呢。
開哥的小老婆：祝黑子們大便大不出來，出門被狗追，發票永遠不會中獎:)

林閑發完文就晃去廚房，最後倒了一杯牛奶回來，看到爆掉的訊息通知，再看了看現在的時間。
三點多，大家都不用睡覺的嗎？

♪

路遙一覺睡到中午。
她揿了揿迷濛的眼，就著從窗外渡進來的日光打開手機。
十二點多了。

她一向是早睡早起的，若不是昨天失眠，怎麼可能睡到這麼晚。

對呀，她失眠了。意識到這件事後，她想了想昨天究竟是怎麼睡著的，初醒的腦子混沌，只記得睡前一顆心柔軟得不像話，心口處是與清冷月色不同的暖燙。

路遙梳洗完後去廚房簡單燙了一碗麵當作午餐，一邊吭著冰箱裡最後一瓶養樂多，一邊登入社群平臺。

動態的第一則就是浮生半日閒，看到篇幅這麼大的貼文，路遙回憶了一下，這好像是半日閒發布過最長的一條動態了。

是的，只要是關於他的，都像嵌進了身上的每個細胞，她總能記得一清二楚。

路遙讀完那條動態後，放下手機，對著眼前的麵發了一會兒呆。

碗裡的麵是扁麵，她沒什麼特別的感覺，林閑倒是喜歡這種麵勝過其他麵種。

她想起來了，昨天就是給他哄睡著的。

是眞的，睡醒來就沒事了呢。

剛才看完貼文後也看了底下的評論，很多都是祝福的話語，雖然不可避免的有幾條負面評論，但路遙只淡淡地掃了過去，心如止水。

他說了，他剛入圈時也會這樣，過於在意別人的看法，常常因爲一些抨擊他唱歌難聽的評論而難過，到最後壓力愈來愈大，有一陣子還忘記當初喜歡這個圈子的初心，甚至討厭起唱歌。

但後來發現，那些惡意攻擊只是很小很小的部分，世界上還是有很多美好的事，一路上妝點著生活，在陽光底下閃閃發亮。那些惡意詆毀的評價，只是漫長生命中的一粒沙塵，轉瞬卽逝。

所以沒必要爲了一粒無關緊要的沙塵，而錯過能激起萬千浪花的礁石。

吃完麵後，路遙又看了一次那則貼文，怎麼看怎麼心生歡喜。

心下像是有一座小山丘，長年的碧草如茵，卻等待著漫山遍野都是盛開花朵的那一天。

當那段話印上心底之時，便是錦繡華裳飾以小丘之際。花瓣與軟莖隨風輕輕搖曳，在空氣中勾連出絲絲芳香，每一口呼吸似乎都染上了好聞的味道，甘甜中漫著清爽。

路遙洗完碗後便窩進沙發裡，她揀起旁邊小木桌上的散文集，戴上耳機，隨意翻看。

然而不到半小時，她又覺得坐不住了。

餘光掃到書裡的少女背著書包行走在堤岸，少年嚷嚷著追上她，而後兩人並肩走進夕陽的餘暉中。

路遙心下一動，她知道是哪裡不對勁了。

她拿起手機，一通電話撥過去，林閑清朗好聽的聲線響在耳畔：「怎麼了？」

那個人不在。堤岸的少女身邊有少年，但她身邊沒有他。

「沒事。」她抿了抿嘴，眼底蘊著淺淺的光，頰上有勝過千言萬語的斜紅暈染，「就是……想你了。」

♪

時光一寸一寸挪，又是大半時日過去，二十一歲的年華，與往常無異，但突然間又格外沉重。

可能離畢業只剩一年多，好像在這一年，每個人都有了改變。

有的是一路尋覓走來，終於探尋到人生方向；有的是本來就有遙遠的目標，而腳下踩的步伐愈加嚴實。

連一些遊手好閒蹺課成癮的同學，都一改往日散漫作風，有了心之所向。

路遙已經在著手準備考研究所的事。

「寶寶。」林閑手中拿著一杯熱牛奶走到她身邊，「休息一下。」

路遙翻著書頁，就著他遞到嘴邊的馬克杯，喝了一口牛奶，眼神仍盯在書紙上。熱呼呼的飲料滑入食道，在胃裡蓄了一層暖。

「別看了，那密密麻麻的字有什麼好看的？」林閑捧著她的雙頰，輕輕掰過她的頭，強迫她面向自己，「有我好看？」

「沒。」路遙學他捧起他的雙頰，拇指觸在脣角，輕輕地摩挲著，「你最好看。」

林閑眨了眨眼，似是有些不敢置信，他瞥了一眼桌上翻開的書：「這書寫了什麼？回頭也讓我看看……七十億人都震驚！千年流傳的古老祕術，讓你的傲嬌小女友變得坦誠相待！」

誰來把這個招搖撞騙的江湖騙子帶走……

「誰傲嬌了。」路遙喝了一口熱牛奶，光影打在她臉上，睫毛下鋪了一層陰影，「大家好像在一夕之間都找到自己的方向了。林閑，你的心之所向是什麼？」

林閑看她眼下的睫毛影子看得微微出神，好半晌才明白過來她這是在問他的未來打算。

林閑神色微動，眼底似是有什麼一閃而過，他垂了垂眼簾，掩住深處的那一抹漣漪。

見路遙目光停在書頁上，他穩了穩心神，又換回一貫漫不經心的神情。

路遙沒聽到他的回答，側首看向他。

「心之所向？」林閑瞇了瞇眼，笑意掛在眼尾，幾分慵懶幾分認真，「是真不知道還是假不知道？不會是要騙我說好聽話吧？」

路遙還沒來得及送他一個白眼，只見林閑傾身在她眉心印上一個吻。

「我的心之所向，是妳啊。」

「路路。」象徵性的敲了幾聲，門便打開了，只見莊甯探出身子，「這麼晚了，不回家嗎？」

「她今天睡這裡。」沒等路遙表示，林閑便笑嘻嘻地回道。

路遙耳根泛紅，突然有一種自己是個被訓導主任抓到的早戀少女既視感。

「好啊。」莊甯提著兩碗紅豆湯進到房裡，「正好給你們買了宵夜，好好照顧人家啊。路路需要什麼儘管說，不用顧忌，大閑給你當狗用。」

眞的不是他第一次懷疑了，其實他是爸媽半路撿來的便宜兒子吧。

「我很開明的，不過別太大聲啊，要是鄰居來敲門就尷尬了，還有雖然明天放假，但也不要玩太晚啊。」莊甯臨走前又補充了一句，「那個要記得戴，敢讓路路受委屈，小心我打死你。」

路遙耳根徹底紅了，林閑覷了她一眼，瞇著眼故作感嘆：「就喜歡老莊的開明爽快！」

路遙揪著他的手臂肉擰了擰，痛得他齜牙咧嘴。

兩人吃完紅豆湯後，路遙就去洗澡了。

林閑閒來無事便坐到書桌前看她的書，書上便籤貼得多，有些是重點，有些是單純深得她心的句子。

他聽著浴室傳來的水聲，漸漸地有些心猿意馬。

突然一聲「哐噹」打斷了思緒，林閑連忙起身：「寶寶，還好嗎？」

裡頭默了一下，然後是一陣手忙腳亂收拾東西的聲音傳來，路遙的聲音夾雜在其中，有些心虛：「沒事。」

五分鐘後路遙出來了，林閑連忙把她全身看得到的地方都檢查了遍，見沒有什麼磕到碰到的地方，他鬆了一口氣。

然而這口氣還沒鬆完，他突然想到以她的性子，有什麼事一定不會主動說出來。

「從實招來。」

見他臉色微沉，路遙不敢隱瞞：「剛剛不小心滑倒了。」

「撞到哪裡沒有？」

「……肩膀。」路遙弱弱地道，「撞到洗手檯了。」

「我看看。」林閑去拿醫藥箱，見她正襟危坐不敢造次的模樣，有些失笑。

他輕輕拉開她的衣領，小姑娘的肩膀白皙圓潤，肌膚細膩如凝脂。他面無波瀾，直到看到在一片白中的那一抹紅，臉色才稍微變了變。

「破皮了。」林閑蹙了蹙眉，幫她消了毒，「還流血了。」

路遙全程安靜如雞。

「我不問是不是就不會說了？」藥膏抹上去冰冰涼涼的，卻不及他語氣中的寒意，「這樣放下去，傷口感染？蜂窩性組織炎？截肢？敗血症？」

「沒沒沒沒那麼嚴重！」路遙很少見他板著臉，緊張到連說話都不利索。

林閑淡淡地睨了她一眼，繼續給她處理傷口。

傷口處理完後，路遙見他面色仍然不善，主動挨到他身邊。

「我錯了。」她勾了勾他的小指。

某人不答。

「我錯了。」她鑽到他懷裡，蹭了蹭。

某人依舊不答。

「我錯了！」她在他嘴上飛快地親了一口。

某人被哄得很開心，終於滿意了。

他扣起她的下巴，加深了這個吻。

隔天早上路遙醒得早，卻發現身旁是空的。

她覺得奇怪，林閑的生理時鐘大概比她晚了一小時，怎麼今天還比她早起來。

路遙賴在床上不想起來，晨光慵懶，連帶著整個人都軟綿綿使不上力。

躺著躺著，她的思緒便止不住地往昨晚飄。

昨天林閑是眞安分，他表面上浪歸浪，對於事情卻是看得透澈，分寸拿捏得剛剛好，不緊不慢，於兩人都沒有壓力。

路遙覺得挺好，跟著他的腳步走，一切順其自然。

她喜歡他把自己抱進懷裡時的安全感，喜歡他輕輕柔柔的吻，喜歡他恰到好處的節奏，喜歡他適時而來的體貼；也喜歡他慵懶欲醉的嗓音，喜歡他偶爾的精分，喜歡他漫不經心的笑；還喜歡挨著他什麼也不做，兩人待在一起默默地把時間走慢。

那不叫虛度光陰，只要有他在，虛度這個詞便不成立。

每分每秒都是充盈。

路遙任由自己把林閑全身上下誇了個遍，意遙神馳間淺淺地笑了起來。

「笑什麼呢，寶寶？」某人的聲音突然傳來，掐斷了路遙的思緒，「我猜猜，不會是做夢夢到我，然後開心得無法自拔吧？」

「夢到你那是惡夢吧……」路遙嘀咕了一陣，又看向他，「你怎麼這麼早起來？」

「哦……」林閑頓了一下，隨即笑了笑，那一眼瞥得意味深長，「夜長夢多，擾人心懷。」

路遙：「……」

「對了，問妳個事。」林閑狀似無意地坐在床沿，神情揣得正經，「我昨天翻妳的書看到的。」

「問。」路遙大手一揮，准了。

「那句叫什麼……」林閑裝模作樣地偏頭，眉頭輕蹙著，貌似眞的很認眞在想，「衣帶漸寬……」

「衣帶漸寬終不悔？」

「對，就那個，衣帶漸寬終不悔。」林閑恍然大悟般拍了拍手，隨後眉眼彎彎笑起來，「考考妳，知道這句是什麼意思嗎？」

「怎麼會不知道？」路遙一臉「你太小看我」的表情，認眞地跟他解釋，「這是宋代詞人柳永的名句，下一句是『爲伊消得人憔悴』。這句大意是在說爲了心愛的人，縱然被相思折磨得日漸消瘦、滿身憔悴，詞人也在所不惜。」

講完後她感嘆道：「柳七他眞的很浪漫啊……」

「不。」林閑一個字打斷她文藝少女的多愁善感，一聲嘆息悠長宛轉，「寶寶啊，妳一個中文系小才女居然也有理解錯誤的時候。」

路遙看著他一臉懵逼：「什麼？」

林閑嘴角勾起一絲笑，那笑意怎麼看怎麼邪魅狂狷，他抬手解了襯衫最上方的兩顆釦子，身子慢慢地傾向她。

「它的意思是……爲了妳要我脫衣獻身，我也不會後悔。」

林閑傾身而下的臉近在咫尺，路遙原先想懟他的話，不知怎麼的在看到那雙閃著狡黠的眼睛時，盡數卡在喉嚨中。

他的瞳色偏淺，一旦染上光線，那是分外澄澈明淨。清澈到她在那雙眼瞳中……只能看見自己。

或許是今天的晨光特別醉人，或許是檐上的鳥囀格外纏綿，也不知是誰先起了頭，床褥的摺痕在曦色下愈顯凌亂。

林閑從她的眼角緩緩地吻，沿著眉心、鼻梁、嘴唇、下巴，一路吻到鎖骨。小姑娘的鎖骨精緻，他看得愛不釋手，那吻不自覺便重了些，惹得路遙輕輕一顫。

在鎖骨處逡巡了一陣，他慢慢往下，抬手解了她衣領處的兩粒釦子，鎖骨以下的大片肌膚便露了出來。細細密密的吻如雨點般落下，輕極細極，不敢也不欲粗重，似是對待一件稀世珍寶，虔誠的神情讓人心下軟成雲泥。

吻到了胸前那隘道的入口時，他卻沒有繼續往下。小姑娘白皙的肌膚已染上了淺粉，還有幾處吻得用力後留下的紅痕，林閑眸色似是深了一層，轉而向上尋到嘴唇。

陽光在窗櫺處磨著轉著，他的唇在兩瓣殷紅處磨著轉著。

是一貫的溫柔如水，如春雨潤物無聲般，在她的唇上漾開一泓春水。

林閑原是側坐在床緣，不知何時卻已上了床，耳鬢廝磨間將她壓了個嚴實。

路遙被吻得心神俱顫，軟綿綿的觸感似是在雲端漫步，每一腳都是虛軟，輕飄飄似的。

他的手按在她的腰側，輕輕地用指腹摩挲著，一圈又一圈，緩慢而規律。

嘴上的力道或輕或重地捻著，時而親時而舔，時而吮時而咬。漸漸的那力是下得愈來愈大，路遙被吻得七葷八素，看著他的眼神迷茫又無措，柔軟卻堅定。

林閑神思一晃，嘴上是愈發狠了，路遙吃痛的「啊」了一聲，他便趁著張嘴這縫隙，舌尖撬開她的牙關，長驅而入。

兩舌交纏，那撫在腰上的頻率也快了，每一下似乎都刺激著小姑娘細嫩的肌膚，路遙的眼底像是覆了一層霧，愈發迷濛。

「路遙……」林閑低低地喊了聲，那音色似是被丟進沙石中砥礪了一遍，又沉又啞，然而咬字卻因爲脣齒相依顯得更加迷離，拖長的尾音輕緩勾人。

路遙沉醉在那醺然的嗓音中，彷彿一瞬間被灌了一罈陳年佳釀，醉意纏身無法思考，卻不由自主地去回味那甘醇。

突然林閑用指尖在她腰窩勾了個圈，惹得她渾身一顫，身子情不自禁地蜷起，一聲輕吟欲語還休。

林閑眼底笑意深了幾分，惡趣味般地又勾了一回，只是這次不再隔著布料，指尖探入衣襬，肌膚相觸。

更深的一層酥麻漫至全身，那嚶嚀終是沒忍住，細碎溢出脣間。

路遙臉紅欲滴，而他愛極了她害羞的模樣，林閑含著她的脣瓣，低低地笑了聲。她體溫又燙了幾分，他放開她的脣，輕輕吮住耳垂，惹得她又顫了顫，小手不自覺地攥緊了他腰上的布料，脣線抿得嚴實。

「忍了難過。」林閑笑意更深，他貼著她耳畔沉沉道，「我喜歡聽。」

路遙面皮本就薄，聞言後頰上那紅是愈加豔麗，嘴巴閉得更緊。

他的手本在腰間遊蕩，過了一會兒似是覺得乏味了，指腹輕巧地上滑，在小姑娘細膩的肌膚上徘徊畫圈。漸漸的，那手覆上隆起的弧度，力道是更加溫柔了。

欲擒故縱的挑逗間，路遙的身子幾乎要軟成一攤水。

陽光又透了幾縷進來，鳥囀依舊。

「寶寶。」迷亂間，他低聲道，「幫我。」

路遙的意識在那聲酥人欲醉的「寶寶」中更加渙散，還沒理解過來是要幫他什麼，林閑便抓住她的手，探向布料深處。

在指尖觸到熱意時，路遙像是一瞬間清醒過來，驚得反射性抽手。

林閑卻壓著她的手按得更深，帶著她裹住那熱燙。小姑娘的手掌柔軟滑膩，攜著早春的涼意纏上熾熱，一瞬間的刺激讓他情難自禁地溢出一聲低嘆。

路遙羞得要哭出來，渾身僵硬，緊張得不敢亂動，只能任由他引著自己握住那熱脹，不緊不慢地摩挲起來。

時而快時而慢，時而淺時而深，有薄汗沿著頸項落下，沒入衣裡。林閑攥著床單的手勁隨著速度加快愈來愈大，嘴邊漫出的低音如同小姑娘因緊閉著眼而顫動的睫毛，發著顫，破碎又隱忍。

灼熱在手中翻滾，一寸一寸的脹大。

一聲又一聲的「路遙」從他唇齒間碾出，明明語氣繾綣似軟紅春深，落在房裡卻擲地有聲。路遙覺得腦內像是被點燃了煙火芯子，有煙花炸開。

手中的速度更快了，熱意踩著燃開的煙火碎星衝入天際，來來回回間，那手彷彿不是自己的。

絢爛過後的天空餘熱依舊，遠方似是有流雲伴著晨光飄來，銀浪輾轉間，鳥啼聲高亢。

林閑的唇幾乎要咬出血，隨著那段高昂的鶯聲拔入雲霄，手的律動也在至高點停了下來，釋放的瞬間浪潮滅頂。

那一刻，他只想溺死在她的溫柔鄉中，久久不要醒來……

♪

「我的遙啊。」韓曉霧一看到路遙便遠遠招呼道，三步併兩步到她面前，「妳家林閑好生厲害！」

「說人話。」路遙掀了掀眼皮。好生厲害？以爲自己在演古裝劇嗎？

韓曉霧挽著她的手，「我剛剛在專責導師辦公室啊，聽到有老師說資工系有個項目小組被MIT看中了，說是要邀請他們去交流。」韓曉霧兀自講得歡快，「然後我就聽到林閑的名字，好像是要待至少一學期吧？日期還沒確定就是了，時間多長也不清楚，可能隨時會變動。但是眞的很厲害啊，MIT呢！」

「交換？」路遙一臉懵，「林閑？」

韓曉霧也懵：「妳不知道？林閑沒跟妳說嗎？我剛才聽他們說這是上個月就決定好的事呢。」

路遙細眉一摺，沒有說話。

與韓曉霧分開後，路遙拿出手機要給林閑打電話，然而指尖在撥通鍵上徘徊了一會兒，仍是沒有落下。她轉而點進通訊軟體的頁面，猶豫了一陣，還是敲了字發送。

路遙：你要去交換？

他很快就回了。

林閑：嗯，本想今天晚上吃飯跟妳說的。

路遙：上個月就……知道了嗎？

林閑這次沒回，直接撥了通話過來。

「寶寶。」他的聲音沉沉，似有倦意，「剛才教授把時程定下來了，三週後就飛美國。」

路遙垂了垂眼簾，有碎葉從頰邊掠過。

「那……恭喜你了。」她低聲道，說完似是覺得氣氛莫名尷尬，又扯脣笑了笑，「這個機會很難得的，晚上吃飯時再跟我仔細說吧。」

那天一起吃完晚餐後，林閑整整兩週沒見到路遙。

就算是傻子，這下也該意識到有人是在躲自己了，何況是林閑這種雙商高於標準的人，馬上就注意到了不對勁。

這兩週林閑要約她吃飯或是要去找她，她總是有無數個理由可以拒絕。往常兩三天沒見到就會說一次電話的，這回十幾天過去，她硬是一通電話都沒有打過來。

他收著行李，看了一眼依舊平靜的手機，耐著性子和她磨。

下禮拜才飛美國，還有時間。

又是一個下午過去，林閑瞥了一眼手錶，決定直接到女宿舍樓下堵人。

等了大概半小時，便見兩週沒見的那個身影挽著身旁人的手走了過來。

林閑挑了挑眉，看著倆姑娘經過他身邊，沒有發覺。

「路遙。」他喊了一聲。

被喊的那位腳步一頓，聽到這熟悉到要刻進骨子裡的聲音時，挽著韓曉霧的手下意識地緊了緊。

「林閑。」她轉身，笑容一貫溫婉，眼底卻難掩心虛。

「一起吃飯嗎?」

「那個，我跟小五要去餐廳和貝貝跟大甜甜會合，今天是貝貝生日，我們要幫她慶祝。」

韓曉霧奇怪地看了她一眼。

「程貝貝上禮拜生日過了。」林閑懶洋洋地道，似笑非笑，「上週妳說妳們在MIRAGE幫她慶生的，記得嗎？」

路遙那雙杏眼兒驀地睜大，半晌用指關節敲了敲自己的頭，訕笑道：「瞧我這記性，今天生日的不是貝貝，是小五……」

韓曉霧看她的眼神更複雜了。

林閑好整以暇，彎了彎唇，眉眼溫和：「我記得韓曉霧是兩週後生日？顧清晨跟我說他……」

韓曉霧聞言眼睛一亮，看了看林閑，又看了看路遙，來來回回瞧了個遍後，睐著眼笑道：「寶貝，我突然想到我有一篇報告還沒交，明天截止要去趕作業先，妳晚餐就和林閑吃吧。」

路遙臉色刷地一片白，攥著韓曉霧的手不放開。

「哎，那份報告占學期成績百分之三十呢，不交我可就完蛋了。」韓曉霧彎著唇掙開她的手，經過林閑旁順手拍了拍他的肩，「兄弟，照顧好路遙啊。還有，你知道的……」

她揚起手中的手機揮了揮。

「這可是他的隱私了。」林閑挑了挑眉，繼續笑，「是驚喜嘛……說出來可就沒意思了。」

韓曉霧聽到「驚喜」二字時，嘴邊的弧度那是越彎越大了，她狀似格外理解地點點頭，然後頭也不回地走了。

路遙：「……」這兩人到底背著她進行多少交易……

見韓曉霧離開了，林閑轉過身看向路遙，依舊是眉眼帶笑：「好了，我們來談談正事？」

路遙頭一次覺得他的笑這麼可怕。

「什、什麼正事……」她就越後退一步，他越靠近一步。

當路遙背後撞到一堵牆的時候，她突然有一種要慷慨就義的錯覺。

雖然她一點都沒有赴義時的慷慨，只有悲壯、悲壯跟悲壯……

林閑見她身後無退路，滿意地笑了。

路遙冷汗涔涔。

林閑一步上前，就當路遙以爲他要做什麼時，只見他大手一攬，將她撈進了懷裡。

「路遙。」林閑抱著她，嗓音似是覆上了夜色的蒼涼，「我很想妳。」

她一瞬間紅了眼眶。

就當路遙欲抬手回抱他時，只見林閑放開她，神色幾乎可以算是和顏，出口的話卻像是咬牙切齒後磨出來的。

「但這並不妨礙我處置妳。」

路遙被林閑帶回小公寓。

許復不在，林閑叫了外賣，等的期間一片安靜，一如方才從女宿到小公寓的過程。

路遙是心虛不敢說話，林閑是故意板著臉要嚇她。

外賣還沒來，林閑首先打破這層沉默。

「路遙，妳演技眞差。」林閑雙手環胸，一雙大長腿蹺著，儼然有不怒自威的氣勢。

路遙覷了他一眼，又心虛地低下頭。

林閑心下嘆了口氣，面上仍繼續板著：「爲什麼躲我？」

「沒……」路遙下意識地要反駁，豈料看到他陰沉的臉色，話在舌尖打了個轉，「沒有沒躲你……」

林閑見她這委屈巴巴的模樣，費了一番功夫才把笑憋在喉嚨裡，他繼續道：「嗯？」

路遙看著他，見那平日澄澈的雙眸中只有一片辨不明的情緒，她沉默許久，終是咬了咬脣：「就是……怕。」

「什麼？」

「怕。」路遙迎上他的目光，「怕失去你。」

林閑一愣，隨卽笑道：「妳在說什麼傻話……我是去美國交流一年，又不是去什麼落後地區征戰。」

「沒傻。」路遙把身子挪得離他近一些，去抓他放在沙發上的手，「我認眞的。」

林閑默了默，明白過來她在擔心什麼。

「一年……變化可以很大的。」路遙把他的手放在腿上把玩，聲音聽起來有抑制後的輕顫。

她知道林閑有對自己未來清楚的規劃，他不只唱歌唱得好，在系上也是數一數二的佼佼者，像他這種人，注定要成爲一個有抱負且站在專業領域頂端的人。

他有他的詩與遠方要去歌詠，也有他的星辰大海要去征伐。

她知道的，她都知道。她只是害怕。

一年聽起來不長不短，可能什麼都不會發生，像往常一般時光順水流，但一年內也可以發生很多事。小則程貝貝和男友分手、甄甜出意外差點兒廢了一條腿，大則南方發生地震多少家戶罹難、某沙漠國家因族群紛爭又發動了幾場暴亂。

當她得知這件事後，爲他欣喜是一定的，但隨後感覺到的是害怕失去他的空虛感。

程貝貝就是因爲遠距離而和男朋友分手的。

她與他將要隔著一個大洋，隔著日夜顚倒的時差，隔著環境完全不同的生活。除了時空的隔閡，像林閑這麼優秀又好看的男人，他或許不會去招惹別人，但並不代表別人不會來招惹他。

說她心胸狹窄也好，說她不明就裡也好，她只是害怕。

但她不想讓他察覺到她的擔憂，不想成爲他的絆腳石，於是只能尋遍理由避而不見。

然而她還來不及將這種心情整理好，兩個禮拜就過去了，林閑就來找她了。

「妳是不是傻……」林閑扯了扯脣角，三分無奈七分寵溺，「我是上個月就知道了，不是不想告訴妳，但因爲還沒完全確認下來，怕妳胡思亂想，就先擱著了。結果還沒想好要怎麼和妳開口，妳就從別人那裡知道了。」

他把路遙按到懷裡，在她髮頂落下一個輕柔的吻。

他知道她一直都是患得患失的。

仔細一想……他確實有錯。心愛的女孩不能從他這裡獲取安全感，的確是身爲一個男友的失敗。

「寶寶。」他的手停在耳畔，替她勾了一縷髮絲到耳後，「記得我之前跟妳說過的嗎？我首先是林閑，其次才是半日閒。同理，我是先認識的路遙，才知道的路遙知我意。」

路遙埋在他懷裡，聽他聲線輕緩，柔中帶韌，彷彿泠泠弦上音，撫過時如玉溫潤，卻是落得滿地鏗鏘。

「所以，不要覺得我遙不可及啊，脫去半日閒的身分，我只是一般的大學生……嗯，比較有才華的大學生。」他一本正經地糾正自己，逗得路遙笑出聲，「粉絲濾鏡差不多可以調輕一些了，不要把我放得太高，也不要把妳自己放得太低，嗯？」

很多感情的疏離，從來都是因爲地位間的不平等，不論是實質上的，還是心理上的。只要有一方自視甚高或是過於自卑，彼此間的隔閡將會越來越大，最後終是形同陌路，覆水難收。

「路遙，你要對我有信心。」林閑又吻了吻她的眉心，鼻尖對著鼻尖，與她平視，「也要對自己有信心。」

路遙漂亮的杏眼中似是蘊了一汪水，光是看著便將他的心軟了大半。

林閑心想：怎麼就這麼沒自信呢……也不看看自己是如何用一個眼神把我擄獲，讓我甘於臣服於妳……

路遙眨了眨眼，他的話像是初春的陽光將冰雪消融，心下鬱結的部分頓時雲開月朗。她點點頭，軟軟道：「好。」

講完似是又覺得沒把握，她格外用力地再點了一次頭，卻因兩人靠得極近而撞上他的額頭。

林閑失笑。

路遙耳根子紅了紅，鑽進他懷裡悶聲道：「我會努力。」

「時空問題不算什麼，別忘了現在通訊這麼發達，想我了還可以視訊。」林閑笑著揉了揉她的髮，「我是去做專題研究的，埋在科研裡都來不及了，哪來的美國時間去跟別人廝混……欸不對，我在美國，過的確實是美國時間……」

路遙又笑。

他溫聲道，滿目柔光：「總之，放千千萬萬個心吧。」

外邊有夜風拂過，撩起了月光，翻倒在窗櫺，與他的聲音交融，化進她心口。

「等我回來，嗯？」

♪

對於路遙來說，林閑在美國的日子，雖然生活又重歸於平淡，卻也落得更多個人的空間。

林閑熱衷於分享他在美國的一日三餐，每次吃飯前都要拍張照傳給路遙，吃完再附上評價，儼然成爲一個美食博主。

兩人在聊天軟體裡面仍是閒話家常，偶爾繃不住了，林閑會打個國際長途過來，路遙一邊說電話費很貴的幹麼不用軟體內建的免費通話，一邊嘴角咧得歡喜。

林閑總是笑嘻嘻地回說這樣才有前幾代的天涯兩隔相思綿長，狠下心砸錢只爲與心上人通話的感覺，網路通訊什麼的太沒溫度。

路遙不置可否，心下卻是遍地開花。

「是你是我粉絲還是我是你粉絲呀？」路遙藉口去洗手間，上課期間躲在廁所外邊講電話，「什麼太久沒聽到我聲音睡不著，下次要聽讓我傳個語音過去就好了，我還在上課呢。」

林閑在大洋彼端懶洋洋地道：「妳可以當我迷妹，我就不能當妳迷弟呀？快點唱首搖籃曲來聽聽，從現在開始我是聲控了，只控妳一人的聲音。」

「都幾歲的人了，唱什麼搖籃曲……」路遙聽他面不改色地天花亂墜，耳根子浮了點紅，眼底卻滿是笑意，「還有，有你這樣對愛豆說話的嗎……」

掛完電話後，路遙見上課時間只餘十分鐘，心下暗道林閑這混蛋又帶壞我，匆匆回到教室。

中午吃飯時路遙收到江煙的訊息，她一看是個重要事，趕緊把最後一塊宮保雞丁塞進嘴裡，邊嚼邊回覆。

江煙：妳那事我覺得滿好，雖然我這隻單身狗看了挺酸爽，不過……嗯。

路遙：！！！

江煙：另外我問了暖夏，她聽完後覺得很感人，說可以免費幫妳做後期。

路遙：江煙不是我在說啊，我是真的愛妳……

江煙：行了行了滾邊去，什麼時候妳也為我寫首歌我再信。

路遙：那您老還是別信了吧 :)

江煙：……

江煙：別忘了妳的半壁江山還掌握在我手中;

路遙：小的知罪，小的自罰掌嘴……

得知心中的計畫有著落後，路遙喜不自勝，連等下要去上的聲韻學都沒那麼討厭了。

♪

路遙已經做好了大半年不能看到林閑的心理準備，卻沒料到再次見面的機會來的比想像中要快得多。

韓曉霧近期要飛美國一趟，說是大堂哥臨時有事不能去找二堂哥，那機票便落在她手上，讓她代替他去找他。

路遙聽說此事後，腦筋一轉，決定蹭上韓曉霧這突如其來的旅程。韓曉霧正愁著沒人陪呢，雖是要代替堂哥辦事，其他時間卻是空閒自由的，於是她樂得拉她一塊兒計劃這趟飛美之旅。

林閑去交流的學校是麻省理工學院，韓曉霧的二堂哥正好住在麻州，兩人目的地一致，敲訂好行程後便要出發了。

去美國的前一天晚上，路遙接到了來自父親的電話。

「爸……」路遙喊了一聲，莫名有種心虛感。
「明天飛美國？」路父的聲音是一如既往的和藹，卻聽不出半點情緒。
「對。」路遙應了一聲，突然有一種小倆口私奔前被抓包的錯覺，雖然她的對象是……現在正抱著薯片追劇舔男人美顏的……韓曉霧。
「嗯，小心點。」雖說路遙這孩子從小到大都是個穩重性子，基本不需要他擔心，但為人父嘛，又是唯一一個寶貝女兒，難免提醒幾句。
「好。」
「到了麻州，也要注意點。」
「……好。」
第一句叮嚀明明可以包含第二句，路父卻硬要拆成兩句講，還把「小心」換成了「注意」，這警告意味甚重，路遙越應越心虛。
路遙有男朋友這事沒瞞著家裡，林閑去美國這事路父路母也是知道的，就是一直以來都極有分寸的路遙突然著急著飛美國，還是在學期中，路父路母不用想都知道她所為何事。
年輕人嘛，偶爾輕狂無妨，權當給美好的年華添色。
然而自家女兒一時衝動，必定是要好好叮囑了，再加上天下父親看女婿一般黑，那語重心長便是更深了一層。
所以第二句的言下之意是，到了麻州見到那大豬蹄子也要悠著點兒啊，不要久沒見就熱情似火一發不可收拾了。
路遙又跟父親聊了幾句，隨後電話被路母接了過去。
「瞧妳爸句句親和底下卻都是警告，真是杞人憂天，我們家路路心眼兒跟個明鏡似的，看男人的眼光肯定好，哪裡需要擔心。」路母笑道，「什麼時候帶回來家裡給我們看看啊？在一起也一年了吧？」

路遙抿著脣淡淡地笑：「等他回來就帶回家給你們審核。」

一旁的韓曉霧見自家閨蜜跟家裡人講話多麼溫馨的模樣，想了想自己有沒有這種待遇，三秒後快速地得出了一個結論——沒有！

她明天就要出遠門了呢，老爸老媽也沒來愛的叮嚀一下，只有堂嫂宋昀希給她發了一堆商品截圖求代購，眞的是寂寞如雪哎喲喂……

韓曉霧啃完一包薯片後，又去撈了一包肉乾，她嘴裡叼著一片肉乾，邊看劇裡喬喻的盛世美顏，憂傷又明媚地想，果然只有美男和零食才是她在這世間的依歸……

♪

美國，麻薩諸塞州。

林閑向送餐過來的服務員道了聲謝，好聽的聲音配上爽朗的笑顏，惹得服務員小哥耳根子紅了紅。

韓洵睨了他一眼，笑道：「怎麼連一個打醬油的男孩子都能被你煞到？」

林閑聳聳肩，半是無奈半是得意：「長了一張男女通吃的臉吧。」

韓洵是林閑來到美國後，除了原先一起來的團隊以外，第一個認識的人。

一個是學物理科學的，一個專業是資訊工程，並且韓洵比他大上了幾歲，卻意外的挺投緣。

韓洵見林閑正拿著手機對面前的餐點調拍攝角度，覺得挺新奇，於是問道：「常常看到的是女孩子會幫食物拍照，怎麼你也熱衷於這個？」

「精緻BOY當然要過精緻生活，食物的沙龍照必不可缺。」林閑調了半天終於調好角度，滿意地按下拍攝鍵，「還要調色發照片，再Hashtag美國、麻州、午餐、MR.SANDWICH、義式煙燻牛肉佛卡夏。」

韓洵：「……」

林閑把照片發給路遙，收工，抬頭看到韓洵想翻白眼卻礙於修養而不能實行的複雜表情，沒忍住笑出了聲。

「哈哈哈哈哈哈哈誰那麼閒有那個工夫去做這種事，我是拍給我女友看的。」

「你名字就一個閑字，閒不閒還真說不準……」韓洵說完卻看到對面的人盯著窗外看，神思明顯不在一個頻率。

「林閑？」韓洵叫了聲，「林閑！」

「哎？哦！」林閑回過神，臉上猶有如夢初醒般的餘韻。

「怎麼了？」

「沒……」林閑訕訕，有些不好意思，「就是看錯了人……」

他剛剛隨意往窗外一瞥，突然看到一個身影從視線邊角掠過，不得不說，看起來還真像他家那個小姑娘……

林閑緩了緩思緒，路遙這時候怎麼可能在這裡！肯定是太久沒親親抱抱路遙了，才會看誰都像她！

「確定沒事？」韓洵看著他神色恍惚，關切地道。

「沒事。」林閑咬了一口三明治，語聲含糊，「真沒事。」

路遙和韓曉霧下飛機後決定先去找家餐廳解決生理需求，再去投奔她的二堂哥。

兩人在街上晃了晃，最後隨便進了一家看著挺窗明几淨的店。

找到位子後，韓曉霧坐沒多久便起身要去洗手間，途中隨意掃了眼餐廳內的大致環境，在看到窗邊的某桌時，突然驚得停住了腳步。

見不遠處有個服務生走過來，手上托盤放的號碼牌和那桌的一樣，韓曉霧靈機一動，上前和服務生說了幾句話，那份餐點便到了她手上。

韓曉霧笑盈盈地走到那桌，抄著一口流利的英語：「先生，這邊爲您送上餐點。」

兩個男人神色專注地談話，沒去注意她的面容。

韓曉霧站著不走，好整以暇。

似是感受到了異常，兩個男人同時看向她……

「小五？」

「韓曉霧？」

見到兩人訝異的神情，韓曉霧笑得張揚：「韓洵哥，給點小費呀。」

「妳怎麼在這兒……」韓洵愣了愣，隨後又想到，「哦對，妳是今天到這裡……」

「我說這世界可真小。」他們坐的是四人桌，韓曉霧很自然地拉了韓洵旁邊的椅子坐下，「哥我和你說啊，你對面那個，是我閨蜜的男朋友。」

「林閑？」韓洵微訝，他正想互相介紹他們認識呢，沒想到兩人早已相熟。

「林閑，這我二堂哥。」韓曉霧笑嘻嘻地道，看兩人驚詫的表情可真有趣。

林閑驚訝，倒沒想到韓洵和韓曉霧有關係，不過也是，這兩人都姓韓呢……這麼一看，眉眼倒是有幾分相似。

「妳一個人來?」林閑問道。

「不,我記得妳說和朋友一起來的,還要借住我家是吧?」韓洵看向韓曉霧,見後者正偷拿他盤裡的薯條吃,他失笑,「這麼急做什麼?有叉子呢。」

「剛下飛機又搭車過來,早餓死了,飛機餐又難吃。」韓曉霧順手接過韓洵遞來的叉子,又戳了一根薯條吃。

「我跟你家寶貝來的。」她看向林閑,見他眼睛一亮,她往斜前方抬了抬下巴,「那邊,就那根柱子後面,我們原本坐那裡。」

林閑道了聲謝,起身去找心心念念的小姑娘。

路遙翻著菜單,心想韓曉霧怎麼去個廁所去這麼久,估摸著要不要自己先點餐的時候,突然身後伸出一隻手,修長的手指點在「義式煙燻牛肉佛卡夏」上。

「這個好吃。」漫不經心的嗓音響在耳畔,是那個熟悉到要刻進骨肉裡的聲線。

路遙嚇了一跳,側身要去看來者時,卻在轉頭的那一刻被銜住了嘴脣。

「想不想我?」林閑含著她的脣悠悠道,聲音裡盡是笑意,「我可想妳了,路遙。」

身邊是熟悉的氣息,路遙一個激靈,眼角悄悄地酸澀。

「林閑……」

三個多月沒見,很想你。

林閑放開她,坐到她的對面。

「你怎麼在這裡……」這兒多大呢,餐廳那是數不勝數,怎麼就這麼剛好同時來到這家餐廳。

「我才想問妳怎麼在這裡呢。」林閑抬手刮了刮她的鼻子,「要來也不說一聲。」

「我這不是要給你驚喜嗎……」路遙嘟囔了一聲，明明是她要給他驚喜的，怎麼這回變成他給她驚喜了呢……

林閑見她面色雖是平靜，眼底卻聚滿了遺憾，他笑了笑，眼角眉梢都是春意。

「是大驚喜了。」林閑道，「我很高興，眞的。」

路遙抿著脣淺淺地笑了，闊別三個多月，看到放在心尖上的那個人依舊安好，心下便舒坦了不少。

「是韓曉霧跟你說我在這的？」

「嗯，她在我那桌。我跟妳說，這世界眞的小，跟我一桌的那個我朋友，居然是韓曉霧的堂哥！」

「這麼巧！」路遙也驚訝。

「他是我來美國第一個交到的朋友，因緣際會認識的，算是學長吧，之前在MIT讀研，去年就拿到學位了。」林閑道，「妳等一下別看他白白淨淨的像個小生，看著跟我們差不多大，人家已經二十七了，讀完研就留在這兒工作了。」

「韓曉霧他們家怎麼都是這種高智商人才？」路遙納悶。

「妳家也有這種牛人啊。」林閑順勢道。

「誰？」

「我啊。」

路遙見他彎著的眉眼裡閃著碎光，她笑嗔：「什麼我家的，沒個正經。」

♪

路遙和韓曉霧在美國的這兩天借住在韓洵家，他的公寓除了主臥外還有一間客房，兩個女孩便一起睡在那兒。

林閑吃完午餐就回去上課了，兩人便跟著韓洵到他家。

因爲時差，再加上飛機上本就不太舒適，韓曉霧吃過午飯後倒頭就睡，路遙起先還矜持著，最後睡意戰勝了無謂的矜持，她也挨著韓曉霧睡下了。

醒來時已經是晚上，路遙打開手機，正好見林閑傳了訊息過來。

林閑：晚餐一起吃？

路遙：好。

林閑：妳等一下，我快到韓洵家樓下了。

路遙手一頓，這傢伙果然是個行動派，肯定早在她回覆前就出發了，也不想想如果她拒絕了怎麼辦。

當然，除非腦門被夾，不然打死她也不會拒絕……

路遙走出房門，見韓洵在替窗檯上的盆栽澆水，她禮貌性地和他點了點頭。

韓洵微笑，那笑就跟他的氣質一樣，乾淨不摻雜質。

「要出去嗎？」

「嗯。」路遙也笑，略帶靦腆，「林閑他……在樓下等我。」

「這小子眞是……」韓洵失笑，走到玄關替她開了門，「大晚上的治安較白天差，你們兩個小心點兒。」

路遙道了聲謝便下樓了，林閑恰好這時候到，見他朝自己伸出雙臂，她難得奔放地鑽進他懷裡。林閑是走路過來的，路遙抱著他的時候還覺得他身上猶有夜色的清冷。

林閑把路遙抱在懷裡，甚是滿意。

嘖嘖嘖，果然小別勝新婚，路遙都會主動了，雖然他們還沒有婚，不過沒關係，那天總會到來的……

這廂心裡不知道還在打什麼算盤，那廂倒是安靜平和，只覺得在異國他鄉還有心上人可以依靠，心下似乎兌了一捧暖。

「想吃什麼？」林閑牽著路遙的手，散步似的漫無目的走著。

「都可以，你熟你帶路。」

涼風習習，星子斑斕，偶有三兩人走過，異國的街道華燈初上。

「餓嗎？」林閑突然沒頭沒尾地問了一句。

路遙正觀察著路旁長板凳上的那一隻虎斑貓，於是隨口回道：「還好。」

話音甫落下，忽覺手上力道一緊，林閑拉著她閃到一個小巷子中。

巷子裡沒有街燈，漆黑一片，彷彿所有的夜色都捲鋪蓋似地倒進了這裡，那些商店的燈火一瞬間被摒除到巷子外。

路遙被林閑按在牆上，好半晌才回過神來，咬著牙道：「你發什麼瘋！」

林閑的脣貼在她耳畔，沉沉道：「既然還不餓，我們先幹點有意義的事……」

或許是在黑暗中視覺能力低落，其他感官此時格外敏銳，於是當那壓低的嗓音舔上耳廓時，酥得她渾身一顫，殺傷力較平常只有過之而無不及。那聲線似是古老酒窖中的陳年佳釀，低醇著纏在耳畔，咬字半是朦朧半是清晰，無端生出一股纏綿味兒。

「這是在……外面……」路遙耳根子酥了大半，再加上某人正不安分地含著她的耳垂，時不時輕咬一下，沒多久她身子骨也軟了，語不成句。

林閑愛極了她害羞卻硬要裝正經的模樣，一隻手虛攬著她的腰，一隻手撐在牆面，他靠在她耳邊低低地笑。

路遙要哭了，一邊慶幸現在黑燈瞎火他看不見她臉上的紅暈，一邊爲現在在外面做這種事著急得不行。

「林閑……」她剩下的話尚未出口，便全數被他含進口中。

林閑在親吻方面一直以來都是輕柔和緩的，像春雪化水，也像浮雲軟絮，極少有大開大合狂亂躁進的時候。然而此時他卻一反常態的溫柔，除了初上嘴時的三兩下廝磨，餘下便是急不可耐的吮咬，帶著絕對性的侵占。啃著她唇瓣的同時，扶在她腰上的力道也越發的緊，像是要把他摁進自己的骨肉裡。

脣舌交纏的黏膩聲音落在黑暗裡顯得格外清晰，再加上林閑強烈的攻勢，路遙早已潰不成軍。

她兩手死死地圈住他的脖頸，避免忽然腿一軟滑坐在地。

他在脣上折騰了一陣，小姑娘早已任他擺弄，舌尖一頂，齒關便輕鬆打開。他的舌掃過她的上顎後，再與她的糾纏著，近乎一味索取的掠奪，在她口中馳騁開拓。

路遙覺得自己要化泥成水了。

最後他滑入她的舌下，用舌尖緩慢而輕微地捻磨著。

一個圈、兩個圈、三個圈……

「嗯……」細細密密的酥麻感流入血管，她一個激靈，一聲輕吟溢出嘴邊。

「寶寶……」林閑眸色暗了暗，含著她的唇低聲道，聲線啞得不像話。

吻著吻著，路遙覺得像是在潮水中顛沛著，時起時落，沒個支點，渾身輕飄飄的。不知不覺已是面紅耳熱，他的吻彷彿吻入了心坎，連靈魂深處似乎都隱隱在顫抖著。

不知過了多久，他終於放開她。

「路遙……」他把頭埋在她的頸窩，一聲一聲喚道，「路遙……」

路遙還沉浸在繾綣的氛圍裡頭，半晌她才艱難道：「林閑……你混蛋……」

「弄痛妳了嗎？」眼睛適應黑暗差不多了，林閑捧起她的臉細細地看，「抱歉，太久沒見到妳……」

「都弄痛了你道歉有什麼用……」路遙不想讓他看到自己現下滿面的春色，她一頭扎進他懷裡。

他抱著她站在小巷子裡，神色虔誠而深情，彷彿天地間只餘他們，外頭喧囂不復存在。

不再是隔著屏幕，隔著通訊軟體，隔著一望無際的大洋。心尖上的那個小姑娘，現在是眞實的存在於他的懷中，觸手可得。

良久，他啞著聲開口：「是眞的……很想很想妳啊……」

兩人最後隨便進了一家餐廳，吃什麼其實不重要，和什麼人吃比較重要。林閑吃著吃著突然笑出聲，路遙奇怪地看了他一眼。

「笑什麼？」

「就……剛才的……」

路遙橫了他一眼：「還不是你突然搞這事，要不也不會這麼尷尬。」

其實剛才在小巷子裡還有一段小插曲。

兩人纏綿了一陣後，突然聽到不遠處的黑暗中傳來了某些不可描述的聲音。

路遙和林閑對視了一會兒，心裡有同樣的疑惑。

不是啊……他們已經親完了，爲什麼還會有神似接吻的聲音出現呢？

路遙覺得有些詭異，想拉林閑快走，後者卻拿出了手機開啓手電筒。

然後，他們就看到不遠處有兩個男的……在接吻，激情又熱烈。

倆男人似是被突如其來的光照給嚇到了，一齊轉頭看向光源，於是四個人便大眼瞪小眼，相看兩茫然……

回憶完方才的謎之事件，林閑由衷感嘆：「妳說爲什麼這麼巧我們挑到同一個巷子啊？」

路遙面無表情：「恭喜您找到變態partner，都喜歡拉著人在外做這種事。」

林閑笑嘻嘻地道：「太想妳了，忍不住。」

路遙：「……滾吧。」

「妳才捨不得。」林閑笑著回嘴，確切來說，他在今天中午遇到路遙之後，基本上臉上都掛著笑容，不知道的人還以爲這人面部肌肉僵化，「什麼時候回去？」

「後天就回去了，原本想多待幾天順便玩玩的，後來想說一直打擾小五的堂哥不太好，再加上又是學期中……」

林閑狀似格外理解地點點頭，語氣嚴肅：「的確如此。」

路遙眨眨眼，奇了。

這廝居然沒給她來個一哭二鬧三抱抱，眞是百年難得一遇的奇景！

「你就沒什麼想表示的？」

林閑慢條斯理地切了一小塊牛排放在路遙盤中，接著定定地看了她三秒，臉色瞬間崩盤。

他泫然欲泣，抹那國王的眼淚抹得起勁：「有啊……我可難過得要肝腸寸斷了，但是想到我們家路路這麼認眞上進敏而好學，我怎麼可能捨得開口留她呢？女朋友有夢想有目標就要支持她，怎麼可以爲了一己私慾而耽誤她呢？這種男人就是社會的敗類、國家的蠹蟲！我這種貼心小棉襖當然是要放手讓她去追求，她的詩與遠方，她的星辰大海！那些難過悲傷孤單寂寞自己默默吞下就好了，眞的，我一點都不難過！一點都不！」

路遙：「……」請繼續您的表演。

♪

畢業季在即，許多人已經找好實習或是其他目標，而當初那個說著「我的心之所向是妳」的傢伙，此時依舊在大洋的彼端與理想周旋。

路遙抱著筆記型電腦和文件夾，剛從系辦開完會出來。

系上每年都會做畢業特刊，路遙身爲大家公認的才女，再加上她又是畢聯會的成員，這主編主寫的重責大任便攤在她身上。

累那是肯定的，說麻煩的確也麻煩，不過到了大四，該修的學分已經修得差不多了，除了準備考研，路遙其實也沒什麼忙事，於是欣然接受這份工作，想說爲生活增加點充實度。

會議結束後她和江煙有約，江煙這週回到T市，兩人約了晚上吃飯和錄音。

想到自己的計畫從萌芽到如今漸漸有輪廓成形，路遙心情明媚如春光，方才會議上意見不合的糟心事似乎也拋到腦後了，腳步不自覺地輕快起來。

回到宿舍後她先沖了一壺伯爵茶，茶香縈繞，意外醒神。路遙從文件夾中抽出詞譜，接著放出伴奏，趁著寢室現在沒人，想把歌再練得更熟一些。

「閑來半日……天地同邀……與君醉今宵……」路遙打著拍子輕輕唱道，「流年換渡……共撐篙……」

「哎，撐篙。」她把剛才那一段重新播放，再唱了一遍，「流年換渡……共撐篙……奇怪怎麼總感覺音準沒對上？」

路遙又試了幾遍，終於把音唱到了點上。

練著練著，光陰被她的歌聲揉碎了藏在歌曲詞行間，一個下午也就這麼過去了。

眨眼間與江煙約的時間已經到了，路遙匆匆收了東西，前去與江煙會合。

暮色昏沉，遠遠的卻已看到她出衆的身影，路遙小跑步過去找她。

江煙是個髮帶控，此時頭上也不忘綁了條髮帶，樺色的布印上小碎花，倒和天邊那將落未落的夕陽相映成色。

「哎喲，寶貝。」江煙撩了撩路遙快到鎖骨的頭髮，「久沒見這頭髮是長了不少啊，這回考不考慮留個長髮？」

路遙潦草地撥了一下自己的髮尾：「不考慮，我預約了明天去剪頭髮。」

「眞不考慮換個髮型?短髮留久了沒意思啊，搞不好林閑喜歡長髮呢。」

路遙不置可否：「頭髮是我的，我愛怎麼留就怎麼留，幹什麼照顧到他的喜好啊?」

話畢她又補充了一句：「許復喜歡長髮妹子，妳維持這頭飄逸長髮也挺久了，我怎麼就沒見你們在一起?」

江煙：「……」

媽的，路遙就是這樣對待自遠方來的故友嗎！

兩人互懟了幾句就去吃飯，去的是一家連鎖速食餐廳。

「妳說林閑在美國每天吃這種食物會不會膩啊？」路遙拿著一根薯條在一坨番茄醬上戳啊戳。

「那妳每天吃飯不會吃膩？」江煙用看白癡的眼神望著她。

路遙快速地把沾了一大坨番茄醬的薯條塞到她嘴裡，「飯是我們的主食，哪來的可比性！」

江煙平生最痛恨的食物之一就是番茄醬，吐出來有損她優美的形象，她只好死命把那根薯條嚥了下去，之後馬上吸了好幾大口的可樂蓋掉番茄醬的濃重味道。

「路遙妳找死啊！」

「死是誰？我幹麼找他？」

江煙對她的冷笑話表示深深的鄙視，「跟林閑待久了果然越活越歪。」

「怪不得妳這麼歪，跟他處了二十幾年不容易啊。」路遙朝她吐了吐舌頭，「別說林閑了，那傢伙兩個禮拜沒給我打電話了，講了糟心。」

江煙回吐了舌頭，還附帶一記白眼，兩個即將進入社會的大四畢業生像三歲的小屁孩一樣幼稚。

回禮完畢，江煙道：「那還錄不錄歌啊？」

路遙挑了挑眉，一臉「這不是廢話嗎」的表情：「錄啊，當然要錄。」

江煙：「……」

眞是個死傲嬌。

路遙和江煙吃完晚餐後就去了錄音室，一樣是孟成光堂姐開的那間音樂工作室。

「盈盈姐！」江煙推開玻璃門，朗聲喊道。

「江煙妳來了啊，這次給妳安排的是A房。」孟盈原先坐在小沙發上打電腦，聞聲後起身相迎，「這是……路遙？」

「嗯，妳好。」路遙禮貌性地點點頭，淺淺笑道。

「林閑的小女友吧，還是一樣可愛。」孟盈笑嘻嘻地道。

三人寒暄了幾句，路遙和江煙便進到錄音室。

「錄過音嗎？」江煙打開電腦，開始操作設備。

路遙搖頭：「這是第一次……」

江煙滿意地點點頭：「把自己的第一次交給我，眼光真好。」

路遙：「……」

「我放伴奏出來，妳先在這兒唱一次給我聽聽？」

路遙點頭，有些緊張。

伴奏樂音徐徐流淌，輕緩柔和，她的歌聲在這溫煦的氛圍中悠悠響起。

「一曲爛漫春曉，長堤醉路遙……」

「心之所向，吻過辭藻，提筆寫成靜好……」

「浮生繁華多少，一起飲過暮暮與朝朝……」

「流年換渡共撐篙……」

一曲唱罷，路遙侷促地看向江煙。

「大致還行。」江煙道，「我幫妳雕一下音準。」

「提筆寫成靜好那邊，是提筆寫成——噠噠噠，數三拍，靜——再三拍……好。妳唱唱看。」

路遙跟著唱一遍。

「好那個字，再柔一點，就是把尾音虛化的感覺。」江煙示範了一遍，「靜——好……這種感覺，試試。」

路遙再跟著唱一遍。

「不錯不錯。寶貝兒我發現妳挺有潛力的，聲線也軟軟的，聽起來滿舒服。」江煙笑道，「考不考慮入個圈？我可以幫妳寫首歌紀念一下這偉大的舉動。」

「別別別，我還是別去給古風圈拉低水平了。」

江煙又雕了她幾句，最後滿意地放她去錄音。

「別緊張。」江煙見她半是敬畏半是不安地戴上耳機，一時失笑，「放輕鬆放輕鬆，身子不要這麼僵，會影響歌曲的……要不妳把我當成林閑吧？」

「要是林閑看著我錄音，我會更緊張……」路遙喪著臉。

江煙大笑：「好了妳就唱吧，反正沒唱好就再錄嘛，要錄幾遍我都陪妳，今晚的我被妳承包了。」

路遙顫巍巍地開唱了，因爲緊張，聲音都帶著顫意，第一遍自然疏於發揮。

「我去，路遙妳抖成這樣不容易啊。」江煙一臉驚爲天人。

「妳就別嘲笑我了行不行！」路遙瞪了她一眼。

她又錄了第二遍、第三遍、第四遍，最後錄到第九遍的時候才終於滿意。

「水……」路遙摘下耳機，浮誇地握住自己的脖子，乾咳了幾聲，搖搖晃晃地走向江煙，「我需要水……」

「媽的戲精。」江煙替她倒了一杯水，一臉扼腕，「眞的是被林閑荼毒的不輕。」

「別提他！」路遙癟著嘴，滿是嫌棄，「我看他都忘了有我這個女友了！」

江煙：「……」

不提他妳還在這邊錄歌？錄要送給他的歌？

江煙心裡吐槽著，卻突然想到路遙方才錄音時的滿目溫柔，嘴邊掛著不深不淺的笑意，矜持中帶著張揚，是那種甜甜的張揚。她的歌聲輕盈柔軟，把綿綿情意化進字裡行間，滿腔深情只爲一人歌唱。

那時江煙看著聽著就亂感動一把的，一個是從小到大共度不少時光的小竹馬，一個是一見如故的交心好友，這兩個人在她生命中分別占了很重要的地位，他們最終能走到一塊兒並且幸福，眞是太好了啊……

看著路遙邊賭氣邊喝水，正在打字的手機屏幕上卻是和某人的聊天室界面，江煙輕輕地笑了。

♪

二月，林閑歸國。路遙到機場接機，見他在美國待了一年，少年人的稚氣逐漸褪去，整身氣息更添穩重，無端讓人安心。他一把將她攬進懷裡，在她耳邊溫聲道：「我回來了。」

三月，路遙帶林閑回家，氣氛和諧，路母看他是越看越滿意，路父一開始強裝的面癱臉在用餐談話的過程中漸漸柔和，終是打回了和藹的原型。林閑要離開時，路父端著嚴肅的神情看了他一眼，眼底警告意味深長，林閑微笑頷首，滿目眞誠。隨後路遙送他出門，門關上的那一刻，他直接把她壓在門板上親，極盡纏綿。

四月，在業界幾家頗有地位的公司看中了T大資工赴美交流的研究項目，紛紛向參與人員遞了橄欖枝，林閑自然在其中。

五月，畢業刊物定稿、印製完成，路遙捧著剛出廠的印刷刊本，神情有些怔忡。

六月，又是一年鳳凰花開，驪歌從遠方漫漶而至，各奔東西的時刻終於到來。

♪

路遙和林閑吃完飯後，跟著他回到了小公寓。

好幾次來都沒見到許復，她一問之下才知道他在大四的時候突然休學一年，不顧任何人的勸說反對，堅持要去環遊世界。

林閑表示：有錢人眞他媽的任性。

兩人坐在沙發上，林閑拿起遙控器隨便轉了部電影，他攬著路遙的肩，懶懶地看著電影。攬著攬著，他索性整個人直接掛在她身上。

「沙發這麼大，過去一點。」路遙推他。

林閑無動於衷，一臉饜足：「妳這裡比較舒服。」

路遙推了幾次後宣布放棄，跟不要臉的人較勁是不會贏的！

鬧騰了一陣，兩人繼續靜靜地看著電影，電影演到了中間，路遙開始覺得乏味了，於是掰著林閑的手指玩。

她的聲音響在電影沉悶的情節中：「明天就要畢業了，你會不會緊張？」

「緊張什麼，不過就一個儀式。」林閑懶洋洋地道，「我還是我，妳還是妳，T大還是T大。」

「你怎麼什麼事都一副散漫的樣子？我是說心境，不是態度。」她知道他表面上常常看著漫不經心，實際上卻是很認眞的在對待課題，「就沒什麼能讓你緊張焦躁的事情？」

「有啊。」林閑一臉委屈，可憐兮兮地回答，「妳之前拉黑我的時候。」

路遙：「……」

電影好不容易結束了，路遙費了一番功夫才把某黏人精給扒下來，她抓起放在一旁的衣服，閃進浴室洗澡。

林閑躺在沙發上，瞪著天花板不知道在想些什麼。五分鐘後他拖著腳步走回房間，大字形地躺在床上，聽著浴室傳出來的水聲，一雙眼睛仍是定定地瞪著天花板。

淋浴聲淅瀝嘩啦，水珠濺到地上，他卻覺得那些水彷彿也是濺到他心上，蕩出一圈又一圈的漣漪，腦中忍不住開始勾勒起美人沐浴圖……媽的，好想對她做些什麼……

林閑拍了拍自己的雙頰，翻了個身遏止腦內的思緒繼續開車，他拿過手機爬上社群平臺，打算轉移一下注意力，壓壓那些心浮氣躁。

豈料一打開社群軟體，看到動態上的第一則貼文，他徹底地愣住了。

路遙知我意：

〔原創〕浮生半日閑

演唱：@路遙知我意

作詞：@路遙知我意

作／編曲：@此江煙非彼江淹

後期：@暖夏

特別感謝江煙和暖夏，幫助我這個什麼經驗都沒有的門外漢很多很多，歌曲多虧有妳們才能完成

〔愛你〕

畢業典禮在即，名為大學的風景即將盡數收入眼底，人生又要邁入下一個階段了。很感謝當初的自己拚死拚活也要考上T大，才能在最美好的時刻遇見你，並肩賞看世間種種風光。

在還沒認識你之前，半日閒的歌救贖了很多次處於艱難時刻的路遙；在認識你之後，你救贖了路遙。唱歌對我來說並不是特別拿手的事情，但是不論好聽與否，我就是想唱給你聽。你知道的，我不是個擅於表露自己心意的人，所以還是那些陳詞濫調……謝謝你，還有，我愛你。@浮生半日閒

林閑看完這條貼文後有些反應不過來，一瞬間內心的充盈像是要膨脹至整個世界，他顫抖著手點進貼文裡附帶的音頻，突然就有些鼻酸了。

溫軟的歌聲落在空氣中，似是把每粒分子都裹上一抹甜，他的心在聽到第一聲的時候便已軟得一塌糊塗。

一曲爛漫春曉
長堤醉路遙
初遇城南淺笑
逢聲　傾倒
舊時月色輕巧
寄芳情知曉
一闋柳詞語飄渺

心之所向　吻過辭藻
提筆寫成靜好

浮生繁華多少
一起飲過暮暮與朝朝
閑來半日　天地同邀
與君醉今宵
流年換渡共撐篙

星河浸染眉梢
枕邊清夢悄
歲月譜寫的歌謠
山水兼程　風月同調
餘生請多指教

浮生繁華多少
一起飲過暮暮與朝朝
閑來半日　天地同邀
與君醉今宵
流年換渡共撐篙

最後一段旋律結束後，他聽到結尾處有她溫柔的輕語：「浮生一曲繁華夢，惟願偸得半日閒。」

林閑趁著路遙還在洗澡，他戴上耳機又把這首歌刷了幾遍，越聽嘴邊的笑意就越是壓不住，如果開心可以當燃料的話，他現在應該已經在環遊宇宙了。

在聽到第五遍的時候，路遙從浴室出來了。

剛出浴還帶有水氣的熱意，她髮尾微溼，外露的肌膚也有幾滴水珠搖搖欲墜，雙頰微紅，整個人看著特別柔軟又水靈。

林閑向她招了招手，眉眼彎成月牙：「過來。」

路遙慢吞吞地走了過去，爬上床時立刻被他拉進懷裡。

「林閑？」

「我聽了。」他把她按在懷裡，聲音低啞，「路遙，我聽了。」

他的路遙……他的路遙是那樣的好啊。

就像她明白他嘆寄與路遙的情長，他也聽懂了她想藉由這首歌表達的愛意。她親自提筆寫下的這些歌詞，究竟融藏了多少平時羞於出口的話語，又承載了多少夜裡婉轉的少女心事……

「聽了啊。」路遙笑，拍了拍他的背，「是不是有些不堪入耳？」

「很好聽。」林閑的嗓音落在她頭頂，「是我聽過，最好聽的一首歌。」

「你就知道哄我開心。」路遙窩在他懷裡笑得歡快。

「不是哄，是眞的。」林閑捧起她的臉，直直望進那雙漂亮的杏眼兒裡，「我很開心，想哭的那種開心。」

路遙心下一顫。

他吻上她的脣，細細綿綿的，輾轉著描繪她的脣形，溫柔得不可思議。

「我愛妳……」他的話語從相貼的脣瓣中溢出，路遙一瞬間紅了眼眶，「路遙，我愛妳……」

流年換渡共撐篙，餘生漫漫，今後也請多多指教。

夜色悄然，星子綴滿天幕，她卻看到他的眼裡也有無邊星河，滿目的流光溢彩。

林閑放出那首〈浮生半日閑〉，兩人躺在床上，靜靜地聽著歌。

歌曲到了尾聲，路遙用手肘撐起身笑看著林閑，跟著念白輕輕道：「浮生一曲繁華夢，惟願偷得半日閒……」

林閑眼底笑意漫流，他一個翻身，眨眼已將她壓在身下。

他伏在她耳畔沉沉開口，依舊是那個讓她醺醺然的嗓音，壓低的聲線半是慵懶半是性感，酥人欲醉。

「不用偷，我已經把自己……送給妳了。」

正文完

番外 這是一個偏執症少年得到救贖的故事

他很孤獨，直到遇見了她。

許復在看到她的第一眼，就知道她是她。

在小小的咖啡館裡，早秋的陽光穿過玻璃窗，拂了她半身暖意。她微微低頭翻著菜單，墨黑的長髮散在背後，露出一段白皙優美的頸線。

許復不動聲色地移開視線，叫住走在他前面幾步的林閑。

「午餐吃這家吧。」

然而他沒料到的是，林閑居然認識她，甚至看起來很熟。他聽到他叫她「江煙」。

許復站在一旁看著她和林閑、路遙講話，臉上的表情浮誇而生動，舉手投足間看似張揚卻透著矜持穩重。他目光淺淡，鏡片遮去眼底的波瀾。

他以爲她沒有注意到他。

後來才知道，他的以爲，只是他以爲。

許復是個標準的富二代。

他的父親是個大企業家，他身在富貴家庭裡，因爲是獨子，吃的用的永遠都是最好的。

然而他的父母是商業聯姻，彼此沒有情分，結婚之後無數次的磨合仍宣告失敗，在他還是個襁褓小娃兒時，父母選擇了離異。母親把他留在許家，帶著一筆分手費毫不留情地遠走高飛。

他常常在想，為什麼父親有永遠做不完的工作、永遠應不完的酬、永遠不一樣的枕邊人？

他也常常在想，為什麼他沒有母親？

父親表現自己沒有忘了他這個兒子的方式，就是給他揮霍不盡的物資和錢，這似乎就是他對他最至高無上的父愛。

許復從小就缺乏父愛與母愛，在那個奢華卻空蕩的家，只有一個做家務的張姨與他朝夕相對。無人可以說話，於是他每天與自己相處對話，過不了多久，他就知道他有病。

看著幼稚園、小學、國中的同學一個個都有喜怒哀樂，有喜歡的東西，也有討厭的東西，每天都有不同的過法，就算是千篇一律的上學生活，其中也有與昨天不一樣的生動細節。

但是他沒有。

他對一切事物沒有興趣，沒有喜歡的，也沒有不喜歡的，給他什麼他就接受。他甚至懷疑自己有情緒障礙，畢竟他不喜也不悲，不怒也不懼。再加上從小獨善其身，他對交朋友沒有太大的追求，習慣了自己一個人，對他來說人與人之間的關係都可有可無。

他覺得自己像個沒有生命力的木偶，對這個世界毫無感知，也無從獲得感知。他頂多比木偶多了一口氣。

這種宛如行屍走肉的情況持續了很久很久，直到十四歲那一年，他遇見了她。

學校規定每位學生都必須參加一個社團，作為綜合活動課程的成績，於是原先不打算加入任何社團的許復進入了攝影社。那是他閉著眼睛在社團列表上瞎戳的。

參加了社團後，許復一樣興致缺缺，對於課程和活動沒有任何要參與的意思。

那天，社團導師在教了好幾堂的理論與技巧後，決定帶大家出去實攝外拍。

許復胸前掛了臺相機，在街上漫無目的地走著，老師說要拍五張照片當作業，他早已在解散後的三十秒內隨便拍了五張打算敷衍交差。

天邊日光傾落，風徐徐而過，小攤販隱在樹蔭下，長板凳上有流浪貓在小憩，行道樹的樹葉輕微晃動，有老人家牽著小孩子慢悠悠走過。

許復冷冷地把這些街景看過去，面色漠然。

他放任自己亂走，有彎就轉，也不管會轉到哪去，迷路也沒關係，反正有Google Maps。

他看了看手錶，還有一節課的時間才要集合回學校，正好有些累了，便找了張長椅坐下休息。

他淡淡地看著三兩汽車駛過，耳邊有鳥語啁啾，五分鐘後開始覺得無聊了，便把玩著手上的相機。

相機是名牌的單眼，比起同學們的傻瓜相機，直接高了不知幾個檔次，他的父親在得知他需要一臺相機時，便毫不猶豫地給他一筆錢去採買。

他的父親總是這樣，物質方面大方闊氣，但卻吝於給他一點感情面的關心。

許復暗自苦笑，自嘲之際，他的視線正好撞上不遠處的一個鯛魚燒攤販，有一個小女生笑盈盈地與攤販老闆攀談。

陽光在枝葉間流轉，斑駁的光影撒在她身上，一襲散落的長髮如漆似墨，嘴邊噙著的那抹笑張揚又優雅。

許復第一次知道張揚與優雅可以並存。

他看著她喜孜孜地接過鯛魚燒，然後鬼使神差地……舉起了相機。

聚焦，定格，拍攝。

拍完那抹倩影之後，許復怔忡了一瞬，有些不敢置信地看向手中的相機。

他怎麼就拍了人家呢？

回到家後，他看著那張少女的照片，總感覺每個角度與光線都恰如其分，越看越好看，越看越移不開視線。

難得他眼底有波瀾，雖說細微如靜水流深，但終究有了感知。

他感覺心底深處有一根弦被捻了一下，留下了滿堂餘韻。

因爲那張照片，許復開始對這個世界產生了興趣，他想拍出更多像那張照片一樣好看的作品。

那個少女就像陡然降落在他面前的畫家，畫筆一點，他的世界突然有了顏色。

她是他晦暗人生中的乍破天光，從此之後，他的世界，只有攝影和她。

♪

江煙幾分鐘前才在嫌自家母親催她交男友很煩，幾分鐘後就打臉了，直接對那個第一次見面的男人一見鍾情。

之後江煙問路遙心動是什麼感覺，她聽完後覺得自己的確是栽了。

江煙回家後立刻找上林閑。

江煙：今天跟你在一起的那個男的叫什麼？

江煙：手機號碼？LINE？微博？IG？臉書？Twitter？電子郵件？

林閑：媽的，江煙妳有病啊！下一句是不是要問家裡地址、生辰八字多少！

林閑：還有老子性向是女的，才不跟男的在一起！

江煙：你他媽才有病吧，就算你性向是男的也不准跟我搶！我看上他了，以上問題快快如實交代！

林閑：求我啊。

江煙：你找死是吧？

林閑：死是誰？找他幹麼？

江煙：……

最後江煙軟磨硬泡終於得到許復的相關資訊，樂得在床上滾了好幾圈才抒發掉興奮感，抱著幾乎等身長的香蕉抱枕睡了過去。

隔天江煙就回L市了，她坐在火車上，看著窗外的景色，心想要怎麼跟許復搭上話。

——你好，請問可以做個朋友嗎？男朋友也可以。

有病吧。

——你好，我覺得你長得很好看，交個朋友吧！

顏狗滾出去。

——你好，請問家裡缺個女主人嗎？

騙婚的？

江煙的思緒隨著火車行進中的顛簸搖搖晃晃，想到那雙平靜無波的眼眸，她心一動，突然想抽菸了。

其實江煙不是個有菸癮的人，只是偶爾太激動或太煩躁，一根菸可以幫助她平撫情緒。

火車上不能抽菸，她從包裡翻出一盒女士菸，夾了一根在指中，透過動作解解癮。

她仔細回味了許復那淡薄寡欲的氣質，不是高冷也不是禁慾，是一種冷眼看戲的感覺，彷彿對這個世界毫不在乎，得過且過。

她轉了轉手中的女士菸，細長的淺藍香菸在她指尖畫了一個圈。

她勾著嘴角輕輕笑了。是個有故事的人啊。

♪

許復在一天之內，各種社群帳號都被同一個人勾搭上了。

他看著那些帳號的好友申請和追蹤半晌，全點了同意。

五分鐘後就收到了來自對方的第一條訊息。

許復看著那句「你好，我是江煙」，好半天也沒回人家，見林閑從眼前晃過，隨口問了一句：「江煙是你的誰？」

「青梅竹馬。」林閑懶懶地瞥了他一眼，「你對她有興趣？」

許復臉上沒什麼表情：「她把我所有帳號都加了好友。」

林閑這人臉皮厚，沒什麼賣好友的心虛感，他笑得一臉真誠：「那你們好好玩啊。」

許復：「……」

那廂江煙見發出去的訊息被已讀不回，不惱也不退縮，又接連發了幾個訊息。

朋友之間總有相似的點，要說江煙和林閑有什麼地方像，絕對是厚臉皮的部分。

許復全已讀了。

江煙堅定地發了半小時的訊息，見對方沒有要理自己的意思，她丟下手機，棉被一蓋，信心十足地想明天繼續。

每天都發訊息就不信他永遠不回，正常人被騷擾煩了至少也會回個「閉嘴」吧。

豈料許復不是個正常人。

他每天看著江煙給自己發訊息，眉眼清淡，未置一詞。

其實不是不想回，只是交際障礙的他還沒想好怎麼面對。

這種情況持續了一個月。

有一天許復在家閒著無聊，便抱了組攝影器材想出去拍拍街景。他隨便尋了處商店街，開始漫無目的地取景。

就在他將鏡頭對準了矮牆上的一隻虎斑貓時，突然聽到有人叫了一聲自己的名字。

他奇怪地看向聲源處，下一秒就見一個女孩跳到自己面前。

「許復！」江煙笑臉盈盈，眉目舒展，「我是江煙。」

頭頂上的樹葉映著陽光在她臉上篩了幾撥光影，許復想起了第一次見到她的時候也是這樣的情景，她站在賣鯛魚燒的攤販前，身上的光影明明滅滅。

他感覺心中有什麼被撚了一下，轉瞬即逝。

他向她點點頭以示招呼，想繼續拍那隻虎斑貓，豈料轉頭後，矮牆上空空如也。

「許復，你喜歡攝影啊？」江煙湊到他身旁，一臉新奇。

她連好奇的模樣都透著一股藝術家的矜持感，那雙明亮的大眼裡卻浮著張揚，他不禁多看了幾眼。

「嗯。」許復起身，小貓跑了，他打算尋別處蹲點了。

江煙跟了上去：「許復，你記得我嗎？」

「江煙。」他不鹹不淡說道。

她揚了揚眉，笑了：「你記得我的名字。」

「妳剛才自己說的。」

江煙：「……」也是不用那麼直白的說出來啦。

「我們一個月前在Maple見過的，記得嗎？」Maple是她和路遙見面的那個咖啡廳。

「嗯。」

「許復，我是L大音樂系大二生，主修長笛，興趣是寫歌，跟林閑是鄰居。」

「嗯。」

「許復，你沒有話想跟我聊？」

「嗯。」

「許復，我們交個朋友吧。」

「嗯。」

「許復，我們談個戀愛吧。」

許復淡淡看了她一眼，腳步加快了。

江煙看著他的背沐浴在陽光中，嘴角一勾，笑了。

嘿，這小子還挺機靈。

♪

許復在新世紀攝影大賽上拿了第三名。

新世紀攝影大賽是一個國際級的攝影比賽，徵稿對象為全球，一年一次，獎金豐厚，每次都有數以萬計的稿件飄洋過海參賽。

然而他心情很差。

沒有第一名，他心情很差。

許復自從對攝影產生興趣後，研究了一陣子，社團的課也認真上了，而他真的有天賦。

他也有一股莫名的自信，總覺得自己拍出的作品是很好的，每張照片都無人能比。

可是每一張都比不過當年他鬼使神差，拍下小女孩在鯛魚燒攤販前的那張照片。

十幾歲的少年被拉出深淵之後，似乎有個莫名的執念便在心底種下——想要拍出世界上最厲害的照片，然後帶著照片去找那個少女。

獲得世界肯定的手段，就是參加比賽。得了獎有了名次，自然就會有人認識並推崇你。

於是他參加了很多很多的比賽，有些得到首獎，有些得到佳作，有些沒有得名。然而不管結果如何，他都不滿意，總覺得自己怎麼拍都拍不出超越那張照片的作品。

許復煩躁地按掉新世紀攝影大賽官方通知他得獎的郵件，隨後看到通訊軟體的訊息提示跳了出來。

還是江煙。

許復細細讀過江煙傳給他的那些訊息，依舊沒有回覆，聊天視窗從頭到尾只有對方一個人的訊息。像是一廂情願不求回報。

他突然有點悲傷。

她對於他宛如救世主，乘著萬丈曙光降臨在他面前，纖手一拂便抹去了灰暗，從此他的世界有了不一樣的顏色。

可是這樣一個女神般的存在，猝不及防出現在他身旁，甚至說她喜歡他。

許復感到惶恐不安，還有些手足無措。

他不擅於應付人際關係，除了林閑。

林閑是個例外，大一一開學便找上他，不顧他的面癱與冷淡，從此寸步不離黏在他身邊，久而久之便習慣了他的存在以及相處模式。

然而他也是花了一年的時間才完全接受林閑並親近他的。

而江煙來勢洶洶，他還沒想好怎麼應對，甚至不知道該怎麼辦。

而且許復始終認爲自己還沒有足夠的資格可以站在她身邊。

他掐掉手機屏幕，月光從窗外渡進來，替他裹上了一層清冷。

他眼睫顫了顫，突然有點想逃避了。

♪

江煙最近很煩惱，許復對她愛理不理是常態，但她總覺得他不是不喜歡她，畢竟討厭的人一直給自己發訊息，通常都會拉黑封鎖吧。但他沒有拉黑她，她發出去的每一條訊息他都有讀，所以應該不至於到不喜歡。

因爲如此猜測，江煙更肆無忌憚地騷擾調戲人家了。

江煙：許復你今天晚飯吃什麼呀～我吃了咖哩飯哦，這家很好吃，我們下次一起去吃吧！

江煙：許復你什麼時候還要去外拍？我可以跟嗎？

江煙：許復我今天不想洗頭。

江煙：許復你今天想沒想我啊～

江煙：許復你攝影缺不缺模特兒？我可以給你當model，嘻嘻XD

江煙：許復我最近在準備獨奏會的事，好忙呀（倒地）

江煙：上次說的那個模特兒啊，裸體也可以哦！

江煙：許復我想你了。

江煙：許復我朋友送了我一套性感內衣，你有沒有興趣了解一下？

江煙：許復許復許復許復！！！

江煙：許復你什麼時候會回我呀～

江煙：沒關係你這樣清冷冷的樣子我也很喜歡。

江煙：許復我想上你。

然而最近她煩惱的點在於，許復不讀她的訊息了。狀況持續了兩個禮拜，加上她在L市讀書，他在T市，兩人沒什麼機會見到面，江煙心情更低落了。

她決定去找路遙打聽消息。

江煙：寶貝，許復最近過得怎麼樣？

路遙：怎麼了？他不理妳？

路遙：不對呀，他本來就不理妳。

江煙：……

路遙：好啦，我最近也沒見到他，要不我去幫妳問問我室友，他們同社團的。
江煙：快去！

幾分鐘後路遙回來了。

路遙：她說他跟平常沒兩樣，黑框眼鏡白襯衫，feat.一臉面癱。

沒得到什麼實質的消息，江煙決定再去找林閑問問。

江煙：許復最近怎麼了？
林閑：妳久久私訊我一次，劈頭就是問另一個男人？
江煙：你該知足了，要不是因為這個男人，我哪有那個美國時間找你聊天。
林閑：媽的，妳別想從我這裡得到他的消息了。
江煙：那我就告訴路遙你就是半日閒吧，也沒什麼嘛，對吧？
林閑：……想知道他什麼？
江煙：他不讀我訊息了，他最近怎麼了嗎？

林閑瞥了一眼坐在他身旁擺弄相機的某人，挑了挑眉，打字回覆。

林閑：沒啊，滿正常的，至少我看不出他有什麼不對勁。

林閑：妳等等。

林閑勾著脣笑了下，把目光掃向身旁的人：「哥們，江煙問你最近怎麼了，怎麼不讀她訊息了，擔心著呢。」

許復手一頓，淡淡道：「沒什麼。」

「沒什麼？我看明明有什麼。」

「你就跟她說，我覺得我們不適合吧。」至少現在不適合，他還沒準備好。

林閑有些意外，直勾勾盯了他一陣，想要盯出些什麼。豈料他氣定神閒繼續擺弄他的相機，林閑回頭把原話轉告給江煙了。

於是，江煙在看到那句「他說妳和他不適合」時，徹底地傻住了。

♪

江煙再次見到許復是在KTV。

她正在高歌呢，突然包廂的門打開了，從外面走進來一個男人。是許復。

江煙的聲音卡在喉嚨裡，呆愣著看向他。後者淡淡地瞥了她一眼，沒事似地走到林閑旁邊坐下。

江煙覺得極度無所適從。久沒見到他有點開心，但更多的是害怕與尷尬。

她悄悄瞥了許復一眼，見他一派好整以暇，她莫名有些生氣。

中間許復出了包廂，林閑正霸著麥克風，路遙坐在旁邊吸果汁，江煙決定跟著出去。

沒什麼。她告訴自己，只是想要上廁所而已。

她繞到洗手間，沒見到人，有些遺憾地在附近走廊晃了晃，還是沒見到人，突然有些煩躁，煩自己放不下他，煩他一副什麼都沒發生過。

江煙摸了摸口袋，發現剛好有菸和打火機，見不遠處有一個小露臺，她邊點菸邊走到那裡。

豈料一進到露臺上，就看到角落站著一個人，她嚇了一跳，緩過神來才小心翼翼地啓脣。

「許復？」

許復聞聲，抬頭看了她一眼，又低下頭。

江煙抽著菸，倚在牆上看著他，不知道他在想些什麼，也不知道自己在幹麼。

遠方有星河漫流，華燈三千，夜風珊珊而過，沒能帶走些什麼。

不知道過了多久，她突然聽到他低聲開口：「少抽點菸。」

江煙挑了挑眉，不置可否。

「對身體不好。」

正好月光落在露臺上，男人隱在黑暗中的面孔明朗了幾分，她直直望進那雙死寂的眼瞳裡。

其實她有點怕他，他身上那種說不清的氣質，明明冷冷清清宛如與世界抽離，但又有一種莫名的氣場壓制著她。

完全看不透，但又吸引著你一步一步地去剝開他的保護殼。

所以不論畏懼與否，她還是不斷地往他面前湊，一開始是這樣，現在是這樣，未來當然也會是這樣。

江煙掐掉手中的菸，上前幾步：「你在擔心我？」

許復沒說話。

「你上次那是什麼意思？」

許復還是沒說話。

江煙又往前走了幾步，離他只有幾公分的距離。

她抬手勾住他的脖頸，把他往自己的方向拉，她貼上去，他偏頭，一個吻恰好落在他頰邊。

「不管你是什麼意思，反正我是不會放棄你的。」

♪

這天是江煙與系上朋友舉辦的音樂會。

她發了邀請給林閑和路遙，一個正忙著研究抽不開身，一個被雜誌邀稿還沒趕出文章來。

他們沒到江煙也覺得沒什麼，反正她不是非要親友助陣的個性。她當初想了很久要不要邀請許復，最後還是作罷，反正他又不會來。

江煙整裝打扮完畢，在眾人的掌聲中徐徐走上臺。

她身穿一襲白色小禮服，平口低胸鏤花蕾絲，裙身貼臀，曲線優美，下襬設計成魚尾造型，外頭罩了層雪紡。長髮全數盤在頭上，髮間簪了一朵梔子花形的髮飾，腳下踩著白色高跟鞋，整個人特別空靈仙氣。

她向眾人鞠躬，淺笑將長笛舉至唇邊，一段悠揚的樂音流瀉而出，整個廳室被舒緩的笛聲浸透。

演奏會結束之後，江煙跟著工作人員收拾現場，突然她餘光瞥到有個人閃到布幕後，心下一動，好奇心驅使她跟了過去。

江煙拉開簾幕，看到對方後，面上滿是訝異。

「你怎麼來了？」

許復淡然道：「我爸公司旗下的品牌是你們拉的贊助商。」

「所以？」

「所以就來看看他到底贊助了什麼。」

「那少爺您可還滿意？」江煙勾著脣，雙手環胸，「有沒有值得你們贊助？」

「還行。」

「許復。」江煙貼近，眼睛直勾勾地看著他，「你是不是喜歡我？」

「……妳想多了。」許復避開她太過直白的目光，低聲反駁。

江煙拉著他的衣襟，稍稍一扯，把他拉到自己面前。

她的禮服還沒換下，許復高她一些，眼睛一掃，胸前春光一覽無遺。

他不動聲色地移開目光。

兩人鼻尖貼著鼻尖，誰也沒說話，像是一場無聲的拉鋸戰。

半晌，江煙輕輕一笑，放開他：「林閑說你習慣裝傻，那時還不信，現在看起來是真的。」

許復沒說話，他看著她默默離去的背影，想到她方才在臺上演奏的模樣，燈光打在她的身上，一身白禮服浪漫飄逸，像個仙境之處的絕世仙子。

他想，若是她穿上了婚紗，肯定也是這麼漂亮的吧。

「你去看了江煙的演奏會？」

許復一回到小公寓，林閑劈頭就問。

「嗯。」許復揉了揉額角，去廚房泡了一碗泡麵。

「行啊你。」林閑嘖了一聲，「L市當天來回，累不死你。」

許復捧著麵碗坐到他身邊，吃了幾口，突然道：「你跟我說說江煙的事吧。」

「啊？」

「我想多了解她。」

林閑盯了他一陣，緩緩開口：「她基本上天不怕地不怕，個性比較爽快，少了點小女人彎彎繞繞的心思，還有一個字，浪。」

「偶包有點重，對外表滿注重的，自從學會化妝就沒素顏出過門。」

「小時候皮得無法無天，現在收斂了些。別看她這樣，小時候都是她帶頭作亂，我他媽幫她墊背……」

林閑講著講著就翻了個白眼，許復似乎是想像了一下江煙童年的模樣，難得淺淺地笑了。

「她不說話時，藝術家的張揚氣質可以吸引一群人想要探究，但一開口直接破功，講白就一個逗比。」

「喜歡寫歌，小學第一次碰到曲譜就徹底愛上了。」

「哦對，雖然她膽子大，但特別怕狗，幼稚園被流浪狗追了一次，跌進大廚餘桶裡，全身酸臭，好一陣子沒人敢跟她說話。」

許復腦補了一下那個畫面，眼底聚了點笑意，轉瞬卽逝。

林閑跟他講江煙講了一個多小時，順便回憶一下小時候自家小青梅的愚蠢事蹟，許復表情淡定，卻聽得認眞。

話畢，林閑深深看了他一眼：「所以你到底喜不喜歡她？」

許復默不作聲。

「我警告你，雖然你是我哥們，但江煙是我從小到大的玩伴，講難聽點，論情分她比你高多了。」林閑難得板起臉，神色嚴肅。

「她喜歡你我沒意見，你們一個是我的青梅竹馬，一個是我的好朋友，我當然支持，講眞的，她喜歡誰我可以幫她把人綁過來送到她床上，但你不一樣。」

「所以……」林閑把電視關掉，室內頓時安靜的只剩下兩人的呼吸聲，「你他媽是男人就給我勇敢果斷一點，一直逃避她、拒絕她，以爲我看不出來？喜歡她就去告白，不喜歡就不要耽誤她！」

♪

林閑問起要不要一起去K市玩的時候，許復還一副意興闌珊。

「不去。」他低頭看手機，連眼神也沒賞他一個。

「江煙也在哦。」林閑悠悠地道。

他滑手機的手指頓了一下：「……不去。」

林閑聳了聳肩，逕自收行李去了。

隔天許復起床後，望著空蕩蕩的家，想到昨天林閑說他們要去K市玩，要去海水浴場，要去逛夜市……重點是，江煙在。

他一個腦熱，撥了通電話把家裡的司機叫來，草草收拾了行李坐上車。

「去K市火車站。」

於是許大少爺完全沒有自打臉的尷尬，掐準時間從容自若地與林閑他們會合，看到某人震驚的面容，他突然有些想笑。

江煙平日一副御姐樣，偶爾還是會露出這種可愛的小表情。

在海水浴場的時候，許復看到江煙把衣服脫了，身上只穿了套煙藍色的比基尼，身高腿長顏好，墨鏡一戴氣場大，他注意到周圍有幾道眼神聚在她身上，像貪婪的野狼。

許復微皺了眉，淡淡把目光移開。

他躺在陽傘下，看著遠方她肆意活潑的身影，太陽的光線打在她身上，原先白皙的身體更顯透亮，他滿腦子都是林閑跟他說的那句話。

「喜歡她就去告白，不喜歡就不要耽誤她！」

許復明白自己是喜歡她的，大概從看到她的第一眼就是。

以前一個人待在偌大死寂的家，當寂寞滅頂時，翻出那張小女孩的照片，心情就會安撫一些。

從前覺得自己是無感，事事都不關己，後來遇到了她，才發現原來他還是對這個世界多少有點在乎的。

在乎她、在乎攝影。

她是契機，攝影是手段，而她亦是目標。

她是他的光……所以他既想得到她，又覺得自己不夠好配不上她。畢竟她給了他這麼多，他卻什麼都給不了她，甚至連坦誠和交際都有障礙。

所以唯有拍出最優秀的作品，成為最厲害的攝影師，他覺得人生似乎才更有價值，才有資格站在她的身邊。

他知道他小時候的病好了，有了情緒，有了感知，有了在乎的人事物。儘管淺淡，但總算是有了。

但他也知道現在的自己得了另一種病。他的偏執太深，對於攝影、對於她。沒有達到那個高度，就連她站在他的面前，他都能毫不留情地拒絕。

♪

江煙有晨跑的習慣，難得出來旅行，她仍無法放縱自己和路遙一樣睡得昏天暗地，賴了一下床便起身梳洗。著裝完畢，出門晨跑。

早晨的陽光尚未毒辣，暖暖一片，還算舒適。江煙沿著住宅區的街道慢跑，細微的風拂過，她滿腦子都在想要怎麼把許復追到手。

她也想過自己怎麼就是放不下了，以前也不是沒交過男朋友，哪一次像這樣眷戀得像要刻進骨頭裡去。

她一開始以爲是因爲得不到所以才更想得到，畢竟人十有八九都是賤的，越被拒絕越愛往眼前蹭，心裡的征服慾也隨之增強。

後來想想覺得不對，從看到他的第一眼，她就只是單純想要親近他、了解他，想更靠近他一些，抹去他的保護色，走到他心底深處，看看這個人的靈魂究竟是什麼模樣。

到底是什麼讓他變成這種若即若離，又彷彿抽身於世界之外的模樣。

江煙越跑，思緒越沉，突然一陣狗吠聲打斷了她的思考，嚇得她趕緊望向聲源。

一隻流浪狗站在巷口定定地看著她，她不知道怎麼跑一跑就跑進了小巷。

牠全身都是黑的，毛髮雜亂，眼神看起來很凶惡……

見那隻狗沒有要動的意思，江煙往後退了幾步，渾身汗毛都豎起來，狗看到她動了一下，又吠了兩聲。

江煙背後冷汗涔涔，嚇得臉色蒼白。

她害怕之物的排行榜上，狗是第一名啊！

家犬稍微好一些，畢竟有主人管，但流浪狗不一樣啊，你怎麼知道牠什麼時候會突然撲上來咬你，或是喪心病狂一直追你……

小時候被流浪狗追的經驗太過深刻，給她造成了不少心理陰影。

江煙又後退了幾步，狗也往前了幾步，江煙再後退幾步，狗再跟著往前了幾步。

江煙急得都要哭了。

媽的！這狗怎麼這麼惡劣！她雖然沒做過什麼好事，但也沒做過什麼壞事啊！爲什麼要這樣懲罰她！

江煙深怕無意間激怒了牠，小心翼翼地又退了一步……

「啪」一聲，撞上了一堵牆。

江煙的淚珠已經被逼到眼角了。什麼鬼！前面是狗，後面是牆，她能往哪兒逃啊！

她下意識往後一看，發現原來自己撞到的不是眞的牆，而是一堵肉牆。正確來說，是一個人。

「許……許許許許復？」江煙瞪大眼，「許復！」

許復淡淡地看了她一眼。

「許復你來得正好！」江煙喪著臉面色蒼白，唯一紅潤的地方是眼角，「救我！」

說完也沒等他回應，直接跳到他身上抱住他，兩條腿圈在他腰上，雙臂勾著他脖子，語氣悲壯：「許復——」

許復抽了抽嘴角，在她跳上來的那一剎那反射性地托住她的臀，以防她一個不穩掉了下來。

「我怕狗！」江煙還在慘叫，「快帶我離開這裡嗚嗚嗚嗚嗚……」

許復：「……」

其實那狗也沒有要怎樣，依舊站在那邊，許復經過牠的時候，牠還往旁邊走了幾步讓他過去。

江煙又驚又喜。

「許復你怎麼馴服牠的？牠看起來這麼可怕！」

許復：「……」馴服？

江煙滿眼都是愛心地看著他，嘴裡依舊滔滔不絕，又是歌功又是頌德的。

「你救了我就是我的人了！」她語氣豪情萬丈，拍了拍胸脯強調，「以後我給你靠！」

許復抽了抽嘴角。

妳給我靠？反了吧？剛才那情況……

「妳什麼時候要下來？」

「你什麼時候做我男朋友我就下去。」

許復面無表情，手輕輕一鬆。

突如其來的失重感讓江煙懵了一瞬，在屁股落地前反射性地抓住了他的衣角，墜落的加速度增強了同方向的力道，她的手一扯，許復整個人便跟著她倒在地上。

兩人摔倒在地，他壓在她身上，貼著彼此。

江煙吃痛地叫了一聲，瞪著近在眼前的男人，不滿道：「你下次要鬆手能不能提早說一聲，讓我有個準備?媽的我的尾椎……」

許復面色如古井無波，他從她身上起來，淡淡道：「不會有下次了。」

江煙聞言後笑得邪氣，眼尾微微上勾：「沒有下次了?我知道，因爲你之後就不會鬆開我了……」

許復依舊一臉沉靜：「那是因爲我不會再抱妳了。」

她看著他一派無欲無求地起身，心裡豎起了中指，看他目光落在距離她一步之遙的手邊，只見那處躺著一支手機。

原來是剛才摔倒時手機從口袋裡飛出來了。

江煙看了手機一眼，又看了他一眼，飛快地把手機撈過來，在他碰到之前捷足先登。

「想要手機嗎?」江煙拿著手機起身，臉上堆滿笑容。

許復盯著她，未置一詞。

「想要的話就當我的男朋友啊——」

江煙漫不經心地把玩著他的手機，笑得妖嬈，突然手指不小心按到了手機側邊的按鍵，屏幕一亮，打開了。

江煙看向手裡的手機，徹底愣住了。

手機的鎖屏是一個女孩站在樹下，在鯛魚燒攤販前笑得燦爛。

她仔細一看，這不就是她嗎?

不過這身打扮……這是國中時候的她啊。

「許、許復……」江煙整個懵了，「你怎麼……」

許復嘆了口氣，伸手拿走她手裡的手機，頭也不回地走了。

江煙呆了幾秒才回過神，眼角突然就落下了眼淚，她追上他的背影。

「許復！許復你給我站住！」江煙跑到他面前攔住他，眼角是溼潤的，眼神卻是狠烈，「你敢說你不喜歡我？」

許復沒看她，只是淡淡道：「那只是取景好看。」

「取你個狗屁景！這我國中的時候！我都不知道有這張照片！」江煙被氣著了，眼角又落下更多淚珠，「你這個王八蛋！承認喜歡我就他媽這麼難嗎！」

許復別開眼，皺著眉。

「你看我……你看看我啊！」江煙一個平常淚點極高的人，此時臉上爬滿淚水。她抓著他的手，死死地攥著，像是攥著一根救命的浮木，「許復……你是喜歡我的啊……」

許復心下一抽，眉頭蹙得死緊，似是在做什麼艱難的抉擇。半晌，他把目光重新聚到她身上，見她哭得一抽一抽的，淚水橫流。

他感覺心中破了個洞，有血從裡頭汩汩流出。他覺得自己混帳，覺得自己不要臉，知道人家喜歡他，也知道自己喜歡人家，但就是怎麼也說不出口。

他的偏執扎根得太深太深了，他沒有成爲一個優秀的攝影師，沒有成爲能夠配得上她的人，他實在說不出口……

許復忍著千刀萬剮般的心疼，低聲道：「江煙，我要出國了。」

江煙身子一僵，也忘了繼續哭，就這麼愣愣地看著他。

「我要出國了。」

那是她第一次在他的眼裡看到這麼濃烈而複雜的情緒。

是悲傷，是眷戀，是無法給予她承諾的抱歉，是對於自己無能的悔恨。

她看到了，她看到了啊……他是喜歡她的……

可是，他要拋下她一個人走了。

♪

許復在大四那一年休學，不顧親友長輩的勸阻，執意要去環遊世界。

如今，他回來了。

帶著一身的失意，回來了。

一下飛機，只見窗外雨聲淅瀝，許復攏了攏脖子上的圍巾，拖著行李箱面無表情地走過。

他沒有跟任何人說他今天回國。

他當年執意要出國，是爲了出去擴增視野，並藉著旅行各地，想要拍出他攝影生涯中最厲害的作品。等到目標達成，他就可以回來找江煙了。

其實原本他打算畢業後再出門旅行，不管當初江煙有沒有認識他接觸他，他始終都是這麼規劃的。

達成目標，擁她入懷，多麼美好。

他如此堅信著。

然而那時看到江煙不斷撩他之後又哭得梨花帶雨，他心中一痛，一念偏差，便開始著手準備出國的事。

他等不及了。

想要快點擁有她，想要擁抱她、親吻她，想要告訴她，他喜歡她、他愛她。

然而這一趟在世界各地遊覽拍攝的旅程，並沒有讓他達成目標。

其實他已經小有名氣了，除了各大比賽獲得獎項，還擁有了十幾萬的粉絲追蹤，靠著精緻又有深度的照片，圈了不少支持者。

可是他仍不滿意。

怎麼拍都不滿意，總覺得怎麼拍都拍不出他心目中的曠世巨作，怎麼拍都超越不了當初那張隨手一拍的十四歲少女。

怎麼會這樣呢?他想。

他已經很努力很努力了，在攝影方面下了很多功夫，就為了能成為一個優秀的攝影師，獲得站在她身旁的資格。

可是，連上天都不願意幫他，而當初那個女孩，現在也不知道去哪兒了⋯⋯

許復沒叫家裡的司機，他搭了計程車回家。

到家後他把行李一丟，翻出相機接著出門。

他知道他有病，可是沒辦法啊⋯⋯那個乘著光降臨在他世界的女孩，是這麼的好，他根本不配站在她身旁。唯有不斷努力、努力再努力，把執念磨平，得償所願。

不過許復沒預料到的是，回國後看到的第一個熟人，居然就是江煙。

那時他正在一個巷口對著巷子深處取景，巷子的盡頭通往的是一條大道，他透過鏡頭看到了一個女生從對邊的巷口走過。

熟悉的、朝思暮想的、時時鐫刻在心頭的。

他一個恍神，喬了好久的角度偏了些，他不管不顧，起身奔到巷子盡頭。

許復往右側一看，見到了女生的背影，確實是江煙。

他凝視著她逐漸離去的背影，眸色暗了暗。

果然，剛才不是他看錯，她身邊的確有一個男人。

許復感覺心中有些苦澀，也沒什麼心情繼續街拍，草草收了設備回家。

他躺在床上，瞪著過分寬大的天花板，覺得心裡頭那股酸澀感越來越濃重。

蒼白的天花板、白色油漆粉刷的牆，整個房間都泛著死寂，無處不例外。

他自嘲一笑。誰讓他做不到，這都是他自找的。

許復瞪了天花板一陣子，若有所思，最後似是瞪累了，他把手機撈了過來，打開通訊軟體，滑到很下方才找到那個人的名稱。

他們已經一年多沒聯絡了。

自從他說要出國的那一天，她就不再傳訊息給他了。

許復點進聊天的視窗，看到清一色都是對方的訊息，而他從未回覆過。

他垂了垂眼簾，滑到最上方，從第一則看到最後一則。

心下是疼，是澀，也是脹。

這女孩怎麼就這麼傻呢？一廂情願，不求回報。

許復又捧著手機發呆了一陣子，最後糾結了好久，終於在輸入訊息欄敲下了幾個字。

那是他第一次給她發訊息。

許復：江煙。

不久之後，他看到她已讀了，他又打字。

許復：我回來了。

江煙已讀。

許復：我想見妳。

江煙還是已讀。

許復：妳是不是……交了男朋友了？

江煙繼續已讀。

許復又接連發了好幾條訊息過去，見她每次都已讀不回，心底泛苦，無奈地扯了扯嘴角。

歷史總是驚人的相似。

危機感在一瞬間鋪天蓋地席捲而來，許復覺得自己這些年來錯得徹底。

他從前覺得，只要他成功了，不管那時候的江煙是什麼樣子，是好還是壞，獨善其身還是有對象，他都有自信讓她成爲他的人。

是單身就讓她愛上他，不是單身就從別的男人手中搶走她。

也不知道他這股自信是打哪兒來的，一如他對自己作品的絕對信心。

只是他平日裡要有多自信驕傲，夜晚一個人想著她的時候就有多自卑不堪。

想到白天裡看到的那個男人，又想到江煙的已讀不回，看樣子是打定主意不想理他，許復一陣失神。

她果然……不喜歡他了吧。

畢竟一年多過去了，兩人在這期間也從未聯絡過。時間可以在一夕之間改變一個人，一年又何嘗不是呢？怕是只會改變得更加徹底吧？

可是，江煙只能是他的。

哪怕她變心了，哪怕她變得不再是他認識的她，只要她是江煙，是那個救贖他的江煙，她就只能是他的。

危機感的降臨，儘管使他患得患失，卻也讓他更加堅定。

許復手中是小女孩十四歲的照片，他眼皮掀了掀，脣線一抿。

既然現在她身旁有男人了，那就搶走吧。

許復自己待了一陣子，然後打電話給林閑，約他出來吃飯。

「我去，你回國了都不說一聲？」林閑吃驚的聲音從另一端傳來，「還是不是兄弟了？」

「我現在不是跟你說了嗎……」許復懶懶道，「出不出來？一句話。」

「廢話嗎？當然要啊！」林閑語氣浮誇，「我們多久沒見了你說！」

「也沒有很久，不過就一年多吧。」

「一年多！一天沒見我都受不了了！」林閑在那頭低聲啜泣，掐著嗓子唔唔咽咽，「我想死你了……朝也想，暮也想，飲食無味，生活無覺啊！」

許復心想：玩聲音的都是魔鬼吧？突然想取消飯局怎麼辦？

「順便問你一件事。」許復低聲道。

「說。」

「她還好嗎?」

林閑揚了揚眉，看向坐在自己對面高蹺著二郎腿，打遊戲打得激情熱烈的女人。

「誰?」他把目光收回來，瞇著眼笑。

許復清楚他明知故問，然而有求於人，還是得從實招來，「江煙。」

「哦——」林閑陰陽怪氣地拉長了語調，稍稍移開話筒，直接朝江煙喊，「欸，廢物，妳過得好嗎?」

然後他聽到對邊一聲悶哼，伴隨著女生的叫聲:「你他媽說誰是廢物!」

許復:「……」

「操!我受到江狗的抱枕攻擊了。」林閑撈起話筒繼續道，「怎麼樣?感受到了吧?是不是過得滿好的?沒有你也朝氣滿滿哦——」

「……林閑。」許復眼神閃了閃，聲音低沉。

林閑收了嘻皮笑臉的模樣，語氣嚴肅:「講眞的，不管你當時有什麼心結或不可告人的因素，我覺得你都挺渣的。」

許復默了許久，憋出一句話:「我知道。」

他知道，他都知道。

仗著自己的心理障礙便自私地傷害她，那天早上她滿面淚痕的模樣猶在眼前，光是想起便心中一痛。

他就是個王八蛋……

「算了，都過去了。」林閑嘆了一口氣。

「江煙她……眞的有男朋友了嗎？」

林閑聞言挑眉，看向不知道何時拋下Switch挨到他身旁，全神貫注聽他講電話的某人。

「幹麼？」江煙用口型問。

「妳有男友了？」林閑也用脣語跟她交流。

江煙搖搖頭，一臉「我什麼時候有男友了我都不知道」，搖到一半突然停住，盯著林閑手上的手機，幾秒過後突然輕輕一笑，用口型道：「有啊。」

林閑奇怪地看了她一眼，卻還是從善如流地道：「嗯，她有對象了。」

對邊默了一陣，半晌只聞一聲低迷的「我知道了」。

許復心下空落落的，淡淡道：「我們明天晚上吃飯再聊吧。」

掛了電話後，許復從電腦裡找到一個資料夾，點開。

裡頭全是江煙的照片。

其實不多，兩人見面的機會本就少，再加上他很少拍她，總覺得自己的技巧不夠精練，拍了她便是玷汙她。偶爾壓抑不住自己內心欲望的時候，才會不受控地偷偷拍個幾張，拍完後心裡懊悔，卻又看著她的照片感到快樂，當作珍寶般小心收藏。

他一張一張看，每一張都停留了許久，時間在窗欞處悄悄滑過，在他眼底的柔情裡慢慢消融。

看完後，他想：他是眞的錯了啊！

什麼大峽谷，什麼貝加爾湖，什麼泰姬瑪哈陵，什麼萬里長城……他走遍了世界大大小小的角落，甚至連北歐的極光都捕捉到了，爲什麼還是拍不出最壯麗的風光呢？

因爲是眞的錯得徹底啊……

偏執遮去了他的雙眼，尋尋覓覓多個年歲，兜兜轉轉仍回到原點。

原來這世上最美的風景，始終都在自己的身邊。

♪

日式的居酒屋，光線是暖色調的暗黃，空間不大，木質的室內設計少了些冷漠感。

「喲，哥們，來得很早呀。」林閑一進到店內，見到坐在角落的許復，他舉起手來招呼。

許復懶懶地伸出手跟他擊掌：「還可以。」

「在國外過得怎麼樣？」

「還可以。」

「到處飛來飛去，時差會不會很難調？」

「還可以。」

「重回故土感覺如何？」

「還可以。」

「你除了『還可以』還會說什麼？」

「……還可以。」

林閑白了他一眼，倒了杯清酒，一飲而盡。

「你跟路遙怎麼樣了？」

「很好呢。」林閑瞇著眼笑了笑，一臉蕩漾，「路路可愛到我一看見就想親她。」

許復無言以對。踹翻這碗狗糧，我們不約。

「孟成光跟葉行呢？」許復也給自己倒了杯清酒，沒像林閑一口乾了，他細細啜飲著。

「老孟考研究所去了，楚人開了間畫室，小紅了一把。」

「那……」許復語氣頓了頓，終是問出口，「江煙呢？」

林閑挑了挑眉：「你昨天電話裡不是問過了嗎？你是不是前面都在鋪梗，就只爲了問江煙那女人的事？」

沒等許復回答，他又繼續道：「眞的是塑料兄弟情啊……久久沒見，竟然滿心滿眼都是別的女人，叫我情何以堪……悲不自勝痛徹心扉啊……」

許復：「……」夠了，你戲多，你有道理。

林閑自個兒哼哼唧唧了一陣後，突然換上認眞的表情，速度簡直比翻書還快。

「我跟你說，江煙她男友可厲害了。」

許復目光閃了閃。

「我就見過那麼幾次，臥槽那西裝筆挺的可帥了……當然還是差我一點啦。聽說是某某上市公司的高層，那談吐有致，眉間都是英氣，看著就特別有前途。」林閑神色揣得正經，繪聲繪色，「重點他對江煙眞是溫柔到不行，我一男的看著都要化了……沒事我就浮誇了些，路路才能讓我融化。總之他對她眞的很好，脾氣好態度好，我瞅著還挺護短，江煙跟著他基本上不需要擔心了。」

林閑看了一眼某人，光線打在他身上，半邊陰影半邊亮，面色忽明忽暗。

他繼續道：「也不知道江煙是上輩子拯救了銀河系還是創造了宇宙，這麼好的男人居然讓她遇上了呢……」

許復垂著眼簾，未置一詞。

林閑斟了一杯酒，再給許復添了一杯，語氣慵懶：「不開心了嗎？不開心就把人家追回來啊。」

他勾了勾唇角：「搞什麼呢……繞了一大圈還不是回到原點了。」
兩人扯開話題，又聊了一會兒，酒多叫了幾瓶，下酒菜也多上了幾次。
林閑瞥了眼手機屏幕，再看了看似乎滿懷心事的許復，他揚了揚眉，輕輕笑著。
許復看他的眼神跟看弱智沒兩樣。
林閑不置可否，掃了眼店門口，正巧見一個女人儀態萬千地走了過來。
看著她腳上那雙酒紅色亮面的七公分細高跟，再打量了她一派禁慾御姐風的打扮，林閑嘴角抽了抽。
眞夠騷包的。
江煙走到他們面前，笑道：「許復，好久不見啊。」
此時她身後跟上一個男人，西裝筆挺，一表人才，氣質溫文儒雅，微微帶笑的眼尾處隱隱閃著精光。
江煙轉身向男人笑道：「那我先跟朋友敍敍舊，等下結束再打給你啊。」
男人揉了揉她的髮，微微笑道：「祝你們聊得愉快，女孩子自己一個，注意點。」
許復看著那男人離去的背影，眼神堪比千年冰刃，森寒嗜血。
半晌，許復收回目光，淡淡開口：「妳怎麼來了?」
「正好經過，想到林閑說你們約這裡，乾脆進來看看。」
「看出心得沒有?」
江煙盯著他，見那雙眼底一片平靜，她舌尖在後槽牙掃了一圈，彎唇：「那要看你想聽的是什麼心得……」
燈光昏暗，女人的眼尾挑著，眉眼處盡是囂張。

林閑被晾在一旁許久，他瞇了瞇眼，站起身：「我去個洗手間。」

許復看著他往洗手間的反方向走，沒出聲。

兩人相顧無言，一個老神在在喝著酒，一個面無表情直視前方。

不知道過了多久，許復突然啓脣：「江煙，妳讓我拍張照吧。」

江煙沒料到他一開口會是這個，先前醞釀的情緒消了大半。

她也不過就愣了一瞬，隨後挑了挑眉，笑得風情萬種：「想要哪種風格的？全裸、半裸、三點式……」

許復輕輕一笑，頗有自嘲意味：「江煙，妳是有男友的人了。」

「所以？」

「珍愛自己。」

那語氣活像個性冷感。

江煙微微升起一絲怒氣，冷眼看著他：「你就沒什麼想問的？」

許復垂著眼，聲線清冷：「林閑都告訴我了。」

「那你沒什麼想表示的？」

許復把目光移到她臉上，面色依舊平淡，只是在看了她五秒後，眉頭輕輕一皺。

「表示什麼？是我當年錯了……求你們分手？回到我的身邊？」許復盯著她，似是要看穿她的眼，「江煙，不管妳和他怎麼樣，妳都只能是我的。」

江煙心下一驚，錯愕地看向他。

她看到他眼底藏著陰冷，也看到他眼底埋著熱烈。

許復見她似乎被嚇到了，他嘆了一口氣：「我那時的確錯了，我有病，妳爲什麼要喜歡這樣的我呢？」

江煙愣了愣，這男人畫風轉變太快，她沒跟上節奏。

「我跟妳說個故事吧。」他語氣低緩，沒什麼溫度，「有個男孩剛出生時父母就離異，母親拋棄他，而父親除了給他錢，什麼都不關心他。他一個人孤零零地長大，每天對著空蕩蕩的家，心裡很寂寞。可是這種寂寞久了也就習慣了，有一天他突然發現，他居然對這個世界提不起任何興趣，甚至他沒有什麼情緒的存在。同學們會哭會笑，他不知道爲什麼他們要哭要笑，更不知道他們是怎麼做到哭和笑。他從不主動與人交流，他覺得人際關係沒有一定的必要性，無知無覺，何來建立情感？於是他就這麼行屍走肉般地過著日子，直到他十四歲那年。」

許復深深地凝視著她，像是看穿了她，也像是透過她看穿了當年的自己。

她的心尖顫了顫。

「那天他參加了攝影社的外拍，其實他也沒興趣，爲了交作業，他早早就拍好了照片，很隨便。在休息的時候，他卻突然看到一個女孩從眼前晃過，到不遠處的攤販前買鯛魚燒。男孩看著女孩的身影，鬼使神差地就拍下了她，那是他第一次『無意識』也是『有意識』地拍下了照片。」許復頓了頓，抿著的脣線輕輕一彎，「從此他愛上了攝影，也愛上了那個救贖他的女孩。因爲她，他終於對這個世界有了執念，不再是一個冷眼的旁觀者。」

江煙見他傾身靠向自己，抬手撫上了她的眼角，指尖冰涼的觸感摻著溼意，她這才意識到自己不知道什麼時候竟然哭了。

「許復……」

「以前我告訴自己，當拍出最厲害的照片時，就可以跟妳告白。」他抹去她的淚痕，無奈地扯了扯脣角，「後來發現自己很傻，偏執讓我差點走火入魔，也讓妳傷心難過了。」

江煙抓住他撫在她臉上的手，放到腿上緊緊攥著：「那你沒有想過，如果我沒有去跟路遙見面，或許我們不會相見，我可能自始至終都不知道有你這個人。」

「沒有。」許復眼裡是平淡，也是堅毅，「就算全世界都阻止我，我也會翻遍山河，把妳給找出來。」

江煙攥著他的手又緊了幾分，心下顫得厲害。

她知道他不是在開玩笑，她很清楚，他做得到。

他的偏執比她想像得還要深……

江煙深呼吸了幾遍，開口：「我其實沒有男友，都是騙你的。剛剛那是我堂哥，叫江旻，下次再介紹給你認識。」

「嗯。」

「許復，辛苦你了。」

「……嗯。」

哪裡辛苦了呢？只要想著妳，做什麼事都不會有疲乏之感。妳就是光源，讓我一步一步靠近，縱使如撲火的飛蛾，也絕不退縮。

妳是我生命的方向啊……

江煙吸了吸鼻子，軟聲道：「那你出國是爲了拍出優秀的作品嗎？」

「嗯。」

「成功了？」

「……沒有。」他眸色稍暗，頭低了低。

江煙覺得這樣低眉順眼的他莫名可愛，她揉了揉他的頭髮，疑惑道：「那怎麼就……」

「從前認為，要拍出世界上最美好的景象，才有資格站在妳身邊。然而我始終沒有做到。」

許復垂著眼，自嘲似地彎了彎脣，再次抬眼後，眼底似有萬千星河流轉。

「後來我才發現，只要是妳，都是世界上最美的風景。」

他很孤獨，直到遇見了她。

實體書獨家番外　惟願偷得半日閑

今年寒假在T市有一場國風音樂會，是由圈子裡規模最大的企劃社團主辦的，除了邀請一些國樂團體演奏國風之美，許多古風圈的歌手也受邀參加這次盛會。

半日閒自然也不例外。

路遙在得知這件事情後，每天纏著林閑想要打聽他即將演唱的曲目。

奈何一向慣著自家小女友的他，這回卻堅決不願透露半點資訊，不論路遙怎麼撒嬌賣萌，林閑說不開口就是不開口，每次提到這件事時，他便使出渾身解數來轉移話題。

就連路遙主動獻吻都不能挪動他的心志。

美色不能淫，威武不能屈，是的，我們閒哥的信念就是這麼正直與堅定。

不長不短的年假在寒風與團圓的喜氣中一晃而過，很快就來到了音樂會當天。

因爲林閑是表演者，要提早到現場彩排，因此一大早就出門了，路遙則是等到晚上偕同江煙一塊兒去。

林閑在出門前塞給路遙一張員工證，說是想去後臺找他，只要憑這張卡就能進出自如。

林同志走後門走得得心應手，路遙自然是欣然接受。

兩人到達音樂會的地點時，場外已經有很多粉絲在等候入場了，有在發放應援週邊的，也有三兩聚會拿著手幅喊應援詞的，甚至有群聚成團合唱自家愛豆成名曲的。

總之熱鬧非常，路遙看了竟然也莫名感動。

正好兩人經過了一個隊伍，路遙多看了幾眼，發現是在排隊領取半日閒的免費應援小卡，她心血來潮也跟著列入隊伍。

「姐妹，妳每天在家裡都能看到他，請問現在排這個是在哈囉？」江煙一臉嫌棄，「妳還缺幾張小卡嗎？」

「那不一樣，我好歹也是他的迷妹出身，在家裡他就是林閑，但現在是半日閒，半日閒耶！這哪有什麼可比性！」

江煙眨了眨眼，服了。

歲月凋零，時過境遷，路遙卻還是那個一說到半日閒就什麼都不管不顧的女孩。

雖然大家都很羨慕路遙是追星勝利組，畢竟哪一個迷妹能與自家男神勾搭上，甚至是談戀愛的？

但江煙始終覺得，林閑才是被命運之神眷顧的那個人。

路遙這麼好的一個女生，誰遇上誰幸運。

等到路遙拿到應援小卡後，內場也差不多開放進去了，兩人跟著隊伍魚貫而入，走到與票根相應的位置入座。

兩人一個是家屬，一個是圈子內頗負盛名的作曲家，位子自然是上上席，前排視野最佳的那種。

這是路遙第一次參加這種專場演唱會，雖然面上挺平靜的，但其實從一早就十分雀躍，來到現場後更是興奮，一向安靜的她話都變多了，甚至還有些坐不住。

江煙今天第N次感嘆林閑的威力確實不容小覷。

過了不久，現場的燈光逐漸黯淡，直至全黑。

嘈雜聲隨著光亮沒入黑暗，在衆人的屏息之中，舞臺燈光驟然大放，伴著背景音樂的流淌，是今晚主持人的出場。

主持人是圈子裡挺有名的一個MC，主持過大大小小的線上歌會，風格幽默不做作，控場自然流暢，引人入勝。

主持人做完開場後，接下來便是嘉賓的致詞，一連串既定行程結束，終於到了節目表演的橋段。

開場的是國內首席的國樂團隊，用古典樂器營造了歷史流變的跌宕與磅礴，自上古神話到秦漢盛世，再從泱泱大唐延展至宋元明清，乃至於近代。流暢大氣的旋律似乎能勾勒出歷史洪流中的一幀幀畫面，讓聽者從音符中窺見了半壁江山盛世。

一曲奏畢，已經有人潸然而下。

路遙聽完也是感動得不行，內心的激動如濤濤巨浪呼之欲出，歷史的演進淘選了後世的發展，儘管有些文化已經湮沒於時間的軌跡中，但那些仍然都是人類文明中珍貴而瑰麗的明珠。

華麗的開場曲結束，接下來便是歌手的演唱，中間穿插一些主持人與歌手的互動，以及幾個抽獎流程。

第一次見到這麼多圈子裡的歌手，沉浸在看到很多男神女神們的喜悅當中，路遙的迷妹神經蠢蠢欲動，尤其是當自己最喜歡的女歌手出場之後，她更是喊應援喊得渾然忘我。

彷彿忘了自己來這裡的主要目的是半日閒。

而她，也確實是忘了。

直到聽到主持人說：「接下來要邀請的是擁有獨特的朦朧聲線，上回在漫展第一次現身便驚豔全場的……」

不少人齊喊著半日閒的名字。

「是的，就是我們聲控與顏控的福利，萬千少女的夢想——半日閒！」

因爲對於前面的表演過於興奮，路遙這才想起來自家男友兼男神是與會歌手。

江煙目睹她前半場的高漲情緒，此時似是看穿了她慚愧的小心思，小聲道：「放心，我不會跟他說的。」

路遙：「……」

姐妹妳看穿就看穿，能不能不要說出來讓我爲難啊？這人就是故意的吧。

林閑走上舞臺後，在衆多人群與手幅之中，一眼就看到了自家小女友。

不知道爲什麼，他總覺得她看起來有那麼點兒的……心虛？

林閑挑了挑眉，沒再看她，轉向主持人接過他拋出來的話題。

寒暄片刻後，布幕燈驟然暗下，隨著伴奏樂音流洩而出，舞臺燈也漸漸亮起。

路遙有一瞬間的怔忡。

居然是這首。

醉人的歌聲悠悠切入，身影也在燈光照耀下緩緩浮出，漸至清晰。

「一曲爛漫春曉，長堤醉路遙……」

身影裹在燈影中，輪廓邊緣似是沾了一圈絨邊，有橙黃色的碎光暈染。

路遙看著舞臺上的他，不自覺地抓緊了衣襬。

有點兒想哭。

「浮生繁華多少，一起飲過暮暮與朝朝……」

聲線宛轉，低緩柔沉，尾音像是融進了映在水面的朦朧月色，飄渺而剔透，清風帶起微瀾，在心湖上漾開萬般柔情。

「山水兼程，風月同調，餘生請多指教……」

路遙清楚地看到，在唱這句歌詞的時候，他是看著她的。

儘管隔著一定的距離，甚至光影交錯中阻礙了視線的交會，他的眼神卻溫柔而堅定，直直望進她的眼眸當中。

「閑來半日，天地同邀，與君醉今宵……」

「流年換渡共撐篙……」

在歌曲結尾的伴奏中，路遙望著臺上的他，跟著漸弱的旋律輕聲唸道：「浮生一曲繁華夢，惟願偷得半日閒。」

演唱結束，在大家的掌聲與尖叫中，路遙悄悄地抬手抹去眼角欲墜的淚珠。

「聽說這首歌是你女朋友特地寫給你的，今天在現場演唱這首歌，是不是有什麼想要表達的呢？」主持人笑道，接著轉向觀眾席，「大家是不是狠狠地被塞了一把狗糧了？」

等到歡呼聲結束，林閑將麥克風拿到嘴邊，淺淺笑著：「想讓她知道，不只是她，我也是這樣想的。」

「流年似水而過，儘管途中經過了不同的渡口，船上乘客來來去去，我只想要與她共撐生命之篙，在時間的流域裡並行，迎接每一段旅程。」他眉目中藏著笑意，語聲清淺柔和。

「路遙，我的心之所向，是妳啊。」

路遙自個兒冷靜了一會兒，翻湧的情緒是稍微平息了，卻仍有些按捺不住。

林閑早已離場多時，此時是另外一個女歌手在與主持人聊天。

想要立刻見到他。

當這個念頭竄上腦海時，路遙已經有些蠢蠢欲動。

她猶豫了三秒，決定遵從自己的本心。

人生苦短，不樂何如！

「親愛的，我去趟洗手間，等會兒回來。」她湊到江煙耳邊低聲說。

江煙聞聲後看向她，眯了眯眼，一副我都知道妳在想什麼的模樣。

路遙假裝沒看見她的小表情，沒有留戀地轉身離開。

她帶著林閑給她的工作證毫無阻礙地混入後臺，打開手機訊息再次確認了他的休息室號碼，走了一陣子終於找到目的地。

說不緊張是騙人的，雖然有家屬這個正當理由，但是走後門這種事她還是第一次做，走在後臺的走廊上都有被側目的錯覺。

她敲了敲休息室的門後沒人應，等了幾秒，決定逕自打開門。

豈料一打開門看到的畫面就讓她有些……衝擊。

男人坐在化妝鏡前，只見一個女孩站在他身側，與他靠得極近。而她背對著門，從路遙的角度來看，像是她微微彎身吻在他的臉頰上。

路遙傻了。

「打擾了。」路遙第一個反應是退出房間，「你們繼續。」

回到門外，她才意識到哪裡不對，抬頭再看了一次門板上的編號，的確是林閑那間休息室。

她回憶了一下，方才那個背影，也確實是林閑沒錯。

腦子被一片空白覆蓋，半晌過後，遲來的怒氣終於翻騰而上。

路遙深呼吸了一口氣，準備進去質問裡面的兩人，豈料手指才剛觸到門把，門板突然就在眼前打開了。

是剛才那個女孩。

路遙見到是她，臉色一沉，沒說話。

「請問有什麼事嗎？」兩人大眼瞪小眼了一陣，對方終於開口。

路遙掀了掀眼簾，看著她出水芙蓉般的臉蛋，眼底都是不可置信。

還能有什麼事？

妳跟我男友靠這麼近還能有什麼事？

她突然想到了大學時期的某系系花，叫什麼來著……丘苒？

呵，女人。

路遙瞪著她，語氣陰沉：「讓開。」

許是兩人僵持了太久，對方還沒來得及讓她進去，室內就傳出一把清越的嗓音：「怎麼了？」

接著是那張熟悉的臉出現在視線中。

「路遙？」林閑驚訝，「妳怎麼這時候來了？」

「這時候？」盛怒中的女人最是敏感，一兩字的增減都能火上澆油，「我應該挑其他時候來是嗎？挑個你不背著我拈花惹草的時候來？」

自家小女友一上來就給自己扣了個拈花惹草的罪名，林閑表示這波套路他不懂。

論當眾獻唱情歌向女友表白，對方不僅不感動得熱淚盈眶，還找自己吵架的心理陰影面積。

林閑懵了幾秒，反應過來後第一個動作是把路遙拉到身側，跟旁邊的女孩介紹道：「這是我女朋友。」

女孩：「……」

路遙：「……」

女孩眨了眨眼，見氣氛不對，連忙離開休息室，還很好心地替他們帶上了門。

「寶寶，妳怎麼了？」林閑趕緊牽起路遙的手，面色焦急。

路遙凝視著自己被他包覆在掌中的那隻手，低低道：「她是誰？」

「誰？」

「誰？」她皺了皺眉，一氣之下甩開他的手，「你還問我她是誰？」

林閑愣了半晌，終於意識到了什麼：「妳說剛剛跟我待在一起的那個？」

「要不然還有哪個？」路遙以往不輕易顯露情緒的臉龐，此時盡是黑沉之色，聲音更是極力抑制著怒氣，「你還有其他個？」

林閑恍然大悟，聞言後抿了抿嘴，又抿了抿嘴，像是在努力壓抑著什麼。

平日的相處使兩人對彼此都十分熟悉，路遙一眼就看穿林閑的小表情，更是覺得太陽穴猛地發痛。她覺得自己從未如此生氣過。

「林閑，你還敢笑？」

林閑看著小姑娘不可思議的震驚神情，最後沒能憋住笑，一把將人家撈進懷裡：「路遙，妳怎麼這麼可愛？」

路遙：「？？？」

「有妳這麼可愛的女朋友，我哪裡還有心思去拈花惹草？」

「妳是不是對自己的魅力有什麼誤解？妳覺得妳在我心裡比不過其他女人？」

「妳必須明白一件事，我的眼裡只裝得下妳一個人，其他人影碰到水晶體時已經自動投影到盲點，我看不見也不想看見。」

「還是那句話，我的心之所向是妳啊。」

路遙被禁錮在他懷裡，猝不及防遭受了一波情話串燒，整個人有些茫然。

她記得自己是來找他吵架的，怎麼架都還沒吵上，這人就先自個兒甜一把？

但是他沒有說到那個女孩是誰。

媽媽說男人心虛的時候都會避重就輕，不要被一時的好聽話迷惑了感官，最後吃虧的都是自己。

路遙冷笑了一聲。

「你倒自己先說上頭了？」

林閑覺得這畫風不太對，女朋友今天的反應總是出乎意料之外。

他擁著她，無奈地拍了拍她的頭，解釋道：「剛才那是化妝師。」

路遙沒說話。

「妳第一次進來的時候她正在幫我卸妝，而且她是圈子裡流量男神莫歌的狂粉，今天沒被分配到幫他化妝超級哀怨。」

路遙還是沒說話。

他揉了揉她的頭髮：「總是在胡思亂想什麼呢？」

路遙張了張口想說些什麼，最終選擇閉上嘴。

有一種遲來的羞恥感。

什麼都沒確認好就自己在那邊生悶氣，還連累無辜的化妝師，估計對方剛剛被瞪得莫名其妙。

好丟臉……

她臉皮薄，決定就這麼埋在他懷裡，要不抬起頭被看到臉紅，免不了又要受到他的調侃。

「親愛的，妳吃醋起來真可愛。」林閑的嗓音裡透著笑意，聲線沉沉，在她的髮頂落下蜻蜓點水般的一吻。

路遙咬了咬下脣，耳根子染上一抹紅。

就知道以他的個性，就算沒看到她臉紅，一樣會調侃好調侃滿。

「雖然這樣說有點沒良心，但希望妳以後能多吃一點醋，我會哄好妳的。」

路遙狠狠地掐了一把他的腰。

今日逗女友成就達成，林閑笑著鬆開她，見小姑娘抿嘴瞪著他，脣角更是瘋狂地上揚。

路遙頰上紅粉更盛，終是忍無可忍：「再笑今天晚上你就睡客廳。」

「地心引力沒辦法對我的嘴角作用，我很無辜的啊。」林閑笑嘻嘻地回道。

這人的騷話怕是永遠說不完。

兩人僵持著，靜謐入侵休息室，連彼此呼吸聲都能聽得一清二楚。

路遙臉皮是真的薄，經不起太逗，偏偏又是她先誤會人家，此時更是羞愧難當，臉上的紅不僅沒消退，反而隨著沉默的漫漶愈加豔麗。

林閑倒是好整以暇地欣賞著自家小女友。

她覺得這樣下去不行。

正好這時林閑向她招了招手，路遙順勢走過去。走到一半聽到他說「過來我抱抱」，腳步一頓，她下意識想往後退。

林閑見狀挑了挑眉：「路遙妳今天挺能耐的啊，誤會我就算了，是不是還在前半場太嗨，甚至忘了我要上場？」

路遙：「……」

你是不是構成我大腦的某個細胞。

見林閑要來拉自己，路遙往後退到門旁，連忙道：「你不要過來，君子動口不動手！」

林閑氣笑了，看著小姑娘縮在門邊，像是正面臨著什麼妖魔鬼怪，偏偏又理直氣壯地與他對峙。

「好。」休息室也就那麼點大小，林閑走沒兩步就到了她身前，路遙還沒反應過來，他已將手撐上門板，阻擋了她最後的退路。

「既然不能動手……」他勾了勾脣，輕輕抬起她的下巴，指腹在下脣細細摩娑。

黑影罩下，有什麼溫柔地碰上了嘴脣。

「那我們就動口吧。」

番外完

出版後記　浮生一曲繁華夢

國際慣例先感謝在連載期間陪著我的寶寶們，也謝謝願意翻開這本書的你。

其實一開始就是圈地自萌寫文，想透過自己微薄的力量宣揚喜愛的古風圈，根本沒有想過會有機會出版。總之非常感謝這一路上幫助過我和支持我的人們。尤其是如三月兮，我的兩個大寶貝們，除了想跟妳們百年好合，我不知道還能說什麼了。

《路遙》是一個充滿私心的坑，促使我開這個坑的原因是李蚊香。很多寶寶應該都知道我是李蚊香的腦殘粉，第一次聽到他的聲音就哭了，也是唯一一次爲一個聲音而掉淚，完全沒在浮誇，眞的太美太美啦。喜歡的聲音很多，但是只有他會讓我有心動的感覺，再加上準備指考的時候，是他救贖了很多頹喪時刻的我，療癒了大半時光。之後我就想，要不我來寫一篇聲控文吧，爲了李蚊香也爲了我自己，紀念一下這個爲一人、一個聲音瘋狂的青春年華，於是就有了《路遙》的雛型。

接著來說說書名吧，「路遙知我意」我覺得可以分成兩個部分看。對於林閑來說，是「追了這個小姑娘這麼久，總有一天路遙會知道我的心意。」而之於路遙，則是不管在追星還是在喜歡他的這條路上，走久了，對方肯定會知道自己的心意。路遙，是路遙其人，也是路途遙遙。

大家都說十九歲是個被詛咒的年紀，會有很多倒楣的事發生，但我覺得我的十九歲比起被衰神附身，被幸運之神眷顧的面積更大。雖然寫作對我來說是信仰也是夢想，但是一開始寫文的時候從來沒有想過能有機會簽約，甚至是之後的出版實體書，一切都太夢幻了，有時候還會想這是不是自己編織出來的繁華夢境呢。

知道自己還有很多的不足，會努力去充實生命，呈現更好的三杏子給大家的。

如果覺得實體書內容看不過癮的，POPO平臺上也有其他的網路番外，歡迎有興趣的寶寶們去看看，希望你們會喜歡呀。

其實寫到這裡還是覺得很不可思議，我怎麼突然就達成了人生夢想了呢?剛得知出版消息的那幾天整個人都是懵的，一想到就開始偷哭(我真的是愛哭鬼)。特別感謝編輯姐姐，眞的是很溫柔的一個人，也常常給我這個小萌新很多建議。我不太會說感性的話，總之就是非常感謝，常常在想能遇到妳眞的是很幸運的一件事。

最後，感謝大家花費在我身上的生命，緣聚緣散，咱們江湖再見。

三杏子

國家圖書館出版品預行編目資料

路遙知我意 / 三杏子作 . -- 初版 . -- 臺北市 :
POPO 出版 : 家庭傳媒城邦分公司發行 , 民 109.01,
面 ; 公分 . -- (PO 小說 ; 42)
ISBN 978-986-98103-4-0(平裝)

863.57　　108019774

PO 小說 42

路遙知我意

作　　者／三杏子
企畫選書／簡尤莉
責任編輯／簡尤莉
總 編 輯／劉皇佑
行銷業務／林政杰
版　　權／李婷雯

總 經 理／伍文翠
發 行 人／何飛鵬
法律顧問／元禾法律事務所　王子文律師
出　　版／城邦原創 POPO 出版　城邦原創股份有限公司
台北市中山區民生東路二段 141 號 6 樓
電話：(02) 2509-5506　傳眞：(02) 2500-1933
POPO 原創市集網址：www.popo.tw　POPO 出版網址：publish.popo.tw
電子郵件信箱：pod_service@popo.tw
發　　行／英屬蓋曼群島商家庭傳媒股份有限公司城邦分公司
聯絡地址：台北市中山區民生東路二段 141 號 11 樓
書虫客服服務專線：(02) 25007718．(02) 25007719
24 小時傳眞服務：(02) 25001990．(02) 25001991
服務時間：週一至週五 09:30-12:00．13:30-17:00
郵撥帳號：19863813　戶名：書虫股份有限公司
讀者服務信箱 email：service@readingclub.com.tw
城邦讀書花園網址：www.cite.com.tw
香港發行所／城邦（香港）出版集團有限公司
地址：香港灣仔駱克道 193 號東超商業中心 1 樓
email：hkcite@biznetvigator.com
電話：(852) 25086231　傳眞：(852) 25789337
馬新發行所／城邦（馬新）出版集團 Cité(M)Sdn. Bhd.
41, Jalan Radin Anum, Bandar Baru Sri Petaling,
57000 Kuala Lumpur, Malaysia.
電話：(603) 90578822　傳眞：(603) 90576622
email：cite@cite.com.my

封面設計／苡汩婷
印　　刷／漾格科技股份有限公司
經 銷 商／聯合發行股份有限公司
電話：(02) 2917-8022　傳眞：(02) 2911-0053

□ 2020 年 (民 109) 1 月初版　Printed in Taiwan.
□ 2021 年 (民 110) 2 月初版 2.5 刷

定價／ 280 元
 ISBN 978-986-98103-4-0